JONG GEHEKST IS OUD GEDAAN

EEN PARANORMALE DETECTIVEROMAN

COLLEEN CROSS

Translated by
JEN MINKMAN

OOK VAN COLLEEN CROSS

De Heksen van Westwick
Jong Gehekst is oud Gedaan
Een goede spreuk is het halve werk
Niet Getoverd is Altijd Mis
Kerstmis, heksen en een moord

Katerina Carter juridische thrillers
Nooduitgang
Met gelijke munt
Engel des doods
Groene schijn
In het rood
Blauwe Maandag

Wil je op de hoogte gehouden worden van Colleens nieuwste
boeken, schrijf je dan in voor haar nieuwsbrief!
http://eepurl.com/c0jsL

www.colleencross.com

Jong Gehekst is oud Gedaan

is een eboekuitgave van

Slice Publishing

ISBN: 978-1-989268-47-6

JONG GEHEKST IS OUD GEDAAN

EEN PARANORMALE DETECTIVEROMAN

Een baan kun je kiezen, maar je afkomst niet...

Alles wat Cendrine West wil, is een carrière als journalist nastreven. Wat kan het haar schelen dat ze van een machtige heksenfamilie afstamt en dat haar tante Pearl haar het liefste ook bezig zou zien met magie?

Twee dagen voordat Cen trouwt met een 'normale' man wordt er een biljonair vermoord in het knusse hotel van haar familie in Westwick Corners. En het spoor lijkt regelrecht naar tante Pearl te leiden. Als Cen wil bewijzen dat haar tante onschuldig is, zal ze toch haar magische afkomst moeten omarmen én haar toverkunsten inzetten, omdat de zaak veel gecompliceerder is dan hij op het eerste gezicht lijkt. Er zijn bovennatuurlijke krachten aan het werk in het slaperige stadje waar normaal zo weinig gebeurt.

Als Cen de hulp van Tyler Gates inschakelt – de nieuwe en sexy sherriff in Westwick Corners – wordt haar leven nog ingewikkelder omdat ze hem eigenlijk veel leuker vindt dan haar aanstaande...

Zal Cendrine op tijd de onschuld van haar tante kunnen bewijzen en zelf ontdekken waar haar hart ligt? Je leest het in het eerste deel van de serie 'De heksen van Westwick'!

Dit boek is een los te lezen verhaal. Het genre 'cozy witch mystery' is ontzettend populair in de Verenigde Staten en laat zich het beste omschrijven als een kruising tussen Charmed en Murder, She Wrote.

HOOFDSTUK 1

Ik trok net mijn rinkelende mobiel uit mijn tasje toen tante Pearl mijn redactiekamer binnenvloog. En dan bedoel ik ook echt 'vloog': iets wat overdag echt totaal verboden was. Ook al was het feit dat we heksen waren niet bepaald een goed bewaard geheim in het kleine stadje Westwick Corners, toch was het beter om niet al te erg op te vallen.

Ze bleef in de deuropening zweven en fronste. 'Cendrine!'

Oeps. Tante Pearl gebruikte alleen mijn volledige naam als ze boos was. Nou, dat was ik inmiddels ook. Ik was hier al sinds vanochtend zes uur om achterstallig werk te doen. Het was nu bijna twaalf uur en ik had honger, was doodmoe en zweette me kapot. De airco had het een paar uur geleden opgegeven. Het was minstens dertig graden binnen, maar ik had geen geld om dat stomme ding te repareren.

En nu stond mijn tante op het punt de rest van mijn dag ook te verpesten. Nou, niet als ik er een stokje voor kon steken. En dan bedoelde ik géén toverstokje – daar deed ik niet aan.

Ik negeerde haar en keek naar mijn telefoon, die nog

steeds overging. Het was mijn moeder weer. Ze had me al minstens tien keer gebeld met vragen over de generale repetitie voor mijn bruiloft en de grote opening van ons hotel, de *Westwick Corners Inn*, die allebei later op de dag zouden plaatsvinden.

Ik had beter thuis kunnen blijven.

'Cendrine, die nieuwe sheriff is een klootzak. Ik wil dat je er een artikel over schrijft.' Ze keek me vanuit de deuropening uitdagend aan.

'Nee.' Ik draaide me van haar weg en beantwoordde de oproep.

Mijn moeder was in alle staten. 'Cen, ik kan tante Pearl nergens vinden. Ik maak me zorgen dat ze er weer eens vandoor is en iets geks gaat uithalen.'

Ik zette de telefoon op speaker en trok mijn wenkbrauwen op toen ik mijn tante aankeek. 'Ze is hier, mam.'

Tante Pearl beende op mijn bureau af en brulde in de telefoon: 'Ik heb geen babysitter nodig, Ruby. Ik kan mezelf prima vermaken!'

'Dat is ook precies waar ik bang voor ben,' zei mam. 'Je kunt niet steeds mensen ons stadje uitpesten, en de sheriff al helemaal niet. Het kán gewoon niet.'

'Wil je soms dat ik een GPS tracker bij me draag? Tjongejonge.' Mijn tante ging met een plof in mijn bureaustoel zitten. 'Ik ben geen kind meer.'

'Zo gedraag je je anders wel,' mompelde ik.

Blijkbaar was ik niet de enige die zich afvroeg wat tante Pearl met de nieuwe sheriff had uitgehaald. Het was veel beter om onder de radar te blijven. Onze familie had ooit met een paar andere families dit stadje gesticht, maar zelfs wij, de Wests, konden het te bont maken. Vroeg of laat zouden mensen onze streken niet meer accepteren.

Tante Pearl deed of ze me niet hoorde. Misschien gaf onze familiegeschiedenis haar wel het idee dat ze overal boven stond. Jammer, want haar flamboyante gedrag zou ons voortbestaan in dit stadje weleens op het spel kunnen gaan zetten. Niet dat zij er erg mee leek te zitten.

Ze pakte mijn mobiel op en ging door met haar tirade. 'Die man gaat problemen opleveren, Ruby. Cen gaat er een stuk over schrijven.'

Ik pakte de telefoon van haar af. 'Helemaal niet. De artikelen die jij wilt zien en de artikelen die ervoor zorgen dat ik genoeg exemplaren van *The Westwick Corners Weekly* verkoop liggen mijlenver uit elkaar, tante. Ik kan je niet helpen. Ik heb al zoveel deadlines.'

Zoals zoveel *locals* had ik in feite een baan voor mezelf gekocht: toen de vorige eigenaar van de krant met pensioen ging, nam ik de zaak over. Veel industrie was hier verdwenen toen de oude hoofdweg niet meer werd gebruikt omdat er een paar jaar geleden een nieuwe snelweg was aangelegd. De meeste jonge mensen van mijn leeftijd waren snel daarna verhuisd en degenen die achter waren gebleven hadden het moeilijk.

Mams stem ging omhoog. 'Cen, Pearl probeert alleen maar te helpen. Je neemt je baan wel erg serieus.'

Die plotselinge ommeslag verbaasde me niets. Uiteindelijk nam ze het altijd voor haar oudere zus op om conflicten uit de weg te gaan en zelf niet knettergek te worden. Haar conflictvermijdende gedrag bestond eruit dat tante Pearl meestal haar zin kreeg, maar op de lange termijn leverde dat volgens mijn bescheiden mening alleen maar problemen op.

'Nou, ik moet ophangen,' zei mam. 'Ik zie je zo.' En ja hoor, weg was ze. Ze faciliteerde tante Pearl en haar vreselijke gedrag in een poging de lieve vrede te bewaren. Ze had niet eens door hoe Pearl haar bespeelde. Ik daarentegen hield vaak voet bij stuk, met als resultaat dat wij wél vaak ruzie hadden.

Tante Pearl liet zich met laatdunkend gesnuif weer in

mijn bureaustoel zakken. 'Dit is toch geen serieuze krant, lieve schat. De enige reden dat mensen hem kopen is omdat ze de kortingsbonnen willen die erin staan. Waar verspil je je tijd aan? Niemand leest je artikelen. Geef het maar toe, Cen: deze krant is een mislukking.'

'Nou, ik verdien tenminste iets. En helemaal zelf.' Elke keer als ik me toch al chagrijnig voelde, maakte mijn tante het alleen maar erger. Haar analyse was helaas wel tamelijk accuraat. Ik had mezelf met een slechtbetaalde parttime baan opgezadeld en ik was er niet eens erg goed in. Er waren nu eenmaal niet veel kansen in dit stadje, dus we moesten allemaal een ondernemende geest hebben. 'Probeer anders eens iets aardigs te zeggen, voor de verandering.'

Mijn tante keek me onderzoekend aan maar hield haar mond dicht. Dat kwam ook niet vaak voor. Wat ze nu in haar hoofd aan het voorbereiden was, moest in haar ogen dus wel de moeite waard zijn. Ik kon er maar beter naar luisteren.

Ze leunde iets naar voren. 'Ik geef je een primeur zodat je tenminste eens een keer een goed verhaal te vertellen hebt. Onze nieuwe sheriff is corrupt en ik wil dat jij zijn smerige zaakjes aan het licht brengt.'

'Welke smerige zaakjes?' Ik keek op mijn horloge. Het was nog niet eens twaalf uur. 'Sheriff Gates is misschien net een paar uur bezig. Hoe kan hij dan nu al van alles verkeerd hebben gedaan?'

'Hij heeft een verleden, Cen. Een duister verleden.'

'Tja, wie niet?' Tyler Gates was al de vijfde sheriff die binnen een tijdsspanne van zes maanden aantrad. Wij kregen hier alleen mensen die de opleiding niet hadden afgemaakt, onnozele idioten en anderszins ongewenste sujetten. Ik was bereid hem het voordeel van de twijfel te geven omdat één sheriff beter was dan géén sheriff.

'Ik weet waarom hij is weggegaan bij zijn vorige werkgever.' Pearl knipoogde naar me. 'Het is een waar schandaal.'

'Dat zal wel.' Het enige voordeel aan de snelle wisseling van de wacht wat betreft sheriffs was dat de toverkunsten van mijn familie op die manier min of meer geheim konden blijven. Het erge eraan was dat het helemaal niet nodig zou zijn, als de vrouw die momenteel tegenover me zat zich eens wist in te houden. De reden dat ze allemaal gillend wegrenden was namelijk dat zíj het ze te lastig maakte.

'Ja, dat zal zeker. Oh, en dan nog iets: dat bord bij de snelweg trekt het verkeerde soort mensen aan.' Tante Pearls ogen vernauwden zich en ze ging staan om intimiderender over te komen. Ze zette haar handen in haar zij en liet met al haar vijfenveertig kilo zien dat ze vol met verontwaardiging zat.

'Dat bord bij de snelweg trekt toeristen aan, tante Pearl. En die hebben we hier nodig.' Mijn tante was niet dol op dagjesmensen, maar ze kon beter stoppen met haar protest. Anders was Westwick Corners gedoemd om een spookstadje te worden zoals er wel meer van waren in de staat Washington. Industrie was er amper meer en de boeren op leeftijd die in de buurt woonden hadden niet veel uit te geven. Toerisme was onze enige optie, dus wc hadden er maanden werk in gestoken om Westwick Corners weer wat nieuw leven in te blazen en het op de kaart te zetten als een trendy weekendbestemming. Ik kreeg het idee dat al die moeite voor niets was geweest als ik mijn tante zo hoorde.

'Wat ruik ik toch?' Ik snoof de lucht op die om tante Pearl heen hing en merkte op dat de muffe lavendelgeur die haar normaal vergezelde was vervangen door de vage geur van benzine. En de laatste keer dat ze zo had geroken was de politie bij haar langsgeweest. Dit stadje had dat soort aandacht niet nodig, en onze familie al helemaal niet.

Mijn tante grijnsde, maar deed er het zwijgen toe.

'De hele stad heeft gestemd en die borden langs de snelweg moesten er komen, tante. Zo werkt de democratie.'

Nu de snelweg was omgelegd en de kruising met de andere hoofdweg naar Shady Creek was verlegd hadden we echt behoefte aan verandering.

'Vertel me alsjeblieft dat je niet wéér iets met dat bord hebt uitgehaald.'

Stilte.

De gemeentebelasting was omhoog gegaan omdat er de laatste tijd verdacht veel in de fik vloog. Voor verontschuldigingen kochten de mensen niets. Dat bord langs de snelweg was niet het enige dat de laatste tijd 'uit de weg was geruimd' en ik had het helemaal gehad met de vijandigheid naar mijn familie toe, alleen maar omdat tante Pearl zich niet kon gedragen. Nu kreeg ik het gevoel dat het bord niet het enige was dat het slachtoffer was geworden van haar streken.

'Je ruikt naar benzinepomp. Vertel op, wat heb je gedaan?'

Tante Pearl snoof. 'Ik ruik anders niets. En probeer niet steeds van onderwerp te veranderen, Cendrine. Dat bord wordt de doodssteek voor mijn nieuwe zakenidee.'

Ik had geen idee waarom mijn tante zo kwaad op me was, maar ik besloot haar met fluwelen handschoenen aan te pakken. Een opvliegend karakter combineerde nu eenmaal niet zo prettig met bovennatuurlijke krachten die samenhingen met brandstichting. Onze magische talenten waren zowel een vloek als een zegening. Ik was er een voorstander van die krachten te beheersen en voor goede zaken in te zetten, niet om schade te berokkenen.

Daar dacht mijn tante anders over.

'Welk nieuw zakenidee?' Ik knipperde met mijn ogen, die begonnen te tranen van de penetrante benzinelucht.

'*Pearl's Charm School.*'

'Hè?' Toveren kon mijn tante wel, maar charmant was ze bepaald niet.

'Mijn nieuwe toverschool.'

'Hoezo toverschool? Je hebt toch al een baan in het hotel.

Trouwens, je moet mam daar nu helpen.' Tante Pearl had een baantje gekregen in het hotel als de huishoudster. Zo wilden we haar bezig houden. Ze was dan al zeventig, maar ze kreeg het nog steeds voor elkaar in zeven sloten tegelijk te lopen als ze te veel vrije tijd had.

'Ruby heeft mijn hulp niet nodig.'

'Ze klonk anders behoorlijk gestrest aan de telefoon. Ga er maar heen. Er kunnen elk moment gasten aankomen.'

We waren helemaal volgeboekt en er waren ook belangrijke mensen bij. Zoals Tonya en Sebastien Plant, het biljonairsstel dat *Travel Unraveled* had opgericht. Dat was het grootste e-commercebedrijf in de reissector en die twee waren VIP-gasten. Geheel onverwacht hadden ze ja gezegd toen we hen uitnodigden een weekend in het hotel te verblijven. We hoopten dat daar goede reclame uit zou voortvloeien. Hun ervaringen konden ons hotelletje maken of breken. Het was dus erop of eronder met deze twee.

'*Pearl's Charm School* heeft anders ook een grootse opening.' Tante Pearl snoof toen een visitekaartje als uit het niets in haar hand verscheen. Ze gaf het aan me. 'Je moet ook meedoen, kind! Jij kunt wel een opfriscursus gebruiken. Je moet wel oefenen, hè, anders verlies je je vaardigheden. We starten morgen om stipt negen uur.'

'Dit is slechte timing, tante.' Ik draaide het kaartje om en een of ander hologram van een heks zwaaide me vrolijk toe. Ik gooide het met het plaatje naar beneden op mijn bureau.

'Ach, zoveel tijd heb ik niet meer, dus ik doe gewoon waar ik zin in heb, wanneer ik er zin in heb,' zei ze. 'Ik ben een van de oudste inwoners. Trouwens, mijn toverschool is ook goed voor het toerisme. Ik trek bovennatuurlijke toeristen aan.'

'Ehm... hekserij stond niet in het PR-plan.' De hele stad had meegewerkt aan een nieuwe strategie om toeristen te lokken en tante Pearl stond op het punt het allemaal te verpesten.

Alle gebouwen in de hoofdstraat, inclusief ons hotel, waren gerestaureerd en zagen er weer uit zoals begin twintigste eeuw. Het enige wat nog niet opnieuw opgebouwd was, was het theater, maar daar hadden we wel plannen voor.

Maar weinig mensen wisten dat Westwick Corners zich bevond op een knooppunt van leylijnen; een soort natuurlijk energiecentrum. Of je er nu in geloofde of niet, het was wel een goed lokkertje voor toeristen. Die energievortex was wat in eerste instantie de familie West had overtuigd zich hier te vestigen.

We hadden ervoor gekozen pas nu dit geheim naar buiten te brengen. Nu we het als stadje zo moeilijk hadden, zagen we het financiële potentieel van de energievortex. Met die leylijnen konden we voor een New Age invalshoek gaan, inclusief spiritueel geneescentrum, spa en souvenirshopjes die 'spirituele energie' als thema hadden.

Maar in die hele mix zat zéker geen hekserij.

'Waar ga je die lessen dan geven? Je hebt niet eens een locatie.'

Mijn tante trok een wenkbrauw op. 'Jawel hoor. Ik heb het oude schoolgebouw afgehuurd.'

'Je kunt toch niet aan hekserij doen op klaarlichte dag waar iedereen het kan zien!' Het oude schooltje lag maar honderd meter van het hotel vandaan en was vanaf de hoofdstraat duidelijk te zien. Ik kreeg spontaan stress van het idee dat tante Pearl ten overstaan van nietsvermoedende toeristen allerlei magische stunts uit zou halen. Dat moest wel fout gaan.

'Het is een vrij land.' Tante Pearl snoof opnieuw. 'Ik doe het gewoon. De meeste mensen die hier wonen weten toch al over ons.'

Dat was wel waar. Het was nu eenmaal niet eenvoudig om een geheim te bewaren in Westwick Corners. We woonden in een stadje waar iedereen elkaar kende. De niet-heksen wisten echter niet hoe machtig we in feite waren. Ze wisten wel dat we dingen deden met kruidendrankjes en dat we heidense rituelen uitvoerden, maar voor de rest hadden ze geen idee. En dat was maar goed ook. Het idee om Westwick Corners in een of andere plek te veranderen die Oxford en Hogwarts tegelijk zou zijn, zou de breekbare balans tussen de gewone mensen en ons danig verstoren.

Die balans bestond eruit dat niemand echt iets vroeg en niemand echt antwoorden gaf. Dat werkte nu eenmaal beter. Ik wilde op onze nieuwe sheriff een goede indruk maken en uitbundig magie gebruiken was vast geen goede binnenkomer.

Ik zuchtte. 'Je moet je wel eerst als bedrijf inschrijven. Ga je het echt opnemen in het register van de Kamer van Koophandel als magische school?'

Tante Pearl fronste en veranderde van onderwerp. 'Jullie jonge mensen hebben geen waardering meer voor jullie afkomst. Neem nu wat jij doet. Je hebt de hekserij de rug toegekeerd om tijd te verspillen in dit trieste kantoortje.'

'Dit is helemaal geen triest kantoortje. De *Westwick Corners Weekly* bestaat al honderd jaar.' Ik gooide dodelijk vermoeid mijn handen in de lucht en liet een blik door mijn aftandse kantoor glijden. Ik kon het pas laten opknappen als de krant wat meer geld in het laatje bracht. En dat zou niet gebeuren als we niet eerst meer bezoekers kregen.

Tante grinnikte. 'Ja, zo ziet het er wel uit. Alsof er al in geen honderd jaar iets aan gedaan is.'

'Het is een redactiekamer, geen showroom.' Waarom moest ze zo over mijn harde werk zeuren? Goed, ik had me meer door mijn hart dan door mijn hoofd laten leiden toen ik besloot deze krant van de ondergang te redden, maar ik had niet veel andere opties gehad. Dit was duidelijk niet de *New York Times*, maar de krant was wel van mij, en ik had meestal de smeuïge verhalen al voordat iedereen ze gehoord had.

'Dan moet je het zelf maar weten. Maar ik sta niet in voor de veiligheid van elke toerist die hier rondscharrelt. Mijn studenten moeten wel kunnen oefenen op echte mensen.'

'We hebben allemaal beloofd geen magie te gebruiken waar gewone mensen het kunnen zien. Jij ook.' Ik durfde niet eens te vragen wat ze bedoelde met 'oefenen op echte mensen'. 'Je kunt klagen wat je wilt, maar we hebben toeristen nodig. Ik wil wedden dat je nog geen een leerling hebt.'

'Zullen we wedden om geld, dametje? De eerste cursus zit al bijna vol.'

Waarschijnlijk loog ze, maar mijn geld durfde ik er niet op in te zetten. 'Ik houd jou persoonlijk verantwoordelijk voor de veiligheid van onze gasten.' Mijn toekomst hing tenslotte af van de economische bloei van Westwick Corners. Waarom zou ik hier anders blijven?

Nou ja, er was minstens een goede reden. Brayden Banks, mijn verloofde, was de burgemeester, dus ergens anders gaan wonen zat er niet in. Over twee weken zouden we trouwen en veel verrassingen lagen er niet meer op mijn pad.

'Dat zullen we nog weleens zien.' Mijn tante stormde het kantoor uit. De deur beneden ging net open en weer dicht toen ze de hal inliep. Een paar seconden later keerde ze om en tot mijn verbazing stapte ze weer bij me naar binnen.

Een breedgeschouderde man van eind twintig verscheen om de hoek toen hij de trap op was gelopen. Mijn mond viel open toen ik zijn beige uniform herkende, dat zijn atletische bouw goed liet uitkomen. Wauw. Deze sheriff leek in niets op de mannen van middelbare leeftijd met kale hoofden en buikjes die hiervoor sheriff waren geweest. Te zien aan zijn straffe manier van lopen was hij ook al aan de slag gegaan.

'Wat nu weer?' Ik had het donkerbruine vermoeden dat

zijn bezoekje alles te maken had met mijn brandstichtende en naar benzine stinkende tante, die buiten adem voor me stond.

'Ik doe je een voorstel,' zei tante Pearl. 'Jij helpt mij met de sheriff en dan mag je bij mij gratis lessen volgen.'

'Absoluut niet. Ik wil geen voorstel. En ik wil geen leerling zijn op die stomme toverschool van je.' Zodra ik de woorden had gezegd, had ik er spijt van. Gelukkig was sheriff Gates nog te ver weg om me goed te horen. Hij was even stil blijven staan om naar het prikbord aan de muur te kijken, godzijdank.

Tante Pearl nam me van top tot teen op en schudde langzaam haar hoofd. 'Als je grootmoeder je nu eens kon zien. Die zou zich kapot schamen voor je houding en je belabberde vaardigheden. Als er iemand naar school moet ben jij het wel, Cendrine.'

Technisch gesproken kón mijn grootmoeder me ook zien, omdat ze veelvuldig als geest hier opdook. Oma Violet had zich de laatste tijd echter niet meer laten zien. Misschien had ze het er moeilijk mee dat het huis waarin ze was opgegroeid nu een hotel was. Verandering was voor ons allemaal niet makkelijk.

'Ik heb jouw lessen niet nodig. Ik heb wel wat anders aan mijn hoofd.'

Mijn tante lachte smalend. 'Wat is er nou belangrijker dan magie?'

Mijn blik schoot naar de sheriff, die weer in beweging was gekomen. Zoals gewoonlijk was mijn tante zich niet bewust van wat er om haar heen gebeurde. 'Nou, Westwick Corners redden bijvoorbeeld. We hebben er zo hard aan gewerkt om hier weer een bruisend stadje van te maken.'

Tante Pearl haalde haar schouders op. 'Van mij mag het ook wel slaperig zijn. Ik ben al die indringers zo zat. Rust, dáár verlang ik naar.'

Typisch, want de meeste onrust was het directe resultaat van haar bemoeizucht. De halve stad wilde haar het liefste verbannen en blijkbaar had de sheriff ook een appeltje met haar te schillen. Nu al.

'Moet ik nog iets weten voor hij hier binnen stapt?'

'Nee hoor.' Het zenuwtrekje bij haar rechteroog verraadde de leugen. Daar kon geen magie tegenop.

'Ik hoop voor jou dat dat bord er nog staat, tante. Je hebt me beloofd niets illegaals te doen.'

'Helemaal niet. En zelfs als ik dat wel heb gedaan, had ik waarschijnlijk mijn vingers achter mijn rug gekruisd.' Haar flubberige armen trilden toen ze met haar handen door de lucht zwaaide.

Ik rolde met mijn ogen. 'Wij zijn nog niet uitgepraat.'

'Stoor ik?' Sheriff Tyler Gates stond eindelijk in de deuropening. Je kon moeilijk om hem heen met dat imposante postuur. Niet dat ik dat wilde. Zijn donkere, golvende haar raakte bijna de bovenkant van de deurpost aan. Mijn hart sloeg een slag over toen ik in zijn chocoladebruine ogen staarde. Plotseling leek Westwick Corners lang niet zo saai meer.

Ik ging staan, helemaal betoverd door zijn aanstekelijke glimlach, en stak mijn hand naar hem uit. 'Sheriff, leuk dat u langskomt. En welkom in Westwick Corners.'

'Zeg maar jij hoor. Tyler is de naam. Dit stadje is te klein om zo formeel te doen.' Hij schudde me de hand.

Ik voelde mijn adem stokken toen zijn blik de mijne vasthield. 'Ik hoop dat je het naar je zin zult hebben.' Langzaam kroop er een blos over mijn wangen. Hij was met stip de knapste man die ik ooit had gezien, en ik staarde hem schaamteloos aan.

Hij stapte verder naar binnen, voorzichtig om tante Pearl heen lopend. 'Ik wilde eigenlijk later deze week pas langskomen, maar er is iets gebeurd.' Hij knikte naar mijn tante.

'Oh?' Mijn ogen registreerden dat dat overhemd hem verdomd goed stond. 'Als het om mijn tante Pearl gaat... die kan soms een beetje overdrijven.'

Ik voelde dat er iemand aan mijn mouw trok.

'Praat niet over me alsof ik er niet ben.' Ze kwam tussen mij en de sheriff staan. 'Daarom was ik hier dus. De sheriff heeft namelijk...'

Ik moest hoesten toen ik opnieuw de benzinedampen inhaleerde die tante Pearl vandaag als parfum droeg. 'Dit keer ga ik je niet redden, tante. Als je iets fout hebt gedaan, biecht het dan nu eerlijk op.' Ik draaide me naar Tyler toe. 'We komen hier samen vast uit.' Als de enige journalist van het stadje wilde ik natuurlijk op goede voet staan met de enige sheriff die we hadden.

Inwendig rolde ik met mijn ogen.

Tyler Gates zag er eigenlijk vrij normaal uit, naast het feit dat hij zo'n lekker ding was. Sterker nog, hij zag er opvallend normaal uit voor Westwick Corners. Hij was van mijn leeftijd, dus wat deed hij in een stadje waar normaal alleen sheriffs werken die overal al uitgerangeerd waren? Er moest wel iets met hem zijn. Tyler Gates was ook beschadigd, al zag je dat niet aan de buitenkant.

Ik richtte me weer tot mijn tante. 'Nou, kom op, wat heb je gedaan?'

'Dat probeerde ik je nu juist te vertellen, Cen. Je luistert nooit.' Ze leunde naar me toe en fluisterde: 'Ik moest een beetje heksen.'

Ik gaf haar een vuile blik.

'U moest een beetje wát?' Sheriff Gates fronste en boog licht voorover. 'Dat heb ik niet helemaal goed verstaan.'

Mijn hart stond bijna stil. We moesten dit geheim voor hem bewaren.

'Een beetje hakken,' zei ik snel. 'Met een bijl. Die heeft ze gebruikt om dat bord naast de weg te slopen. Dat zei je toch, tante?' Natuurlijk had ze weer iets met dat bord uitgehaald. Ze kon het gewoon niet loslaten.

Mijn pyromanische tante haalde haar schouders op en haar mondhoeken krulden omhoog toen ik probeerde haar woorden te verdraaien.

Sheriff Gates keek verward. 'Maar dat bord is in brand gestoken, niet in elkaar gehakt. Ik snap het niet.'

Ik wuifde zijn bezwaren weg. 'Ach, mijn tante haalt soms dingen door elkaar.'

'Helemaal niet!' Tante Pearl stampte met haar voet op de grond. 'Ik ben zo helder als wat.'

Ik gaf haar nogmaals een vuile blik en draaide me toen met een engelachtige glimlach naar de sheriff toe. 'Ze zal het nooit meer doen. Ik beloof het.'

Tante knipte in haar vingers. 'Wat nooit meer doen?' Een seconde later stond de sheriff volledig stil, alsof hij een standbeeld was of bevroren.

'Tante, haal die betovering weg!' Ik kon niet geloven dat ze hem nu al niet meer respecteerde. 'En dan heb je het over míjn magie? Wat jij doet is misbruik maken van hekserij.'

Tante Pearl knipte nogmaals met haar vingers, twee keer snel achter elkaar. 'Te laat.'

De sheriff stond even te wankelen op zijn benen toen de betovering was weggenomen.

'Het is nooit te laat voor gerechtigheid.' Sheriff Gates knipoogde naar haar en trok zijn neus op toen hij ook de benzinedampen rook. 'Volgens mij ga ik dit stadje in mijn hart sluiten.'

'Denk je?' vroegen we in koor.

'Absoluut.' Hij trok een opschrijfboekje uit zijn borstzak en krabbelde er iets in met een pen voor hij het blaadje afscheurde en aan tante Pearl overhandigde. 'Ik ben nog niet eens een dag bezig en nu al haal ik centen binnen.'

De glimlach verdween van mijn tantes gezicht toen ze zag

wat er op het blaadje stond. Ze gooide het op mijn bureau. Een boete van vijfhonderd dollar voor openbare ordeverstoring.

Deze sheriff nam zijn werk serieus.

Ik vond hem nu al helemaal geweldig.

HOOFDSTUK 2

$\mathcal{E}$en koel zomerbriesje temperde de hitte van de middag. Ik reed met de ramen open en genoot van de wind.

Zomer was mijn favoriete tijd van het jaar, maar ik was ook dol op de belofte van een frisse, nieuwe start die de herfst met zich meebracht. De overgang van zomer naar herfst beloofde dit keer meer dan één frisse start. Vanavond zou de grootse opening van de Westwick Corners Inn ons familiebedrijf een nieuw begin geven, en twee weken erna zou ik een nieuwe bladzijde in mijn eigen leven omslaan omdat ik dan zou trouwen.

Eerlijk gezegd voelde ik er niet zoveel enthousiasme bij; meer een zwaar gevoel. Ik was ervan uit gegaan dat we nog lang en gelukkig zouden leven, net als andere stelletjes. Maar alles veranderde toen Brayden begin dit jaar de jongste burgemeester ooit werd. Zijn politieke ambities leken nu veel belangrijker dan de tijd die we samen doorbrachten. Hij zegde steeds dates met mij af omdat hij dan naar een of andere netwerkbijeenkomst wilde. Ik was niet uit het juiste hout gesneden om de vrouw van een politicus te zijn, maar het was nu te laat er nog iets aan te doen.

Het ergste was dat ik er ook niet echt met iemand over kon praten. Mijn vrienden van de middelbare school waren al snel na ons eindexamen uit het stadje vertrokken om te studeren of werken in Seattle, of nog verder weg. Als het maar niet in het doodsaaie stadje Westwick Corners was. Brayden en ik waren de enigen uit onze klas die waren blijven hangen. De andere inwoners van het stadje waren allang getrouwd en de paar mensen die dat niet waren, waren bijna allemaal familie. Heksen waren namelijk niet zo dol op trouwen. Maar goed, ik dwaalde af.

Ik zou waarschijnlijk ook ergens anders naartoe zijn verhuisd als Brayden niet destijds mijn vriendje al was geweest. En dat was mijn eigen keuze, maar ik miste mijn vriendinnen wel. Ach, ik zou ze in elk geval allemaal weer zien op mijn bruiloft.

Ik reed de kronkelige oprijlaan op, aan weerszijden geflankeerd door bomen, en bereikte de top van de heuvel. Ons hotel keek uit over het stadje en de vallei. Vroeger was de Westwick Corners Inn ons huis geweest: een prachtig landhuis omringd door bossen en een mooi onderhouden tuin. Maar net als ieder ander in het stadje hadden we iets moeten doen om in ons onderhoud te voorzien, dus hadden we er een aantal jaren geleden een *bed and breakfast* van gemaakt.

En nu hadden we dus gerenoveerd. Het landhuis diende tevens als trouwlocatie voor mij en Brayden. We zouden ringen uitwisselen in het prieel. Vandaag was de zogenaamde generale repetitie. De bedoeling was dat we alles snel door zouden nemen. Het was vooral bedoeld om mijn perfectionistische moeder te kalmeren en ervan te overtuigen dat alles op rolletjes zou lopen.

Ik parkeerde de auto en wierp een blik op het hotel

terwijl ik de oprijlaan overstak om naar de tuin te lopen. De twaalf suites waren niet allemaal voor gasten; twee ervan op de begane grond waren voor mam en tante Pearl. Ik woonde in een aparte boomhut achterin de tuin.

Het charmante huisje was een halve eeuw geleden door mijn grootvader speciaal voor mijn grootmoeder gebouwd. Als ik mensen erover vertelde, dachten ze in eerste instantie aan een soort speelhut voor kinderen, maar mijn onderkomen was een stuk indrukwekkender dan dat. Het ging om driehonderd vierkante meter verdeeld over twee verdiepingen, die om en in de massieve eik waren gemaakt die het hele huis omhoog hield. Het was wat mij betreft precies goed: dicht bij, maar niet té dicht bij mijn excentrieke familie. Ik voelde me een beetje verdrietig bij de gedachte dat ik bij Brayden in zou trekken na onze bruiloft.

Teleurstelling ging door me heen toen ik de parkeerplaats afspeurde en Braydens BMW nergens zag staan. De weg die naar het huis liep was ook compleet verlaten. Waarom kon Brayden niet eens op tijd komen bij de generale repetitie van zijn eigen bruiloft? Dat slome gedoe verspilde iedereens tijd en ik was er klaar mee altijd maar op hem te moeten wachten. Mam zou er ook van balen dat haar hele schema voor de dag nu in de war zou lopen. Al die keren dat ik me in zijn plaats moest verontschuldigen... met een beetje pech zou hij zelfs op de dag zelf te laat aan komen kakken.

Ach. Ik was zelf op zich een paar minuten te vroeg, dus misschien was ik niet helemaal eerlijk bezig. Ik liep door de rozentuin en snoof de delicate geur op die er hing terwijl ik naar het prieel liep. De tuin stond in volle bloei en was de perfecte plek voor onze ceremonie.

De buitenkant van het prieel werd deels bedekt door verschillende soorten clematis die zichzelf om de pilaren heen slingerden en een deel van het prieel in de schaduw legden. Grote, witte bloemen werden afgewisseld met kleinere, stervormige roze bloemetjes. Het geheel zag er als een bloeiend tapijt uit.

Mam en tante Pearl waren er al. Ik kon hun stemmen horen toen ik dichterbij kwam. Ze stonden net om het hoekje en ik zag hoe mam een rank van de clematis terugstopte in het gordijn van bloemen terwijl tante Pearl stond toe te kijken. Ik was een beetje verbaasd mijn tante te zien. Die had helemaal niets met bruiloften. Waarschijnlijk had mijn moeder haar gevraagd mee te helpen zodat we een oogje op haar konden houden.

Mam keek op en zwaaide naar me toen ik naar ze toeliep. Ze was klein, net als tante Pearl, maar daar hielden de gelijkenissen wel op. Tante Pearl was graatmager vergeleken met mams stevige figuur. Dat had mijn moeder te danken aan het feit dat ze al haar baksels proefde – soms wel twee of drie keer. Vandaag zag ze er gestrest uit. In haar hoofd liep ze vast het lijstje al af: de grandioze opening van ons hotel, mijn aanstaande huwelijk... als je een perfectionist was, zag je overal beren op de weg. 'Daar ben je! We dachten al dat je vaststond in het verkeer.'

Typisch mam. In dit stadje stond nooit ergens file. Ze liet me gewoon op deze manier weten dat ze me aan de late kant vond: door heel niet-confronterend een opmerking te maken. Negatieve dingen zou je haar nooit horen zeggen, die kropte ze allemaal op. Ze was liever zelf gestrest dan dat ze iemand anders van streek maakte. Zo wilde ze de lieve vrede bewaren. Wat ze ermee opschoot? Dat ze zelf voortdurend hoofdpijn had, volgens mij.

Toen ik voor ze stond zag ik zweetdruppeltjes op tante Pearls voorhoofd staan. Ze was vast nog meer van plan. Wát wist ik niet, maar ik zou er vast snel achter komen. Alsof dat afgebrande bord al niet voor genoeg onrust had gezorgd.

Ik haalde diep adem en zocht de kalmte in mijn binnenste op. Ik ging níét op haar reageren, wat ze ook zei. Ik wist dat ze het stom vond dat ik met de burgemeester ging trouwen, al waren Brayden en ik al samen geweest op de middelbare school en kende ze hem al jaren. Nu hij deel van het bestuur van de stad uitmaakte, was ze ineens tegen hem. Alleen maar omdat ze zich niet aan de regels wilde houden.

Dat we zouden trouwen lag al helemaal in de planning, zelfs nog voordat Brayden een aanzoek deed. Iedere andere jongeman van mijn leeftijd was al snel na het eindexamen verdwenen uit de stad, en Brayden was zo'n beetje de enige niet-getrouwde man in Westwick Corners die niet op een uitkering teerde. Nou ja, naast de nieuwe sheriff dan. Maar Tyler Gates telde niet; die zou hier toch binnen een paar maanden weer weg zijn, net als zijn voorgangers.

Tante Pearl en dienstkloppers waren geen beste vrienden. Die voorgangers van Tyler Gates waren verdwenen door háár streken. Een probleem met autoriteitsfiguren gecombineerd met magische krachten leidde gegarandeerd tot catastrofes. Tot nu toe, dan. Ik dacht terug aan het moment waarop sheriff Gates mijn tante een boete had gegeven. Die warme, bruine ogen hadden vastberaden gekeken. Ik had in die ogen weg kunnen zinken, want ze...

'Cendrine!' Mijn tantes scherpe stem haalde me ruw uit mijn dagdroom. 'Let eens op!'

Oh jee. Ze was nog steeds boos op me.

'Huh?' Wat had ik fout gedaan? Behalve dan de kant van de sheriff kiezen toen ze op de bon werd geslingerd voor brandstichting. Zo vaak werd ze niet boos op me, en ik moest toegeven dat ik er stiekem wel een beetje van genoot dat ik haar op haar zenuwen werkte.

'Ik heb niet de hele dag de tijd. Kom hier staan,' snauwde tante Pearl, terwijl ze naar het trapje van het prieel wees. 'Ik moet jouw nietsnut van een vriendje spelen voor de repetitie. Echte mannen laten hun vrouw niet voor paal staan bij het altaar, trouwens. Dit is een slecht teken. Ik blijf het maar zeggen, maar je wilt niet luisteren: je kunt beter vrijgezel blijven.'

'Jij ziet alleen maar zijn slechte kanten.' Ook al was ze zo aan het snauwen, mijn tante wilde alleen maar het beste voor me. Dat vertelde ik mezelf in elk geval.

Ze trok een wenkbrauw op. 'Zijn goede kanten vind ik ook maar niks. Ik vind hem van geen enkele kant deugen. Wij allemaal niet trouwens. Hij is er niet eens tijdens zijn eigen trouwrepetitie? Echt hoor, Cen. Dump die kerel nu het nog kan.'

Mam haalde haar schouders op en zei niets toen ze achter tante Pearl ging staan. Die draaide zich naar haar om en vervolgde: 'Ruby, je krijgt een nietsnut van een schoonzoon.'

'Kom op, Pearl, ik weet zeker dat hij een goede reden heeft om wat later te zijn. En Cen trouwt met hem. Jij niet.' Mam kwam tussen ons in staan alsof we twee kemphanen waren. Het was niet gemakkelijk om scheidsrechter te spelen in een familie vol stijfkoppige heksen. 'Brayden is al deel van de familie, of je het nu leuk vindt of niet. Hij heeft heus wel goede kwaliteiten.'

Zoals gewoonlijk hadden mams woorden een kalmerend effect. We zeiden niets meer en ik liet een zucht van opluchting ontsnappen. Al was tante Pearl een fragiel mensje, ze kon me op het vlak van magie (en helaas ook verbale behendigheid) eenvoudig verslaan. Ik had geen schijn van kans.

'We moeten dit nu doen. De eerste gasten staan binnen het uur op de stoep.' Mam wrong haar handen zorgelijk over elkaar toen we met zijn drietjes voor het prieel gingen staan.

'Brayden belde me om te zeggen dat zijn vergadering uitliep. Hij is er over een paar minuten.' Het was een leugen, maar dat was nu prettiger dan de waarheid.

'Daarom gebruiken we een vervanger. Zodra hij er is, neemt hij zijn positie in,' zei mam.

Mijn blik gleed naar mijn chagrijnige tante. 'Ik trouw echt

niet met háár.'

Mam wuifde het bezwaar weg. 'Het is maar een repetitie, Cen.'

'Maar waarom repeteren we zonder de bruidegom? Dat heeft toch geen zin?'

'Zoals ik al zei, ik heb niet de hele dag.' Tante Pearl tikte op haar horloge. 'Ik heb ook een planning. Wil je mijn hulp of niet?'

Ik wilde niet toegeven, maar ze hadden wel gelijk. Brayden had hier moeten zijn en hij was er niet. Het was zwaar triest dat ik smoesjes voor hem moest verzinnen, maar ik wilde niet dat mijn tante een zo mogelijk nog grotere hekel aan hem kreeg.

Mam kwam weer tussenbeide. 'Pearl, je hebt niet eens iets te doen. Je kunt Cen best even helpen bij haar trouwrepetitie.'

Het ergste was dat dit niet eens de officiële repetitie was. Het was een pre-repetitie die mijn moeder wilde uitvoeren om alles helemaal perfect te krijgen. Helaas was de afwezige bruidegom een lelijke streep door de rekening.

Eerlijk gezegd was ik ook boos op Brayden. Oké, het was een soort pre-trouwrepetitie, maar wat dan nog? Hij had hier gewoon moeten zijn. Over een paar weken trouwden we al. Was ik niet belangrijk genoeg naast zijn politieke, propvolle agenda en belangrijke netwerk?

'Neem jullie posities in, dames.' Mam klapte in haar handen en liep het trappetje op. Ik liep achter haar aan het prieel in. Ze gebaarde naar mij en tante Pearl dat we naar binnen moesten stappen. Ik keek niet eens naar haar. Mijn blik was gevestigd op de oprijlaan, waar nog steeds geen BMW reed.

De volgende paar seconden waren warrig, omdat mijn voet bleef haken achter iets zwaars en ik struikelde. Ik viel achterover het trapje af.

'Wat doe je nou?' schreeuwde tante Pearl, die half op me landde.

'Ga van me af!' Het gewicht van haar lichaam benam me de adem. Ik probeerde onder haar vandaan te krabbelen, maar kon amper bewegen.

'Oh mijn God. Hij is dóód.' Mam begon te gillen. Ze trok tante Pearl paniekerig van me af. 'Er ligt een lijk in het prieel!'

Ik rolde me op mijn zij en staarde recht in het gezicht van een levenloze man. Zijn lichaam zat vol bloed. Met een kreet rolde ik me naar de andere kant, zo ver mogelijk bij hem vandaan, en kwam met een knal tegen de muur aan. Ik krabbelde overeind en rende naar mam en tante Pearl toe, die in de hoek stonden die het verst verwijderd was van het tafereel dat zich voor onze ogen ontvouwde.

Een corpulente man lag met zijn buik omhoog op de vloer van het prieel. Zijn gezicht zat zo onder het bloed dat ik hem niet herkende. Nog meer bloed zat op zijn kleren en druppelde onder zijn lichaam vandaan.

'Oh mijn God.' Tante Pearl ging zowat over haar nek en draaide zich van het lijk weg. Daarna keek ze toch weer. 'Ik heb die man nog nooit gezien. Die komt vast niet uit de buurt.'

Mijn mond viel open toen ik hem wél herkende, maar niet uit de buurt. 'Dat is Sebastien Plant van *Travel Unraveled.* Onze VIP-gast.'

Tante Pearl hurkte op de grond neer en voelde aan zijn pols. 'Oh jee.'

Mam knikte langzaam toen zij tot dezelfde conclusie kwam. 'Hij... hij is nog niet eens ingecheckt,' stamelde ze.

'Dat gaat 'ie ook niet meer doen.' Ik trok mijn mobiel uit mijn broekzak en belde de sheriff. We hadden hulp nodig en wel zo snel mogelijk.

HOOFDSTUK 3

ien minuten later stonden we buiten het prieel te wachten terwijl Tyler Gates de plaats delict onderzocht. Terwijl ik probeerde te verwerken dat er zojuist een beroemde man in ons prieeltje was vermoord, schoot het me te binnen dat er weldra ook nog andere gasten zouden komen. Die waren namelijk niét dood. Ik gluurde naar beneden, naar mijn nieuwe linnen jurk die allang niet meer vlekkeloos wit was. Ik rilde bij de gedachte dat ik bovenop dat bebloede lijk had gelegen.

Ik liep naar de onderste trede van het trapje toe en keek nieuwsgierig naar binnen. Sheriff Gates liep om het lijk heen en leek diep in gedachten verzonken. Ik opende mijn mond om iets te zeggen, maar hij was me voor.

'Ken je hem?' Tyler Gates knielde naast het dode lichaam van Sebastien Plant neer.

'Niet persoonlijk. Hij is Sebastien Plant, een van onze gasten,' zei ik. 'Tenminste, dat zou hij zijn geweest. Hij zou hier een weekend verblijven. Hij is... of was... een miljardair, de directeur van *Travel Unraveled*. Die reisorganisatie die over de hele wereld actief is. We hadden hem uitgenodigd voor onze grote opening.'

Ik draaide me om naar mam en tante, die ook naar voren waren gestapt om het beter te kunnen zien. Sebastien lag nog steeds op zijn rug, met zijn dikke buik omhoog alsof hij een aangespoelde walvis was.

Mam verborg haar gezicht in haar handen. 'Dit is een regelrechte ramp. Nu wil vast niemand ooit nog in ons hotel verblijven. Wat moeten we doen?'

'Rustig maar.' Tante Pearl rukte haar blik los van het lijk op de vloer. 'Hij heeft vast gewoon een hartaanval gehad. Zo gezond ziet hij er echt niet uit.'

'En al dat bloed dan?' Ik schudde mijn hoofd. 'Dat lijkt mij geen hartaanval.' Toegegeven, Sebastien Plant was inderdaad ongezond dik, maar zijn bebloede hoofd maakte het zonneklaar dat hij niet was gestorven aan een slecht dieet of verkeerde levensstijl.

'Hoezo, rustig maar?' Mams stem brak en ze greep zich aan mijn arm vast om steun te zoeken. 'Die arme, arme man. Ik kan niet geloven dat hij het leven heeft gelaten in onze tuin.'

'We komen er wel achter wie hem heeft vermoord,' zei tante Pearl. 'Maar al die plannen voor meer toeristen in de stad kun je nu wel vergeten. Wie wil hier nu nog naartoe komen?'

'We weten nog niet eens wat er gebeurd is,' wierp ik tegen. Toen ik wat beter keek, zag ik dat hij ook krassen op zijn armen en zijn gezicht had. Zo te zien was hij flink toegetakeld voor de genadeklap viel. Hij had geprobeerd zich te verdedigen. Het idee dat we een moordenaar in ons midden hadden maakte me ziek.

De dood van deze man was zowel tragisch als heel slecht getimed. Onze opening van de Westwick Corners Inn zou heel anders lopen. Ik zette een paar stappen weer naar buiten. 'Laten we de sheriff de ruimte geven.'

'Hoe moeten we de gasten weghouden uit het prieel?' Mams blik schoot heen en weer tussen mij en het gebouwtje terwijl ze haar handen wrong.

'De sheriff heeft vast een plan. Dit heeft hij wel vaker meegemaakt.' Ik haalde diep adem en probeerde er niet te veel bij stil te staan dat dit nu een plaats delict was, geen trouwlocatie. Het feit dat we al die aandacht van deze miljardair hadden gekregen en het nu plotsklaps voorbij was, deed bovendien van alles met mijn emoties. Het was net of ik in een achtbaan zat.

'Wie zou het gedaan hebben?' Tante Pearls ogen vernauwden zich toen ze de sheriff aankeek, die het prieel uitstapte. 'Zijn er nog meer doden gevallen?'

Sheriff Gates schudde zijn hoofd. 'Daar heb ik in elk geval niets over gehoord. De doodsoorzaak is niet honderd procent zeker tot de lijkschouwer is geweest en er forensisch onderzoek is gedaan. Ik heb net de politie van Shady Creek gebeld om me te komen helpen.'

Shady Creek was hier ongeveer een uur vandaan. Zo'n twintig jaar geleden was het stadje als kool gegroeid en sinds de snelweg omgelegd was, waren er veel huizen bijgekomen. Nu was Westwick Corners grotendeels afhankelijk van het ziekenhuis, de rechtbank en de meer ingewikkelde politieprocedures die Shady Creek te bieden had.

'Nou, erg vakkundig klinkt u niet. Het is toch duidelijk moord?' Tante Pearl klonk alsof ze allerlei dingen wist die wij nog niet hadden gehoord.

De sheriff zuchtte. 'Ik mag niets zeggen over de doodsoorzaak, maar het ziet er natuurlijk verdacht uit. Alleen de lijkschouwer kan uitsluitsel geven, dus laten we niet te snel conclusies trekken.'

Terwijl de sheriff probeerde mam op te beuren, stapte ik

langs hem heen om nog eens goed in het prieel rond te kijken nu ik over de eerste schok heen was.

Sebastien Plants lichaam lag erbij als een bizar stilleven, omringd door bloemige bruiloftdecoraties en planten die zich om de relingen heenslingerden. Zijn hoofd zag eruit alsof hij in een of andere bar in elkaar was gemept. Hoe hij ook om het leven was gekomen, het had in elk geval geen natuurlijke oorzaak.

Mijn ogen werden groter toen ik plotseling tante Pearls toverstaf op de borst van Sebastien zag liggen, half verscholen onder zijn jasje. Ze moest hem in alle consternatie hebben laten vallen toen we over elkaar heentuimelden. Dat vond ik helemaal niets voor haar. Ze ging zelfs nog met dat ding in bad. Ik hoefde geen Sherlock Holmes te heten om te begrijpen dat het toverstokje van mijn tante nogal verdachtmakend was. Waarom had ze het ding niet meegenomen toen de sheriff kwam?

Natuurlijk was er een verklaring waarom het stokje was gevallen, maar dat verklaarde niet waarom ze het had laten liggen. Ik was nu vooral bang dat mijn tante straks van alles over de aanwezigheid van dat ding zou gaan uitleggen en zich zou verspreken. Deze nieuwe sheriff wist van geen hekserij, en dat moesten we zo houden.

Ik keek tante Pearl strak aan en knikte nauwelijks merkbaar naar het verdachte voorwerp. Ze keek snel weg. Blijkbaar maakte het haar niets uit dat haar toverstaf op de borst van een vermoorde man lag. Ach, het was nu toch al te laat om er iets aan te doen. Ik tuurde naar de toverstok en zag nu pas dat de punt in bloed gedrenkt was. De sheriff volgde mijn blik en ging voor me staan toen ik weer een paar passen het prieel in wilde zetten.

'Buiten blijven graag,' zei hij. 'We moeten de plaats delict intact laten.'

Een wit stukje papier naast het lijk trok mijn aandacht.

'Wat is dat?' Ik wees naar het opgevouwen vel, dat half onder de rechterbil van de dode Sebastien uit stak. Dat had ik door al het gedoe ook aanvankelijk niet gezien. 'Heeft de moordenaar soms een briefje achtergelaten?'

De sheriff duwde me opzij en stapte het prieel weer in. Hij knielde naast het lijk neer, pakte het briefje met een pincet op en maakte het voorzichtig open.

Ik sloop de trap op zodat hij me hopelijk niet zou opmerken. Bij de ingang bleef ik staan en keek toe hoe hij met het gummetje aan het uiteinde van zijn potlood voorzichtig het papier verder open duwde. Hij deed moeite naast de randen niets aan te raken, al had hij zelf handschoenen aan.

'Misschien wilde de moordenaar hem alleen bang maken.' Ik kwam dichterbij en hurkte naast het lichaam neer om alles beter te kunnen zien.

'Dat kun je beter niet doen.' De sheriff gebaarde naar me. 'Anders verknoei je het bewijsmateriaal.'

'Ik denk dat het daar een beetje te laat voor is.' Ik was nota bene over Sebastien heengestruikeld. Tien minuten geleden had ik bovenop dit lijk gelegen.

'Ga je niet lezen wat erop staat?' Ik brandde van nieuwsgierigheid. Zonder zijn antwoord af te wachten keek ik opzij en nam de boodschap in me op.

Het waren blokletters, geschreven met een zwarte fineliner. Een net handschrift, alsof iemand er urenlang op geoefend had. De boodschap was net zo duidelijk als de letters.

OOK AL REIS JE NOG ZO VER,
  Je maakt je hier beter uit de voeten.
  Je bedrijf is gestoeld op reizen,
  Maar hier zul je het leven laten moeten.

. . .

GEEN REDEN OM ONS STADJE TE ONTDEKKEN,
   Jij hebt hier niets te zoeken, gespuis,
   Laat Westwick Corner met rust
   En ga gewoon terug naar huis.

HANDEN AF VAN ONZE STAD EN ONS LAND,
   En maak dat je hier wegkomt.
   Als je hier rond blijft hangen,
   Zul je zien dat je aan je eind komt.

'Oh, een gedicht.' Tante Pearl dook naast ons op. 'Best een goed rijmpje.'

Tante was niet zo van de complimentjes. Hoewel haar toon nonchalant was, was de boodschap op dit briefje dat duidelijk niet. Het was een dreigement aan het adres van Sebastien Plant en zijn bedrijf.

'Waarom zou iemand een man die al dood is willen bedreigen?' Ik snapte er niets van. Ik kon me ook niet voorstellen dat iemand in ons stadje tot zoiets in staat was. Bovendien wist niemand buiten onze familie überhaupt dat er VIP-gasten zouden komen. 'Er zijn wel andere manieren om iemand de stad uit te jagen.'

'Ja, dat had ik al begrepen.' De sheriff keek tante Pearl scherp aan toen die nog een stapje naar voren zette en naar het briefje tuurde. 'Luister eens, jullie moeten allemaal afstand houden. Dit is een plaats delict.'

'Je hebt nog geen politietape opgehangen,' merkte mijn tante op.

Hij zuchtte. 'Ik ga toch niet dat hele prieel in tape wikkelen? Vooruit, wegwezen hier voor er bewijsmateriaal wordt verpest.' Hij vouwde het briefje voorzichtig weer op en stopte het in een plastic zakje.

'Maar we zijn toch allemaal al binnen geweest.' Tante Pearl zette haar handen in haar zij. 'Weet je wel zeker waar je mee bezig bent, sheriff?'

Ik pakte mijn tante bij haar schouder en leidde haar met enige dwang de trap weer af. 'Wil je nu ophouden?' fluisterde ik in haar oor. 'Je maakt een afgrijselijke eerste indruk zo.'

'Wat maakt het uit? Hij is toch binnen een maand weer weg. En de toeristen blijven nu ook wel weg. Dan is die moord tenminste nog ergens goed voor.' Ze mompelde nog iets wat ik zo snel niet kon horen.

Ik volgde haar de trap af. 'Gasten in koelen bloede vermoorden is nogal rigoureus als je dagjesmensen wilt afschrikken. Trouwens, Sebastien Plant is best wel beroemd. Het zou me niets verbazen als er nu juist méér mensen komen.'

'Doe niet zo idioot.' Haar ogen werden groter. 'Niemand wil toch meer naar zo'n gevaarlijk stadje komen?'

'Deze moord zal anders voor een hoop publiciteit zorgen. Wie weet wordt dit prieel wel een soort bedevaartsoord voor zijn grootste fans.' Ik geloofde zelf niets van wat ik zei, maar mijn tante misschien wel. Het was tijd om haar eens even helemaal gek te maken. Sebastien Plant was wel degelijk populair. Hij had een tijdschrift en zelfs een tv-serie.

'De *rigor mortis* heeft nog niet eens ingezet en nu al denk je na over geld verdienen over zijn arme, dooie rug?' Tante Pearl snoof. 'Je bent een ijskoude, Cendrine.'

'Westwick Corners zal wel niet meteen een tweede Graceland worden, maar hoe je het ook wendt of keert, publiciteit is altijd goede reclame, of het nu door iets positiefs of negatiefs komt. Ons stadje staat straks prominent op de kaart.' Ik draaide me naar haar toe. 'Ben je trouwens niet je toverstaf vergeten in het prieel?'

Ze fronste, maar zei niets. Ze keek me een moment lang

aan voor ze zich van me wegdraaide en net deed of ze me niet hoorde.

Sheriff Gates kwam het trapje af en kwam erbij staan. 'Ik wil niet dat jullie anderen vertellen over wat je daarbinnen hebt gezien.' Hij wees naar het prieel. 'En al helemaal geen woord over dat briefje of het moordwapen.'

De sheriff dacht dat tante Pearls toverstaf het moordwapen was? Dit begon er steeds minder goed uit te zien. Van zijn knappe gezicht was geen enkele emotie af te lezen; dat zou beroepsmatig wel de bedoeling zijn. Ik vroeg me af of hij er al spijt van had dat hij hier was komen werken. Als de enige sheriff in het stadje zou hij het druk krijgen.

'Misschien is hij per ongeluk vermoord,' zei tante Pearl. 'Dat zou het briefje verklaren. Waarom zou je iemand in een boodschap bedreigen en dan meteen afmaken? Dat slaat nergens op.'

'Wie weet is dat briefje wel voor zijn vrouw,' opperde mam. 'Tonya Plant werkt ook voor *Travel Unraveled*. De moordenaar wilde dat ze allebei de stad zouden verlaten.'

Sheriff Gates knikte. 'De moordenaar zou een lokale bewoner kunnen zijn die de Plants hier niet wilde hebben. Waar is zijn vrouw eigenlijk op dit moment?'

Ik haalde mijn schouders op. 'Geen idee. We wisten niet eens dat ze er al waren. Ze hadden nog niet ingecheckt.'

'Wie doet er nu zoiets?' Nu pas leek mijn moeder de bloedvlekken in mijn jurk op te merken, want ze keek er met grote ogen naar.

'De meeste bewoners staan achter het nieuwe PR-plan om het toerisme hier nieuw leven in te blazen, maar dat geldt niet voor iedereen. Ik vraag me alleen af of die minderheid tot moord in staat is,' zei ik, terwijl ik mijn tante indringend aankeek. Daar ging ze niet op in.

'Mensen doen soms de vreemdste dingen als ze zich in het nauw gedreven voelen.' Sheriff Gates maakte een handgebaar in de richting van het hotel. 'Jullie kunnen beter weer naar binnen gaan. Maar blijf op het landgoed, alsjeblieft. Ik wil jullie allemaal ondervragen als de forensisch onderzoekers hier eenmaal zijn.'

'Ik snap het nog steeds niet,' zei tante Pearl. 'Waarom die bedreiging aan het adres van een dode man?'

Een rilling liep over mijn rug. Die toverstaf, het briefje en alle omstandigheden eromheen... alles wees met een beschuldigende vinger naar mijn tante. En als ík dat zag, dan zou sheriff Gates het vast ook snel opmerken.

Ik maakte een mentale notitie dat ik mijn moeder straks zou vragen waar mijn tante had uitgehangen voor we bij het prieel bij elkaar waren gekomen. Tot moord was ze niet in staat, maar wel tot een hoop andere problematische dingen. Ze had geen beste eerste indruk gemaakt op Tyler Gates, dus hoe meer we over de situatie wisten voor de sheriff ons zou interviewen, hoe beter. Als ze zo kattig tegen hem bleef, zou dit onderzoek weleens een heel nare wending kunnen krijgen. We hadden een strategie nodig.

Ik liep achter mam en tante Pearl aan. Terwijl we het grasveld overstaken, keek ik naar de parkeerplaats. Nog steeds geen teken van Brayden, en ook niet van de politieagenten die uit Shady Creek zouden komen. Het zou weleens tot na etenstijd kunnen duren voor ze klaar waren met het hele prieel onderzoeken op sporen. Het was nu eind van de middag, dus we hadden een plan nodig om de plaats delict verborgen te houden voor de rest van de gasten. Die moesten we in elk geval uit de tuin weg zien te houden.

Ik draaide me naar mam toe. 'Dat hele idee van een moordenaar is ons midden is vreselijk. Wie zou er zo ver gaan om mensen uit de stad weg te houden?'

Tante Pearl kuchte. 'Ik moet maar eens gaan.' Ze liep van ons weg in de richting van de deur die naar de kelder van het hotel leidde, op zo'n straf tempo dat ze bijna wel magie moest hebben gebruikt. Geen enkel breekbaar mensje van haar leeftijd had zo'n snelwandeltempo onder de knie. En waarom leek het haar niets te kunnen schelen dat ze haar toverstaf in het prieel was verloren? Ze ging nooit ergens heen zonder dat ding. Er klopte gewoon iets niet.

Ik keek over mijn schouder en zag sheriff Gates met over elkaar geslagen armen en opgetrokken wenkbrauwen naar mijn tante kijken. Die vroeg zich vast ook af waarom ze ineens zo'n haast had.

Toen ik op mijn horloge keek, zag ik dat er al een uur was verstreken sinds ik bij het hotel was aangekomen. Waar was Brayden toch? Ofwel had hij gehoord over de moord en had het hem beter geleken weg te blijven, ofwel was hij onze afspraak om drie uur gewoon vergeten. Hoe je het ook wendde of keerde, mijn toekomstige echtgenoot had het niet de moeite gevonden om naar onze trouwrepetitie te komen of er voor me te zijn om me te steunen.

HOOFDSTUK 4

'Wacht. Blijf nog even.' De diepe stem van Tyler Gates doorbrak de stilte die was gevallen.

Mijn hart sloeg over toen ik opkeek, recht in zijn zachtaardige, bruine ogen. Mijn ademhaling ging sneller en heel even vergat ik dat ik op een plaats delict was.

Ik bloosde toen ik zijn blik op me voelde. Waar was ik toch mee bezig? Schoorvoetend liep ik terug naar het prieel en volgde hem mee naar binnen.

Hij wees naar het lichaam. 'Dat ding heb je al eens eerder gezien, hè?'

De schok moest wel van mijn gezicht af te lezen zijn. Ik knikte traag, nog steeds niet helemaal begrijpend waarom de toverstaf van tante Pearl hier lag. Ik wist zeker dat ze het niet kwijtgeraakt kon zijn. Ze was er juist heel zuinig op. Ik dacht terug aan haar haastige aftocht en bedacht me dat het bijna was alsof ze ergens voor op de vlucht was geslagen.

De bovenste punt van de vijfpuntige ster die in het hout was uitgesneden was helemaal donker van het opgedroogde bloed. De sheriff scheen met zijn zaklamp op de toverstaf. Dat was nergens voor nodig; het was in de middagzon licht genoeg in het prieel. De bloedvlekken waren duidelijk te zien.

'Dat is van tante Pearl.' Ik wierp een blik op het hotel.

'Wat is het? Het lijkt wel een onderdeel van een gordijnroede of zo.'

De decoratie had inderdaad ook best op een gordijnroede kunnen staan, maar tante Pearls toverstaf was een stuk gevaarlijker. En nu helemaal, aangezien hij leek te zijn gebruikt als moordwapen.

'Dat is een stuk van haar, eh... wandelstok.' De versplinterde stukken hout boven de ster waren scherp, maar niet scherp genoeg om iemand echt neer te steken. Zo sterk was mijn tante niet. Tenminste, niet zonder magie.

'Ik vind het niet echt iets voor haar om een wandelstok te gebruiken.'

Ik opende mijn mond weer, maar er kwam niets uit. Ik moest met een logische verklaring op de proppen komen, al was tante Pearl de meest onlogische persoon aller tijden. Het was belangrijk dat ik met haar overlegde voor de sheriff de kans had met haar te praten. Dat was misschien niet helemaal volgens normale normen en waarden, maar het was zaak dat we ten koste van alles onze magie geheim hielden voor instanties zoals de politie. Iets zei me dat tante Pearl weleens een grens over zou kunnen gaan in dit geval. En dat zou alles voorgoed veranderen.

'Ja, ze lijkt me nog heel goed ter been,' vervolgde Tyler Gates intussen met een frons. 'Zij heeft toch geen stok nodig?' Zijn blik gleed naar het pad waar tante net nog in een moordend tempo had gelopen. 'En vanochtend op de weg buiten het stadje had ik ook moeite haar bij te houden.'

'Soms heeft ze reuma-aanvallen.'

'Echt?' Zijn bruine ogen bestudeerden me. 'Dat zou je niet zeggen.'

Ik knikte aarzelend. Ik vond het vreselijk tegen hem te

moeten liegen, maar ik had geen keus. Ik moest eerst uitzoeken hoe het kwam dat mijn tante haar toverstaf verloren was. Misschien was het inderdaad een ongeluk en was ze het ding in het prieel vergeten, maar waarom zat het dan onder het bloed?

Mijn blik gleed naar het lijk. Het hoofd en gezicht van Sebastien Plant zaten zo onder het bloed dat het moeilijk te zien was hoe groot de wond was, maar het leek me onwaarschijnlijk dat die toegebracht kon zijn met een simpele toverstaf. Een rilling liep over mijn rug. 'Ik zou ook niet zeggen dat haar sta... eh, stók zoveel schade zou kunnen aanrichten. Dat je er iemand mee zou kunnen vermoorden.'

'Je zou verbaasd staan van de fysieke kracht die mensen hebben in de woede van het moment.' De sheriff keek echter ook weifelend bij die woorden.

'Mijn tante kan wel een beetje chagrijnig uit de hoek komen, maar een moordenaar is ze niet. U denkt toch niet echt...'

'Het maakt niet uit wat ik denk. De lijkschouwer vertelt me straks meer over de doodsoorzaak. Erover speculeren heeft nu geen zin.'

'Maar er moet een logische verklaring zijn.'

Hij wuifde mijn bezwaar weg. 'Ik heb maar een dringende vraag. Waarom lag er een stuk van je tantes wandelstok op de borst van Sebastien Plant?'

Ik fronste. 'Mijn tante en ik struikelden over zijn lijk toen we binnenkwamen.' Dan zou ze de 'wandelstok' bij zich moeten hebben gehad toen we vielen. Ik wist zeker dat tante Pearl haar toverstaf niet had laten vallen toen we het lijk ontdekten, maar wat moest ik de sheriff anders vertellen? Ik wilde zijn onderzoek niet dwarsbomen, maar ik ging ook mijn tante niet valselijk laten beschuldigen. 'U kunt toch niet echt denken dat zij hier iets mee te maken heeft.'

'Ik onderzoek alleen aanwijzingen en feiten. Op dit

moment leiden die aanwijzingen naar Pearl. Ik zal haar moeten ondervragen.'

Zijn gezicht stond neutraal, dus ik wist niet hoe serieus hij dit meende. Plots moest ik denken aan tantes beschuldiging dat de sheriff corrupt was. Ze had me niet uitgelegd waarom ze dat dacht, maar wat als het waar was? Als hij per se een schuldige wilde aanwijzen omdat hij iemand anders beschermde kon hij mijn tante als slachtoffer uitkiezen. Waarom zou hij hier anders zijn? Geen enkele zichzelf respecterende sheriff wilde ooit in Westwick Corners werken. We trokken altijd foute lui aan, mensen die waren weggevlucht van iets of iemand uit hun verleden.

Ik wees op tante Pearls toverstaf. 'Die punt is niet scherp genoeg om iemand mee neer te steken, en al helemaal niet om iemand mee te vermoorden. Het ziet er onschuldig uit.' Wat natuurlijk niet waar was, maar hij wist niets van de magische kranten van de staf. In verkeerde handen was de toverstaf van mijn tante wel degelijk dodelijk.

Terwijl ik naar de staf staarde, kreeg ik een plotselinge ingeving. Het was écht onmogelijk dat mijn tante Sebastien Plant had vermoord. Ze was als de dood voor bloed. Een paar maanden geleden had ze in haar eigen vinger gesneden en daar was ze door flauwgevallen. Ze mocht dan een krasse knar zijn, maar als er ook maar een druppel bloed vloeide ging ze knock-out.

Een ding wist ik zeker. Geen idee hoe of waarom, maar iemand anders was verantwoordelijk voor dit bloedbad en de bloedvlekken op de toverstaf van mijn tante.

Ik zou er alles, maar dan ook alles aan doen om die persoon te vinden.

HOOFDSTUK 5

Ik liep naar de keuken, waar mijn moeder met perplexe blik naar mijn tante stond te kijken. Die was met behulp van magie ingrediënten voor de salade van vanavond aan het mixen. De kroppen sla vlogen letterlijk door de lucht. Nou, dan was die magie tenminste nog ergens goed voor vandaag.

Ik ving een krop Romaine-sla op en legde hem met een klap op het aanrecht neer. 'Wij moeten even stevig babbelen, tante Pearl.'

'Dat moet maar even wachten, Cen. Ik heb het druk.' Ze knipte met haar vingers om een bos worteltjes met onzichtbare handen te raspen.

'Ben je niet iets kwijt?' vroeg ik liefjes.

'Een dunschiller bedoel je? Die heb ik niet nodig, dat weet je.'

'Ik bedoel je toverstaf. Waarom ligt dat ding in het prieel?' Haar nonchalante houding irriteerde me mateloos.

'Ik heb nu geen tijd om te praten. Het avondeten moet straks klaar staan voor de gasten.' Tante Pearl stond bij het grootste kookeiland in onze keuken als een kapitein op een schip. Het spiegelende, roestvrije staal was nu besmeurd met groenteresten en dressing. De keuken was het enige gedeelte van het hotel dat we modern hadden ingericht. We hadden er duizenden dollars in geïnvesteerd en mijn moeder was er apetrots op. Nu was de keuken echter een complete zooi. Het leek wel of er een kookmarathon had plaatsgevonden. Overal stonden vieze pannen, borden en er hing een penetrante brandlucht. Dit was het probleem als je magie inzette: het kon al snel uit de hand lopen. Het feit dat mijn tante haar magie niet onder controle had, kon twee dingen betekenen: ofwel de magie was zelf op hol geslagen, ofwel tante Pearl reageerde zich op deze manier af omdat ze gestrest was.

'Daarnet zei je nog dat je wilde dat alle gasten ophoepelden,' merkte ik op.

'Nou ja, nu zijn ze er. En ze moeten wel te eten krijgen.' Tante veegde haar voorhoofd af met een arm die onder het meel zat.

Mam deed een stapje naar voren. 'Ik had al van alles klaarstaan, Pearl. Je maakt er alleen maar een bende van hierbinnen.'

'Ik was bang dat we niet genoeg zouden hebben, dus ik heb meer gemaakt.' Mijn tante pruilde als een kind van twee.

Ik had er genoeg van. Met een hoofdknikje naar mijn moeder zei ik: 'Zorg jij voor het eten, dan zorg ik voor tante Pearl.'

'Er hoeft helemaal niemand voor mij te zorgen, Cendrine,' protesteerde ze. 'En zeker jij niet.'

'Luister goed, tante. Sebastien Plant is net vermoord en jóúw toverstaf lag op zijn borstkas. Hoe is dat ding daar gekomen?'

Haar mond viel open. 'Oh, heb ik hem dáár laten liggen?'

'Doe niet zo onnozel. Dat had je net al gezien. Waaróm?'

'Ik heb hem daar niet neergelegd! Iemand heeft hem gestolen.' Ze gooide haar armen in de lucht. 'Wat had ik dan moeten doen? Ik kan toch geen bewijsmateriaal vastpakken op een plaats delict. Dan zitten mijn vingerafdrukken erop en krijg ik de schuld.'

'Maar het is jouw staf. Daar zitten je vingerafdrukken toch allang op?'

'Ik ga niet naar je beschuldigingen luisteren.' Tante Pearl trok haar schort uit en smeet het weg. Het belandde op de grill en begon vervaarlijk te roken op het moment dat ze de deur uitstampte.

Ik greep het schort weg van de grill en trapte het smeulende vuur uit voor ik achter haar aanrende. 'Wacht nou, tante! Ik beschuldig je helemaal nergens van. Ik wil gewoon weten wat er echt is gebeurd zodat we onszelf niet tegenover de sheriff verspreken.' Anders zou ze hem straks een of ander belachelijk verhaal aan zijn neus gaan hangen. Waarom wilde ze me geen antwoord geven op mijn vraag?

Ze bleef staan. Mijn moeder was ook achter haar aan gekomen en met zijn drieën bleven we voor de keukendeur staan. 'Ik wil gewoon niet dat Tyler Gates erachter komt dat we heksen zijn,' vulde ik aan. 'Zeker niet als hij een moord onderzoekt.'

'Ik weet gewoon niet wat mijn toverstaf daarmee te maken heeft. Ik ben geen moordenaar.' Ze keek verontwaardigd.

'Dat weten wíj ook wel, Pearl,' zei mam. 'Maar de sheriff gaat een spoor volgen dat nergens naartoe leidt als we niet nu ingrijpen. Dan let hij veel te veel op jou en vindt hij de echte moordenaar niet. En ik wil wél dat hij die vindt. Er loopt een gevaarlijk persoon rond in ons stadje. Het is beter voor ons allemaal als hij die arresteert.'

Daar leek mijn tante het mee eens te zijn. 'De sheriff heeft inderdaad de pik op me. Ik wil hier niet de schuld van krijgen.'

Godzijdank woonden we in een klein stadje en was de

sheriff alleen. Hij kon ons alleen een voor een ondervragen, tenminste, nu nog wel. Als de politie uit Shady Creek er eenmaal was, zou dat anders worden. Daarom moesten we nu met een goed verhaal op de proppen komen.

'Werk dan een beetje mee,' smeekte mam. 'Vertel ons alles wat je weet. En wat je de sheriff gaat vertellen.'

'Er valt niet veel te vertellen, behalve dan hoe we Sebastien in het prieel vonden.' Tante Pearl ving mijn blik en gebaarde naar mijn moeder. 'Ruby en ik liepen een paar minuten voor jij arriveerde naar het prieel toe. Dat heb ik de sheriff ook al verteld.'

Het was me niet eens opgevallen dat ze al met hem gepraat had, maar ik zou wel te veel afgeleid zijn geweest. 'Wat vroeg hij nog meer?'

'Niks. Hij zei dat hij later misschien nog meer vragen zou hebben. Lekkere sheriff ben je dan. Hij heeft niet eens gevraagd of hij een DNA-sample mocht nemen.'

'Gelukkig maar,' zei mam. 'Ik hoop dat hij snel ontdekt wie dit op zijn geweten heeft. Wie zou het in zijn hoofd halen zoiets te doen?'

Ik wist vrij zeker dat het gebrek aan DNA-onderzoek niet betekende dat de sheriff mijn tante niet meer verdacht vond.

Tante Pearl schraapte haar keel. 'Ik kan me het niet voorstellen.'

In mijn hoofd ging ik een hele lijst met herrieschoppers af. Zoveel misdaad was er niet in ons stadje, en al helemaal geen zware misdaad. De grootste herrieschopper in Westwick Corners stond pal voor mijn neus. Mijn tante was hier echter niet toe in staat, dat wist ik zeker.

Ze leek te denken waar ik aan dacht. 'Ik was het zeker niet. Al moet ik toegeven dat er geen betere manier is om hier toeristen weg te houden dan er eentje om zeep te helpen die beroemd is.'

'Pearl!' Mijn moeder schudde haar hoofd. 'Houd je mond.

Er hoeft maar een persoon mee te luisteren die jouw humor niet waardeert en je woorden verdraait.'

'Waarom zou iemand me verkeerd interpreteren? Ik ken die man niet eens.'

'Omdat mensen soms te snel conclusies trekken.' Mam haalde haar schouders op. 'Zolang je een alibi hebt, is alles toch in orde? Er is toch wel iemand die weet waar je ten tijde van de moord was, of niet soms?'

Ik staarde mam aan. 'Bedoel je dat tante Pearl niet bij jou was?'

Ze beet op haar lip. 'Pearl, zeg op.'

Dat was geen goed teken. Als het even kon liet mijn moeder tante Pearl juist níéts zeggen.

'Ik moet ervandoor.' Mijn tante liep weg, de tuin door, voor we nog iets tegen haar konden zeggen.

Mijn moeder zuchtte verslagen. 'Ze is de laatste tijd zichzelf niet, Cen. Ik heb geen idee waar ze mee bezig is. Maar ze is eigenwijs genoeg om iets ongelofelijk doms te doen.'

Zichzelf niet... zou ze dan toch iets hebben gedaan wat ik me niet kon voorstellen? Die hele kruistocht tegen het toerisme van tante Pearl had mij ook behoorlijk bang gemaakt. Was ze dit keer écht te ver gegaan? Of probeerde iemand haar voor de moord op te laten draaien?

HOOFDSTUK 6

ante Pearl kwam net zo snel terug als ze
ervandoor was gegaan, maar gaf ons geen verklaring voor haar haastige aftocht. Zwijgend keek ze toe hoe ik
de rommel die ze met de sla had gemaakt opruimde. Mam
schepte de salade in glazen serveerschaaltjes. Dankzij tante
Pearl hadden we genoeg eten voor een heel weeshuis vol
konijnen.

'Ik ga boven de kamers schoonmaken.' Pearl draaide zich
op haar hielen om en liep in de richting van de deur.

'Wat, nu?' Mam staarde haar na. Ze keek me zijdelings
aan met een zorgelijk gezicht.

Tante Pearl negeerde mijn moeder en sloeg de deur
achter zich dicht.

Het zat me niet lekker dat tante Pearl nu helemaal in haar
eentje naar boven ging, dus volgde ik haar de keuken uit en
bleef ver genoeg achter haar om haar ongemerkt te volgen.
Ze liep de grote eikenhouten trap op naar de kamers op de
hogergelegen verdiepingen.

Ik wachtte tot ze op de overloop van de eerste verdieping
was en liep toen zelf de trap op. Toen de trap kraakte, kromp

ik een beetje in elkaar, maar mijn tante leek het niet op te merken. Ik liep de gang van de eerste verdieping in en liep op een veilige afstand achter haar aan. Ze stopte bij de kamer waar de Plants zouden verblijven en trok een sleutelbos tevoorschijn.

Tante Pearls schoonmaakkarretje stond al bij de kamer klaar, maar ik had er sterke twijfels over dat ze die kamer in ging om schoon te maken. Ik moest haar tegenhouden voor ze nog meer ellende zou veroorzaken.

'Tante Pearl, wat ga ja doen?' Mijn gefluister klonk meer als schor gekraak.

'Tonya's kamer schoonmaken natuurlijk.' Ze draaide zich naar me toe. 'Wat ben jij trouwens een slechte detective, zeg. Ik wist de hele tijd al dat je me achtervolgde.'

Ik besloot de belediging te negeren. 'Waarom zou je deze kamer schoonmaken? Ze zijn er net.' Tenminste, Tonya wel. Die arme Sebastien Plant had nooit van de kamer gebruik kunnen maken.

Tante Pearl schudde haar hoofd. 'Nee, ze zijn er al sinds vannacht. Ik heb ze ingecheckt, na twaalven.'

Mijn mond viel open van verbazing. 'Waarom heb je dat dan niet tegen de sheriff gezegd? Je had wel wat kunnen zeggen toen mam tegen hem zei dat ze nog niet eens waren ingecheckt.'

Ze haalde haar schouders op. 'Wat maakt het uit? Ik wilde gewoon niet dat Ruby onnozel over zou komen.'

'Het maakt wel degelijk wat uit. Sinds wanneer maak jij je zo druk om de gevoelens van anderen?' Ze stond te liegen, ik wist het zeker. 'Je probeert jezelf in te dekken.'

'Oké, misschien een beetje. Ik had niet alles goed ingevuld omdat het zo laat was en ik wilde niet dat je moeder boos op me zou worden. Tonya en Sebastien kwamen hier rond een uur 's nachts aan. Sebastien was zo dronken dat hij amper op zijn eigen benen kon staan, dus ik heb ze snel hun sleutel gegeven.' Tante Pearls sleutelbos rammelde toen ze de deur van de kamer opendeed. Ze haalde een paar latex handschoenen uit het karretje en trok ze met een knappend geluid aan.

'Je had iets moeten zeggen. Als de sheriff ervanaf had geweten, had hij vast deze kamer geïnspecteerd. Het is een mogelijke plaats delict. Blijf hier, dan ga ik hem halen.'

'Oh doe toch rustig, Cendrine. Sheriff Gates heeft deze kamer nog geen plaats delict genoemd, en dat gaat ook niet gebeuren als wij hem niets vertellen. Wij moeten dit klusje klaren.' Ze wierp ook mij een paar handschoenen toe. 'Trek die aan. We hebben niet de hele dag de tijd.'

'Nee, wacht nou.' Het idee dat mijn tante dwars door allerlei belastend bewijs in deze kamer zou denderen maakte me doodsbang. 'Dit is niet handig. We kunnen niet voor eigen rechter gaan spelen.'

'Stop met zeuren en ga aan de slag. Leeg jij de prullenbak maar.'

Tante Pearls hand klemde zich om mijn bovenarm als een klem en ze trok me de kamer binnen. Ik beet op mijn lip om het niet uit te gillen. Verderop in de gang had ik gasten horen aankomen, hun stemmen echoënd tegen de muren. Ze mochten ons niet zien ruziën.

'Dit is een heel slecht idee.' Ik deed de handschoenen aan en keek speurend de kamer rond. Er was niet veel te zien, alleen de lakens van het bed waren wat scheefgezakt. Er leek niet in geslapen te zijn. De koffers van het echtpaar stonden ongeopend in de kast. Een halfvol glas limonade, autosleutels en een portemonnee op het nachtkastje en een lege tas van de supermarkt op het bureau. Verder zag de kamer er netjes uit. Niets wees erop dat een van de gasten in deze kamer onlangs aan zijn einde was gekomen. Wel vreemd was dat de prullenbak uitpuilde. Zolang hadden ze hier nog niet gezeten. Ik tilde de prullenbak op en leegde hem in een vuilniszak die ik van het karretje pakte. Naast een hoop tissues bevatte de prullenbak een half leeggedronken flesje Gatorade en een plastic bak waar ongeveer drie liter in kon. Ik legde een knoop in de vuilniszak en besloot hem apart van de rest te houden voor het geval sheriff Gates er later nog naar wilde kijken.

Tante Pearl wenkte me dichterbij. 'Kijk eens wat ik heb gevonden.' Ze wees met trillende vinger naar het bureau.

Ik liep om het bed heen om te kijken wat haar aandacht zo gevangen hield en kreeg bijna een hartverzakking. Ontwikkelingsplannen voor dit terrein met het logo van Centralex erop. Dat was het grootste ontwikkelingsbureau voor vastgoed in de hele westelijke VS. Ernaast lag een architectonische schets van een of ander megahotel en conferentiecentrum. Erboven stond met duidelijke blokletters geprint: WESTWICK RESORT.

Er was geen twijfel mogelijk over waar de projectontwikkelaars van plan waren hun monsterhotel te gaan bouwen. Plotseling voelde ik me niet zo schuldig meer over het inbreken in deze kamer.

Ik bladerde door de map en zag foto's die vanuit de lucht waren genomen. Het was duidelijk ons land. De schetsen die erbij gevoegd waren, toonden een golfterrein alsmede een enorm gebouw van twintig verdiepingen hoog met een zwembad en diverse luxe tuinen. En ons familiehotel, de Westwick Corners Inn, was nergens te bekennen op de schetsen.

'Geloof je nu dat er iets raars aan de hand is?' zei tante.

Helemaal sprakeloos knikte ik. Iemand had duidelijk een hoop tijd en geld geïnvesteerd in het ontwikkelen van dit plan, waarbij ons hotel met de grond gelijk zou moeten worden gemaakt. Ze waren zelfs zo overtuigd van het feit dat dit zou gaan gebeuren dat ze al architecten hadden ingehuurd om schetsen te maken, terwijl ze nog niet eens met ons, de rechtmatige eigenaren, hadden gepraat. Hoe durfden de Plants in ons hotel te verblijven terwijl ze tegelijkertijd van plan waren het van ons af te pakken?

Ik had spijt als haren op mijn hoofd dat we ze hadden verwelkomd. Wijlen Sebastien Plant leek steeds meer vijand dan vriend. Ik vroeg me af hoe snel hij dit plan ten uitvoer had willen brengen en bedacht me dat zijn moord nu in een heel ander daglicht kwam te staan. De echte reden van zijn komst naar Westwick Corners was misschien nog bij meer mensen bekend. Ik rilde bij de gedachte dat wij in verband stonden met zijn laatste momenten op deze aarde.

'Ontwikkeling is een tweesnijdend zwaard,' zei tante Pearl zacht. 'Soms is het maar beter onbekend en onopgemerkt te blijven.'

Het was voor het eerst vandaag dat we het ergens over eens konden zijn. 'Laten we de sheriff erbij halen,' zei ik.

Een paar weken geleden hadden we nog moeite gehad om betalende gasten te vinden en nu hadden we ineens gasten die ons hotel wilden afpakken. Was er iemand die dat zó graag wilde dat ze tot moord in staat waren?

HOOFDSTUK 7

Sheriff Gates liet het onderzoek van Tonya's hotelkamer over aan een speciaal team. Tonya was er niet blij mee, want nu kon ze de kamer niet gebruiken. Het hotel was helemaal volgeboekt, dus tijdens het onderzoek moest ze beneden in de eetzaal zitten en stoom afblazen.

Ik had de hele vuilniszak uit de kamer overhandigd aan de sheriff, die hem vervolgens weer aan het forensisch team doorgaf. Nu had ik wel spijt van het feit dat we hem niet meteen gehaald hadden, want hoewel we handschoenen hadden gedragen tijdens ons onderzoek van de kamer, hadden we misschien toch bewijsmateriaal verknoeid voor sheriff Gates.

De Centralex-plannen waren in elk geval geen geheim meer. Tonya kon niet meer doen alsof ze gewoon voor haar plezier in ons hotel zat terwijl ze stiekem de hele boel zo snel mogelijk plat wilde laten gooien. Haar bedrog leek haar niet veel te kunnen schelen. Sterker nog, niets leek haar veel te kunnen schelen. Ze zat in de eetzaal met een glas rode wijn en een enorm stuk chocoladetaart. Wat was er mis met die vrouw? Ze leek zichzelf iets te veel te vermaken met het oog op de recente moord op haar man.

De sheriff had Tonya beloofd dat ze na het eten weer van haar kamer gebruik mocht maken. Hoe sneller ze ophoepelde, hoe beter, wat mij betreft; dan hoefde ik niet geveinsd beleefd te zijn en tegen haar te glimlachen.

Ondertussen had de sheriff een van de kleine kamers aan de voorkant van het hotel ingericht als tijdelijke verhoorkamer. We hadden dat stuk van het hotel ingericht als loungehoek voor gasten om te relaxen, maar relaxt was ik bepaald niet toen ik er zat en mijn beurt afwachtte voor het verhoor dat op stapel stond.

Ik wilde echter wel graag aan de sheriff vragen of hij ook dacht dat die ontwikkelingsplannen in Tonya's kamer iets te maken konden hebben met de moord. Wie weet had Tonya er zelf al iets over gezegd, maar dat leek me niet echt bij haar persoonlijkheid passen. Ze was afstandelijk en hooghartig.

De stoel naast het raam waarin ik zat gaf me een goed uitzicht op in- en uitlopende gasten. De meeste mensen zaten alvast een drankje te doen voor het eten zou worden geserveerd en een paar waren zelfs naar de bar gelopen die we *The Witching Post* hadden genoemd en die aan de andere kant van het grasveld lag. Gelukkig konden ze vanaf daar het prieel en de tuinen niet goed zien. Hopelijk zouden de politieagenten die er rondliepen niet al te veel opvallen.

Af en toe sprong ik op om mensen die zoekend rondkeken de weg te wijzen. Dan zorgde ik er steeds voor dat ik ze vooral niet de kant van de plaats delict opstuurde. Als ze erachter zouden komen dat er een moord was gepleegd vlak bij het hotel waar ze verbleven, zou dat niet best zijn.

Het was pas een paar uur geleden dat we de gruwelijke moord hadden ontdekt, maar er leken wel jaren voorbij te zijn gegaan. De sheriff had zowel het prieel als Tonya's kamer *off limits* gemaakt tot het team uit Shady Creek was gearriveerd. Nu ze er dan eindelijk waren, kon hij zich focussen op het verhoren van getuigen. Daar hoorde ik natuurlijk bij, net als mam en tante Pearl.

Sheriff Gates had mam eerst ondervraagd, dus zij had nu haar handen vrij om zich bezig te houden met het diner. Daarna was tante Pearl aan de beurt geweest. Tot mijn verbazing en dankbaarheid duurde dat verhoor maar vijf minuten. Daarna was hij even weggelopen om een telefoontje te plegen, naar het onderzoeksteam, nam ik aan. Ik had niet de gelegenheid gehad om met mam of tante Pearl te praten na hun verhoor, dus ik hoopte maar dat mijn tante niets belachelijks of verdachts had gezegd.

Ik glimlachte toen ik de sheriff mijn kant op zag lopen. Hij ging op de stoel tegenover me zitten. 'Ik hoop dat dit snel opgelost kan worden,' zei ik.

'We doen ons best.'

'Kunnen we misschien hier blijven zitten? Dan kan ik een oogje op de gasten houden.'

Hij knikte.

Ik wierp een blik uit het raam en zag tot mijn schrik dat het busje van het Shady Creek forensisch team nu vlak bij de ingang geparkeerd stond. Er stond een duidelijk embleem van de politie op. Het busje van de lijkschouwer stond er pal naast. Wat moest ik zeggen als gasten er vragen over gingen stellen? Ik had geen behoefte aan drama. Godzijdank was de media in elk geval nog niet opgedoken. Als je mij niet meerekende tenminste, want ik had natuurlijk de enige krant in ons stadje in eigen handen. De moord op Sebastien Plant was belangrijk genoeg om ook journalisten uit Shady Creek aan te trekken, maar ik hoopte dat het feit dat het vrijdagavond was ze voorlopig nog even weg zou houden. Morgen zouden er vast al meer dingen duidelijk zijn.

Tyler volgde mijn blik naar buiten. 'Ze moesten wat dichterbij komen staan om hun spullen te pakken. Zeg anders maar dat ze een hapje wilden eten in *The Witching Post* als iemand vraagt wat ze hier komen doen.'

'Bedankt voor het meedenken.' Misschien was het nodig, misschien ook niet. Een stel dat zojuist was aangekomen liep vrolijk en onwetend langs de twee busjes, al slepend met hun koffers. Het leek ze niet eens op te vallen dat er politie op het terrein was. Dat was een goed teken.

'Goed, laten we bespreken wat er exact gebeurd is, stap voor stap, tot het moment waarop jullie het lijk ontdekten.' Tyler Gates' bruine ogen keken me warm aan en bijna verloor ik mezelf erin. Bijna – ik moest mijn hoofd erbij houden.

Ik vertelde hem alles behalve over de ruzie met tante Pearl. 'We wilden net onze plek gaan innemen voor de repetitie toen we het lijk ontdekten.' Het leek wel of hij me steeds dezelfde dingen vroeg. Wie weet was dat ook zo en was het een tactiek om me op een leugen te betrappen.

Een rilling liep over mijn rug toen het tot me doordrong dat ik midden in een vreselijk verhaal een van de hoofdrollen speelde. Het spannendste wat er in jaren in Westwick Corners was gebeurd, en ik was hier niet om een verhaal voor de krant te schrijven maar om mezelf te verdedigen. Moest ik dat? Was ik naast een getuige ook een verdachte? Het enige wat ik zeker wist was dat mijn betrokkenheid bij het voorval me niet zou toestaan het hele verhaal te onderzoeken zoals ik dat normaal zou doen.

'Heb je enig idee waarom de Plants nu juist Westwick Corners hadden uitgezocht om vakantie te vieren? Dit is niet bepaald de Franse Riviera.'

De opmerking van Tyler Gates zou me normaal hebben gestoord, maar op de een of andere manier liet hij het meer klinken alsof wij er ook niets aan konden doen dat we zo'n doodsaai stadje waren.

'We hebben ze een halfjaar geleden uitgenodigd,' zei ik.

'En daar reageerden ze niet op, dus ik ging ervanuit dat er geen interesse was. Ik had er nooit van durven dromen dat ze onze uitnodiging zouden aannemen. Maar dat deden ze uiteindelijk wel. Zomaar, twee weken geleden, zonder te zeggen waarom ze er nu pas op terugkwamen.'

'Ik begrijp het.' Een vage glimlach speelde om zijn lippen terwijl hij aantekeningen maakte. 'Vertel me eens wat je weet over Sebastien Plant.'

'Niet meer dan de meeste mensen. Hij is de bedenker van *Travel Unraveled,* dus een man die uit het niets miljonair werd. We hoopten dat hij de potentie van de Westwick Corners Inn zou zien en ons zou bespreken in zijn tv-show.' Daarna vertelde ik hem over de plannen die ik in hun hotelkamer had zien liggen. 'We waren heus niet aan het rondsnuffelen, maar we konden er niet omheen. Ze lagen pontificaal op het bureau. We wilden alleen maar wat extra publiciteit, niet dat ze ons het hotel zouden aftroggelen.'

'En je weet zeker dat niemand in jullie familie met hen in onderhandeling was? Dat er geen koopvoorstel is gedaan?'

Ik schudde mijn hoofd. 'Geen sprake van. We hebben maandenlang gewerkt aan de renovatie. We zouden toch niet zoveel bloed, zweet en tranen in zo'n project steken als het toch allemaal plat wordt gegooid om plaats te maken voor een of ander monstercomplex?' Ik sprong op toen twee mannen in Microgard-pakken een brancard uit het busje van de lijkschouwer haalden. 'Ik hoop maar dat ze het lijk niet onder het toeziend oog van iedereen uit het prieel gaan halen en naar het busje rijden?'

'Ik vrees dat er geen andere optie is.' Hij gebaarde me weer te gaan zitten. 'Ga verder met je verhaal.'

Ik gaf gehoor aan zijn verzoek. 'Er is verder niet zoveel te vertellen. Nu snap ik in elk geval waarom de Plants onze uitnodiging aannamen. Ze hadden hun oog op ons hotel laten vallen.'

'En ze hadden nog geen bod gedaan?'

'Nee, maar misschien is de moord op Sebastien wel de reden waarom. Hoe dan ook, we verkopen dit hotel echt niet.'

'Hmm.'

'Denk je dat hun plannen iets te maken hebben met de moord?'

'Zou kunnen.'

'Wat een ramp.' Ik haalde een hand door mijn haar. 'Nu krijgen we een hoop publiciteit, maar niet het soort naamsbekendheid waar we op zitten te wachten. Wie wil hier nu nog op vakantie komen?'

'Mensen vergeten dat soort dingen ook snel weer.'

'Hier niet.' De brandstichting van tante Pearl en de moord op Sebastien Plant had voor meer spanning op een enkele dag gezorgd dan wat hiervoor in jaren was gebeurd. Ons stadje leek te verzinken in wetteloosheid en ik was bang voor wat er hierna zou komen.

Ik had de sheriff alles verteld, vanaf dat ik vanochtend aan het werk was gegaan tot het moment waarop ik bij het prieel was aangekomen en letterlijk over Sebastiens dode lichaam was gestruikeld. Ik rilde nogmaals toen ik eraan terugdacht; hoe ik bovenop zijn vlezige maar toch stijve lijk was beland. De sheriff schreef nu alles zwijgend op in zijn opschrijfboekje.

Hoe meer tijd sheriff Gates zou besteden aan zijn onderzoek, hoe meer tijd hij zou doorbrengen in ons familiehotel. Er zou een moment komen dat hij ons geheim zou ontdekken. Godzijdank wist hij nu nog van niets, en dat wilde ik graag zo houden. Ik moest hem dus zo goed mogelijk helpen, zodat hij snel de moordenaar zou vinden en hier niet meer zou hoeven zijn voor het lopende onderzoek.

'Sebastien Plant en zijn vrouw Tonya zouden eigenlijk pas rond dit tijdstip aankomen. Maar zoals mijn tante je waarschijnlijk verteld heeft, kwamen ze vlak na middernacht al aan om in te checken. Daar heeft zij ze mee geholpen.'

Tyler Gates' ogen vernauwden zich. 'Daar heeft ze niets over gezegd. Nog meer wat ik moet weten?'

Ik veegde een lok haar uit mijn gezicht. 'Nee. Hoelang is hij al dood?'

Hij haalde zijn schouders op. 'Dat is aan de lijkschouwer om te verklaren, maar ik gok dat hij al een aantal uur dood was voor jullie hem vonden. Ik denk dat het ergens vanochtend is gebeurd, voor twaalven.'

'Er moeten toch mensen zijn geweest die hem hebben zien rondlopen.' Ik had er spijt van zodra ik de woorden gezegd had. Mijn tante had nog steeds niet verteld waar ze had uitgehangen voor ze vanochtend bij mij op kantoor was verschenen en ze leek wel de enige persoon die überhaupt had geweten dat de Plants al waren ingecheckt. 'Zijn er verder nog aanwijzingen?'

'Daar mag ik het niet over hebben.' De warmte verdween uit zijn bruine ogen. 'Ik snap dat je een verhaal heet van de naald wilt, maar ik kan je geen details vertellen.'

'Helemaal niets?' Sebastien Plant was de tweede persoon ooit die in Westwick Corners vermoord was en die andere moord had plaatsgevonden voor ik geboren was. Dit was een verhaal waar ik al een tijdje op zat te wachten; iets opwindenders was hier nooit voorgevallen. En zo lokaal was het voorval ook niet: het had te maken met een bekende zakenman, een beroemdheid. Ik wilde mijn verhaal publiceren voor *The Shady Creek Tattler* erover zou horen.

Hij schudde zijn hoofd. 'Sorry, nog niet.'

'Oké. Laat het weten als ik op de een of andere manier kan helpen.' Ik wilde niet aan de zijlijn staan. Als hij officieel onderzoek deed, zou ik dat officieus doen. Het idee dat er op ons land zoiets vreselijks was gebeurd gaf me de kriebels. Ik wilde deze zaak zo snel mogelijk opgelost zien.

Hij stopte zijn opschrijfboekje weg en stond op. 'Ik laat het je nog wel weten als ik meer vragen heb.'

'Ik wil je graag voor de krant interviewen, in elk geval.'

'Je weet waar je me kunt vinden.' Hij glimlachte, en ondanks alles glimlachte ik terug.

HOOFDSTUK 8

Nadat ik mijn moeder in de keuken had geholpen met tante Pearls rommel opruimen, liep ik terug naar de eetzaal. Er zaten al flink wat gasten. De sheriff was er ook nog. Al zijn papieren en het opschrijfboekje lagen verspreid over tafel naast een kopje koffie.

Ik maakte me zorgen dat onze gasten vraagtekens bij zijn aanwezigheid zouden zetten. Het raam achter zijn tafeltje liet een panorama zien van het parkeerterrein waar nog steeds busjes van het forensisch team uit Shady Creek stonden. Ik had gehoopt dat ze snel en discreet zouden zijn, maar dat zat er duidelijk niet in.

Hij keek op en gebaarde me naar zich toe. Ik voelde me plotseling schuldig. Al die tijd had ik vooral aan de last gedacht die de moord met zich mee had gebracht, maar vandaag was het leven van Sebastien Plant tot een voortijdig einde gekomen. Ik had hem nooit in levenden lijve ontmoet. Ineens vroeg ik me af waar zijn vrouw was gebleven. Ze zat niet meer in de eetzaal, maar de kamer was nog steeds niet vrijgegeven door de politie. Sheriff Gates had haar vast al geïnterviewd. Zou hij weten waar Tonya uithing?

Ik wierp een blik naar buiten terwijl ik aan Tylers tafel ging zitten. Nog steeds geen enkel teken van Brayden of zijn auto. Nu begon ik me toch zorgen te maken. Hij had niet eens gebeld. Zou er iets gebeurd zijn? Zodra ik hier klaar was, zou ik hem gaan zoeken.

Ik richtte mijn aandacht weer op de sheriff. Al deed hij zijn best om zijn gezicht in de plooi te houden, toch zag ik iets van bezorgdheid in zijn ogen.

'Vertel me nog eens waarom je ook al weer precies in het prieel was?'

'Voor een trouwrepetitie.' Mijn blik verdwaalde in zijn bruine kijkers. Ik probeerde niet te staren, maar zijn ogen waren zo warmbruin en uitnodigend. Ik kon het niet helpen: zelfs als hij me aan een verhoor onderwierp, werd ik totaal door zijn blik betoverd.

'Van wie?' vroeg hij door.

Ik voelde me schuldig dat ik zulke gedachten had over een man die niet mijn verloofde was.

Ik schraapte mijn keel. 'Van mijzelf. En Brayden.'

'Oké.' Tyler Gates maakte nog wat aantekeningen in zijn boekje. 'Dus jij, Ruby, Pearl en Brayden waren in het prieel?'

'Ehm, nee.' Ik voelde mijn wangen branden. 'Brayden was er niet.'

Tyler Gates trok een wenkbrauw op. 'Wil je zeggen dat de bruidegom zijn eigen trouwreceptie heeft gemist?'

'Hij had vertraging.'

'Aha.' Meer geschrijf. 'Hoe laat kwam hij dan bij het prieel aan?'

'Niet.' Voor de eerste keer drong het tot me door dat Brayden als de burgemeester van ons stadje in feite Tylers baas was.

Tyler keek me vragend aan.

'Hij is nooit op komen dagen.' Vreemd genoeg voelde ik me door zijn verbaasde gezicht gesterkt. Hij vond het duidelijk ook maar raar dat mijn verloofde niet eens op was komen dagen voor de repetitie. Dat gaf me nog steeds niet echt een goed gevoel, helaas. Brayden vond blijkbaar een gemeenteraadsvergadering belangrijker dan bij mij zijn.

'Interessant,' vond hij. Hij schreef weer iets op.

Ik kon nog wel wat woorden bedenken, maar die waren lang zo vriendelijk niet.

'Ik weet hoe het klinkt, sheriff Gates. Maar de vergadering liep uit en...' Mijn stem bleef in mijn keel haken toen ik besefte dat het toch wel erg vreemd was. 'Hij is de burgemeester. Hij kon niet zomaar eerder weggaan.'

Tyler keek op van zijn boekje en bestudeerde mijn gezicht zonder iets te zeggen. Ik wist niet of dit ook een van zijn verhoortechnieken was, maar op mij had het in elk geval een effect. Ik werd er onrustig van. 'Bij welke vergadering was hij dan?' zei hij uiteindelijk.

'De wekelijkse vergadering over misdaadbestrijding, geloof ik.' Ik bloosde.

Sheriff Gates schreef weer iets op terwijl zijn mondhoeken lichtjes omhoogkrulden. 'Je bedoelt *crime watch*? Die ging deze week niet door.'

'Oh.' Het lag voor de hand dat de sheriff dat wel zou weten. Brayden had dus tegen me gelogen? Nu werd ik echt knalrood, zowel van schaamte als van woede. Waarom was Brayden dan helemaal niet op komen dagen als hij geen vergadering had gehad?

Dat lachje rond Tylers lippen... zelfs de sheriff nam mijn relatie niet serieus. Ik moest toegeven dat ik inmiddels behoorlijk onnozel overkwam. Als Brayden hier was geweest, had ik hem stevig de waarheid gezegd.

Zijn gezicht werd wat minder streng. 'Brayden had vast een goede reden om hier niet te zijn. Iets onverwachts. En zeg alsjeblieft gewoon Tyler. Dit is een te klein stadje om elkaar met onze achternamen aan te blijven spreken.'

Ik wilde Brayden niet hoeven verdedigen, maar vond toch dat ik de zaak wat beter uit moest leggen. Ik wilde niet dat de sheriff de indruk zou krijgen dat Brayden me gewoon had laten stikken. 'Dit was in feite niet de echte trouwrepetitie. Het was een soort pre-repetitie voor de repetitie. Mijn moeder is nogal perfectionistisch.' Dat maakte het nog steeds niet oké dat Brayden niet op was komen dagen, maar het was toch een belangrijk detail.

'Ik snap het.'

Dat leek me sterk. 'Ja, mam maakt zich overal zorgen om. Die pre-repetitie zou ervoor moeten zorgen dat alles op de eigenlijke trouwrepetitie op rolletjes loopt.'

'Dat is helaas niet gelukt. Wanneer trouw je eigenlijk?'

'Over twee weken.' Ik keek op mijn horloge. 'Sheriff... eh, Tyler bedoel ik... we hebben de officiële opening van het hotel over een uurtje, tijdens het eten. Ik weet dat dit een plaats delict is en zo, maar wanneer is het dat niet meer?'

Tyler beet op zijn lip en dacht na. 'Zorg ervoor dat de gasten de komende uren niet in dat deel van de tuin komen waar het prieel staat. Het forensisch team is vast zo wel klaar. Ik heb ze gevraagd discreet te zijn.' Hij stond op. 'Oh ja, nog een ding. Ik moet jou en je moeder en tante nog wat vragen stellen als ik eenmaal op de hoogte ben gebracht van alles wat de politie uit Shady Creek heeft ontdekt. Ik bel je nog.'

Mooi, want dat gaf me tijd om nog even stevig met tante Pearl te babbelen. Het feit dat de sheriff haar niet onder toezicht hield moest betekenen dat ze geen serieuze verdachte was. Maar wat niet was, kon nog komen: mijn tante kennende zou ze er nog weleens wat stomme dingen uit kunnen flappen tijdens een later verhoor.

$\mathcal{N}$a het eten loodsten we onze gasten naar *The Witching Post* voor een paar drankjes na het diner. Hopelijk zou ze dat bezighouden tot de duisternis inzette en de politie klaar zou zijn bij het prieel. Hoe eerder ze daar klaar waren met bewijsmateriaal verzamelen, hoe beter. Ik was bang dat de gasten misschien een wandeling in de tuin zouden willen maken omdat er in het stadje verder niet veel te doen was. Ik wilde er niet aan denken wat er zou gebeuren als een van hen zou ontdekken dat hier een moord was gepleegd.

Het was zeven uur tegen de tijd dat we de tafels hadden afgeruimd en de afwas hadden gedaan. Ik stapte naar buiten en was opgelucht toen ik zag dat de auto's van de lijkschouwer en de politie uit Shady Creek weg waren. Sheriff Gates' auto was ook weg en Braydens glimmende BMW was ervoor in de plaats gekomen.

Ik was opgelucht en tegelijkertijd boos. Brayden moest inmiddels wel over de moord hebben gehoord, maar hij had me niet eens gebeld of opgezocht om te vragen of het goed met me ging. Hij was parttime barman in *The Witching Post* en blijkbaar vond hij dat baantje belangrijker dan mij bijstaan.

Mijn hart sloeg een slag over toen ik de tuin inkeek en nog steeds gele tape rond het prieel zag hangen. Ik maakte een mentale notitie: dat ik de sheriff moest bellen en hem moest vragen of die tape voor morgenochtend weggehaald kon worden.

Het was net of mijn hele leven binnen een dag totaal was veranderd. Na maanden hard werken hadden we eindelijk ons hotel geopend en nu was op tragische wijze een van onze gasten om het leven gekomen en liepen we bovendien het risico financieel geruïneerd te worden. Mijn trouwrepetitie had niet eens een bruidegom gehad. Toen ik de sheriff moest uitleggen waarom mijn aanstaande er niet was, kreeg ik plotseling twijfels over onze relatie en het aanstaande huwelijk. Trouwen met iemand zou nooit op de tweede plek moeten komen, en toch was dat zo in Braydens wereld. Ik zou nooit op de eerste plek staan.

En dan was er natuurlijk Tyler Gates. Die aantrekkingskracht die ik voelde had me compleet overvallen. Hij zag er goed uit, natuurlijk, maar daarnaast voelde ik een diepere connectie. Iets wat ik nooit had gevoeld bij Brayden. Een stomme gedachte, want hoe goed kende ik hem nou helemaal?

Ik betrapte mezelf erop dat ik hoopte dat hij het langer uit zou houden dan de andere sheriffs. En dat hij niet alleen maar bezig zou zijn met zijn baan.

Mijn tante had in ieder geval over een ding gelijk: als ik niet zelf het heft in handen zou nemen en mijn leven een andere draai zou geven, zou er nooit iets veranderen. Natuurlijk had ze daarmee bedoeld dat ik mijn toverkrachten moest gaan gebruiken, maar in feite had haar uitspraak betrekking op alles in mijn leven, inclusief mijn liefdesleven. Ik en ik alleen was verantwoordelijk voor mijn eigen geluk. Ik moest het zelf doen. Diep in gedachten verzonken liep ik naar *The Witching Post.*

De bar was al een aantal jaren open, maar het was er meestal niet heel druk. De gasten die er waren wilde ik natuurlijk niet storen, maar tegelijkertijd wilde ik de confrontatie met Brayden aangaan. Was ik maar bijzaak voor hem? Hoe langer ik erover nadacht, hoe bozer ik werd.

De bar was in een gebouw gevestigd dat een stukje van het hotel vandaan lag, naast de oprijlaan die voor het hotel in een rondje liep. Ik stak over en snoof de koele avondlucht op. Een licht briesje waaide ons stadje binnen uit de bergen en dertig meter verderop hoorde ik de beek klateren. Moeder Natuur ging gewoon door, alsof er een aantal uren geleden geen tragische moord had plaatsgevonden.

De frisse lucht gaf me ook de energie om nog eens goed over de streken van tante Pearl na te denken. Ze was niet blij met indringers in de stad, maar ze zou er wel overheen komen. We moesten gewoon een manier vinden om haar bij meer zaken te betrekken, op een manier die niet in het oog zou lopen bij toeristen. We konden bijvoorbeeld onze tover-kunsten op discrete manier inzetten om de sheriff te helpen de moord op Sebastien Plant op te lossen. Zolang ik een oogje op tante Pearl hield, kon ze de dingen onmogelijk nog erger maken.

Dat briefje had haar aandacht gevangen. Misschien kon ze me helpen de betekenis erachter te ontcijferen. De bood-schap was me bijgebleven omdat die door een lokale bewoner geschreven leek te zijn, of in elk geval iemand die deed alsof hij of zij hier woonde. Mijn keel werd dichtge-knepen toen ik weer aan de woorden dacht, omdat ze exact leken te beschrijven hoe tante Pearl zich voelde:

OOK AL REIS JE NOG ZO VER,

Je maakt je hier beter uit de voeten.
Je bedrijf is gestoeld op reizen,
Maar hier zul je het leven laten moeten.

GEEN REDEN OM ONS STADJE TE ONTDEKKEN,
Jij hebt hier niets te zoeken, gespuis,
Laat Westwick Corner met rust
En ga gewoon terug naar huis.

HANDEN AF VAN ONZE STAD EN ONS LAND,
En maak dat je hier wegkomt.
Als je hier rond blijft hangen,
Zul je zien dat je aan je eind komt.

DE BEDREIGING LEEK AAN HET ADRES VAN SEBASTIEN PLANT TE ZIJN, maar zoals tante Pearl al had opgemerkt had het niet veel zin iemand te bedreigen die al dood was. Als de moord tenminste opzettelijk was geweest. Was het briefje bedoeld om Tonya Plant de stuipen op het lijf te jagen? Als dat zo was, kwam het van iemand die niet wilde dat er grote projecten in Westwick Corners zouden worden ontwikkeld.

Het punt was dat niemand behalve ikzelf en mijn tante afwisten van de plannen. En we hadden die plannen pas ontdekt toen de moord al gepleegd was.

Misschien was dat briefje helemaal geen aanwijzing, maar was het bedoeld als afleiding.

Ik bleef stilstaan toen ik me het briefje nog eens voor de geest haalde. Nu pas besefte ik waarom ik de boodschap vreemd vond. 'Westwick Corner' had er gestaan... iemand had de naam van de stad verkeerd gespeld. Het was 'Corners' met een S. Het moest dan wel een buitenstaander zijn, want welke bewoner wist er nu niet hoe de naam van Westwick Corners werd geschreven? Iemand wilde tante Pearl de schuld in de schoenen schuiven. Iemand had haar toverstaf daar neergelegd en met bloed besmeurd. Ik had helaas geen bewijs, en zo overtuigend was mijn verhaal ook niet. Als ik hiermee naar de sheriff stapte zou het alleen maar als een zielige poging klinken om mijn tante van blaam te zuiveren. Hoe kon ik mijn tante zover krijgen dat ze met me mee zou werken?

Ik schudde mijn hoofd en liep naar de bar toe. Het geluid van stemmen dreef naar buiten en ik werd er wat vrolijker van. Ik hoopte maar dat onze grootse opening wat meer klanten naar *The Witching Post* zou drijven.

Ik werd niet teleurgesteld. Niet alleen was het superdruk in de bar, er waren zelfs mensen die moesten staan omdat alle stoelen en krukken bezet waren. Een paar lokale bewoners waren zelfs de heuvel op komen lopen om zich bij de hotelgasten te voegen. Officieel was dat uiteraard om ons te steunen bij de opening van onze gerenoveerde zaak, maar eigenlijk wilden ze gewoon de laatste nieuwtjes horen en zien of er nog wat te roddelen viel.

In Westwick Corners was nooit veel te doen, maar er werd gek genoeg door geen enkele *local* gepraat over de moord. Ze wisten het blijkbaar nog niet. In gedachten bedankte ik de sheriff en de politie uit Shady Creek voor hun discretie. Dat betekende dat alleen ik, mijn moeder en tante Pearl ervanaf wisten. En Tonya natuurlijk. Dat wilde ik graag zo houden, in elk geval vanavond. Onze betalende gasten konden er beter maar zo laat mogelijk over horen.

Ik wilde ook graag als eerste het verhaal plaatsen in de krant. Zo vaak had ik geen nieuwtje dat niet al was opgepikt door de kletskousen van de stad. Morgen had ik vast meer details te horen gekregen en hopelijk waren er dan ook meer aanwijzingen. Als er nu al info naar buiten kwam, zou dat de gasten wegjagen en de reputatie van ons hotel bezoedelen.

Aangezien *The Witching Post* een van de slechts twee lokale restaurants was, kregen we in het weekend wel vaker redelijk wat mensen binnen, maar wat ik nu te zien kreeg was nog nooit eerder gebeurd. De omzet van vanavond zou waarschijnlijk genoeg zijn om alle rekeningen van deze maand te betalen.

Ik zag Brayden achter de bar staan. De meeste mensen in het stadje hadden meer dan een baan nodig om rond te komen en Brayden was daarop geen uitzondering. Hij stond in weekenden altijd achter de bar. Ik was opgelucht dat hij er was, maar teleurgesteld dat hij meteen naar zijn werk was gegaan zonder mij zelfs maar te zoeken. Zijn eerdere afwezigheid maakte me nog steeds boos, maar godzijdank hoefde ik nu in elk geval niet zelf in te vallen: hij was gekomen.

'Cen!' Brayden zwaaide naar me en liet die schitterende lach van hem zien. 'We moeten praten.'

Dat stond buiten kijf, al was ik er vrij zeker van dat hij het over andere dingen wilde hebben. 'Je was er niet eens bij je eigen trouwrepetitie, Brayden. Hoe kon je?'

'Ach joh, Cen, doe rustig. Er kwam iets tussendoor en ik kon echt niet weg bij de gemeenteraad.' Hij haalde zijn schouders op. 'Zo erg is het toch niet? Dit was een pre-repetitie. De echte moet nog komen.' Hij draaide zich naar twee boeren toe die net aan de bar kwamen zitten.

'Jij neemt het allemaal niet zo serieus, hè?' Mijn wangen werden rood en ik probeerde uit alle macht mezelf te beheersen.

'Natuurlijk wel.' Hij leunde naar voren en probeerde zijn arm om me heen te slaan. 'Het is gewoon... nou ja, jij en je moeder plannen dingen nogal strak. Iets te strak, vind ik.'

'Ik? Een strakke planner?' Hoe durfde hij. Als ik niets plande, gebeurde er domweg niets, want Brayden plande nóóit iets. Ik moest alles doen. Misschien compenseerde ik wel voor het feit dat Braydens spontane plannen nooit echt werden uitgebracht. Hij was een dromer, geen doener. 'Je hoefde er alleen maar te zijn. Weet je wel hoeveel tijd er gaat zitten in het plannen van een bruiloft?'

'Kalmeer nou, Cen. Ik stel al je plannen heus wel op prijs, maar twee repetities is een beetje te veel van het goede. Deze eerste kon ik wel skippen, dacht ik zo.'

'Nou, dat had je beter niet kunnen doen. Onze VIP-gast, Sebastien Plant, is vermoord in het prieel. Het zou me enorm hebben geholpen als je er wat eerder was geweest.'

'Hoe had ik dan kunnen helpen? Ik kon die moord toch niet meer stoppen, Cen. Ik heb alles al gehoord van de sheriff. Hij was toch snel ter plaatse?' Brayden zette een glas rode wijn voor me neer.

Ik staarde naar het glas en besefte dat hij het goed wilde maken. Normaal wilde hij liever niet dat ik alcohol dronk omdat ik nu eenmaal de burgemeestersvrouw zou worden. Ik hield van wijn en dat wist hij. Hij wilde liever niet dat we nu ruzie zouden gaan maken.

'Nee, dat weet ik ook wel, maar je had ons kunnen bijstaan. Een lijk in de tuin is nou niet bepaald een mooi uithangbord tijdens een grootse opening.' Ik dacht terug aan mijn ontmoeting met Tyler Gates en voelde een vlinder in mijn buik. Zijn lange, gespierde gestalte en die bruine ogen van hem...

'Cen?'

'Hmm?'

'Ik ben zo snel mogelijk gekomen.'

'Je bent drie uur later dan afgesproken. Sinds wanneer vergadert de gemeenteraad tot zeven uur?' Ik wachtte zijn antwoord niet af. 'En trouwens, wat is er nou belangrijker dan een moord die is gepleegd in het hotel van je verloofde?'

Hij haalde zijn schouders op. 'Er was file.'

'Hoezo file? Iedereen die hier moest zijn, was er al. Behalve jij.' Er was amper verkeer in het stadje, want iedereen ging via de nieuwe snelweg. En aangezien het bord met reclame voor Westwick Corners door mijn tante in de fik was gestoken, waren er vandaag zéker geen toevallige passanten geweest.

Braydens nonchalante houding maakte mijn zenuwen voor de aanstaande bruiloft alleen maar erger. Wat moest ik me nog voorstellen bij onze relatie? Voor het eerst besefte ik ten volste dat Brayden van me hield, maar me meer zag als *sidekick* dan als volwaardige partner. Hij had zijn eigen plannen en ambities. Ik stond op de tweede plek.

'Cen, kom op. Ik kan toch niet elke keer eerder bij mijn werk weg als jouw moeder iets wil doen?'

'Maar ze heeft het weken geleden al gevraagd. En je had beloofd dat je er zou zijn.' De uitnodigingen waren verstuurd, het menu vastgesteld en de locatie gehuurd. Als ik nu terug zou krabbelen of de bruiloft uit wilde stellen, zou dat Braydens reputatie beschadigen. Hij was trouwens erg populair als burgemeester, dus wie weet zou iedereen zich wel tegen mij keren. Aan de andere kant: ik wilde niet meer tegen mezelf liegen. Verdorie, waarom had een man die ik minder dan een etmaal geleden voor het eerst ontmoet had de macht om me zo van mijn stuk te brengen en aan de toekomst te laten twijfelen?

'Ik had een vergadering in Shady Creek, Cen. Het stond vast op de snelweg, maar nu ben ik er.' Hij grijnsde en draaide zich om met twee bierglazen in zijn hand. 'Burgemeester zijn is geen negen-tot-vijf baan. Ik ben zo snel als ik kon gekomen.'

'Wat jij wilt.' Mijn baan was ook geen standaard negen-tot-vijf betrekking, maar ik gebruikte dat nooit als excuus. Het was echt weer iets voor Brayden om mijn gevoelens onder het tapijt te schuiven en te doen alsof alles aan mij lag. Alsof zijn baan belangrijker was dan de mijne.

Brayden was de enige man met wie ik ooit een relatie had gehad. Op dit moment had ik het gevoel dat ik hem helemaal niet meer kende. Ik was er altijd vanuit gegaan dat we voor elkaar bestemd waren en had me nooit zo met andere mannen beziggehouden.

Nou ja, natuurlijk dacht ik weleens over andere mannen na en had ik ook best wat aantrekkelijke exemplaren mogen ontmoeten. Maar wat ik voelde bij Tyler Gates was meer dan fysieke aantrekkingskracht. Ik kon er de vinger niet op leggen wat het precies was, maar dat het iets was wat ik nog nooit eerder had meegemaakt stond als een paal boven water.

Tyler Gates moest wel een duister verleden hebben, net zoals alle andere sheriffs die hier hadden gewerkt. Anders had hij wel een beter betaalde baan in een grotere stad aangenomen. Misschien vond ik hem wel alleen interessant omdat het steeds duidelijker werd dat er tussen mij en Brayden iets miste.

En hier stond ik dan, op het punt de grootste beslissing van mijn leven te nemen door de ontmoeting met een man die ik amper kende. Tyler Gates leek domweg ineens een goede keuze omdat alles aan Brayden plots zo ontzettend fout leek. 'Je had hier gewoon eerder moeten zijn. Ik ben het zat om voor lief genomen te worden.'

Brayden haalde een hand door zijn perfect gestylede haar. 'Voor de overheid werken vraagt om offers, Cen. Werk is het belangrijkste. Dit hebben we allemaal besproken toen ik me verkiesbaar stelde als burgemeester.'

Dat gesprek was dan geheel aan me voorbij gegaan. 'Wat is er nu op dit moment belangrijker dan ik?'

Brayden hief zijn handen in een vermoeid gebaar in de

lucht. 'Zo simpel liggen de zaken niet, Cen. Je weet dat ik vertrouwelijke info niet met jou kan bespreken.'

Dat was waar. Naast zijn vriendin was ik ook de vertegenwoordiger van de lokale krant. Niets bleef hier lang geheim. 'Dus je werk gaat ook voor onze bruiloft? Ga je daar ook veel te laat komen?'

Brayden rolde met zijn ogen. 'Natuurlijk niet, maar ik moet soms harde keuzes maken.'

'Er is een móórd gepleegd en jij kiest voor een vergadering?'

'Je kunt er toch niet vanuit gaan dat ik dat meteen wist.' Hij zette twee bierglazen neer voor de twee boeren aan de andere kant van de bar en liep toen weer naar me toe.

'Je zei anders net dat de sheriff het meteen aan je verteld had.' Wat kon er nu belangrijker zijn dan dat nieuws: een moord op de allereerste werkdag van de nieuwe sheriff? Ik kon me er niets bij voorstellen.

Tot vandaag had ik geen twijfels gehad bij mijn beslissing met deze man te trouwen en heel even vroeg ik me af of ik niet gewoon aan het doordraaien was. 'We hebben helemaal niets besproken. Jij hebt besloten wat je wilde doen, net zoals altijd. Ik had het fijn gevonden als ik nu eens één keertje deel had uitgemaakt van jouw beslissingsproces.' Mijn stem werd harder en hoofden begonnen onze richting uit te draaien.

'We hebben het er later wel over.' Brayden keek weg en concentreerde zich op het maken van een martini.

Ik had mijn kookpunt bereikt. Brayden was pas een paar maanden burgemeester, dus ik zou hem het voordeel van de twijfel moeten gunnen. Tot nu toe was zijn baan echter steeds parttime geweest. Er woonden maar duizend mensen in dit stadje en Brayden nam zijn nieuwe baan steeds serieuzer. Het was een opstapje naar grotere dingen. Het feit dat hij burgemeester was stelde hem in staat om zich te mengen onder hoge bobo's en politici.

Maar ik was niet van plan me weer zo aan de kant te laten zetten. Hij had de taak zich te verantwoorden tegenover al zijn kiezers, en daar was ik er een van. 'Nee, we gaan dit nu uitpraten.'

Brayden was echter alweer weggelopen en hoorde me niet vanaf zijn plek aan de andere kant van de bar.

Tante Pearl had gelijk. Brayden nam me inderdaad voor lief. Ik had er genoeg van. We kenden elkaar al zo'n beetje ons hele leven, maar ik had me nog nooit zo niet-verbonden met hem gevoeld. Zijn politieke ambities overstegen onze relatie en ook de behoeften van de mensen in dit stadje die hij nota bene zou moeten vertegenwoordigen.

Ik zette mijn nog halfvolle glas op de bar en stond op. Er was bijna geen doorkomen aan omdat iedereen stond en een aantal mensen aan het dansen waren op een of ander countrynummer dat door de boxen schalde.

Mijn gedachten gingen terug naar de moord op Plant en mijn verhaal in de krant. Het was bijna onmogelijk om objectief te blijven aangezien de misdaad had plaatsgevonden op ons landgoed. Misschien was dit wel een voorbode van de dingen die nog moesten komen. Tenslotte was er ook weinig objectiviteit meer over als ik straks de vrouw van de burgemeester zou worden.

Fantastisch. Ik zou mijn werk en de krant moeten opgeven. Het drong nu pas tot me door dat ik alleen nog maar 'de vrouw van een politicus' zou zijn, iemand die haar man bijstond en verder geen leven had. Hield ik echt genoeg van Brayden om dat te doen, of was het gewoon lekker gemakkelijk om bij hem te blijven? Ik had me zo beziggehouden met de verwachtingen van de mensen om me heen dat ik mijn eigen wensen uit het oog was verloren.

Misschien was die aantrekking tot Tyler Gates toch puur fysiek. Maar zelfs als dat zo was, wist ik nog steeds heel goed dat ik me bij Brayden nooit zo had gevoeld. Ik vond het fíjn, dat gevoel dat ik bij de sheriff kreeg. Ik wilde het nog eens voelen.

Waar die aantrekking dan ook vandaan kwam, ik moest de tijd nemen om voor mezelf alles op een rijtje te zetten wat betref Tyler. Ik zou iedereen om me heen teleurstellen als ik zou doen wat ik op het punt stond te doen, maar ik had al te veel tijd verspild aan het anderen naar de zin maken. Ik liep naar Brayden toe aan het andere uiteinde van de bar. Hij was klaar met drankjes inschenken en nam de bar net af met een doekje.

Ik haalde diep adem. 'Hé, over de bruiloft...'

Hij kuste me op mijn wang. 'Daar wilde ik het ook net over hebben. Denk je dat we nog ruimte op de gastenlijst hebben om de gouverneur en zijn vrouw erbij te zetten? Het zou de perfecte gelegenheid zijn om ze beter te leren kennen.'

Het bevestigde alleen maar wat ik al vreesde: dat mijn wensen en dromen altijd zouden verbleken naast Braydens hang naar stijgen op de ladder en het volgen van zijn politieke ambities. Ik zou mijn magie voor altijd moeten begraven. Braydens ambities overstegen Westwick Corners. Op een dag zou hij best eens gouverneur van de hele staat Washington kunnen zijn.

En ik? Ik zou geen journalistiek, toverkunsten of liefde meer kennen.

Geen toekomst samen. Die hadden we domweg niet. Waarom had ik dat niet eerder gezien?

'Nee.' Ik had geen tijd voor een hele discussie. Ik moest terug naar het hotel om mijn moeder te helpen.

'Hoe bedoel je, nee? Kunnen er niet eens twee mensen bij?'

Ik zuchtte. Brayden kon altijd alleen maar alles van zíjn kant bekijken. Nooit van ónze kant. Ik zou hem nu met rust laten en morgenochtend vertellen dat ik van ons huwelijk afzag.

'Niet nu.' Vanuit mijn ooghoek zag ik tante Pearl opduiken in de tuin. Ze had haar oude joggingpak van Adidas aan en ze zag eruit alsof ze van plan was flink te gaan sporten. Ik negeerde Braydens protest en liep naar buiten om haar te volgen. Ze liep in de richting van het prieel. Wat was ze nu weer van plan?

'Tante Pearl, mam heeft je binnen nodig,' riep ik naar haar.

Mijn tante draaide zich om en staarde me aan. Haar ogen vernauwden zich en ze zei iets wat ik niet goed kon horen.

'Sorry, kun je dat herhalen?'

Ze fronste en liep gewoon door, maar nu in de richting van het hotel. Ik volgde haar naar het trappetje naar de voordeur, maar voelde toen iemand aan mijn arm trekken. Het was Brayden. Waarom was hij me naar buiten gevolgd? Nu stond er niemand achter de bar.

'Wat is er de laatste tijd toch met je?' Hij pakte mijn andere arm ook vast en zocht mijn blik. 'Je bent jezelf niet.'

'Nee, jíj bent jezelf niet meer. Als je nu al geen tijd meer voor me hebt, hoe moet dat dan als we eenmaal getrouwd zijn?' Ik wrong me los uit zijn greep en keek om me heen om te zien of tante Pearl echt naar binnen was gegaan. Ze was nergens te bekennen.

'Dat is het niet. Het is nu gewoon druk. Ik...'

'Geen smoesjes meer, Brayden.' Ik draaide me van hem weg.

'Cen, kom op nou.' Hij bleef staan met zijn armen over elkaar geslagen. Wachtend tot ik naar hem terug zou lopen.

'We praten morgen.' Ik beende weg en hoopte half en half dat hij achter me aan zou komen, maar het was beter als hij het niet deed. Ik wist niet zo goed hoe ik het moest zeggen of wanneer, maar het was inmiddels glashelder voor mij dat ik niet met Brayden Banks zou gaan trouwen.

En dat zou hij absoluut niet leuk gaan vinden.

HOOFDSTUK 10

Ik liep het grasveld over en de rozentuin in. Zoals ik al had gevreesd, was tante Pearl tóch naar het prieel gelopen. Ik zag haar gaan en huiverde. Ze was vast van plan weer iets uit te halen waardoor ze toeristen kon afschrikken, maar wat als ze zichzelf daarmee extra verdacht maakte? Het was al erg genoeg dat ons prieel een plaats delict was; een plaats delict waarmee gerommeld was, was nog veel erger. Helemaal als ermee gerommeld werd door een heks.

'Wacht, tante!' Ze liep alweer sneller dan een normale zeventigjarige zou kunnen, dus er was absoluut magie in het spel. In het vage licht van de ondergaande zon zag ik een fles wasbenzine in haar hand. Ik trok een sprintje en bracht haar tot stilstand net voordat ze het prieel had bereikt. 'Zet die fles neer.'

'Dwing me maar.' Ze lachte smalend, zette de fles neer en rolde haar mouwen op.

Ik had geen keus: ik moest zelf mijn toverkunsten inzetten. We stonden slechts twee passen van het prieel vandaan en het zou maar een seconde kosten om een complete ramp te laten ontstaan.

Of het nu mijn scherpe instinct was of dom geluk zou ik nooit weten, maar ik slaagde erin om met alleen mijn blik de fles wasbenzine in rook op te laten gaan.

Tante Pearl hapte naar adem. We staarden samen naar het pluimpje rook dat nog in de lucht hing.

Voorlopig had ik een ramp afgewend. 'Je kunt geen plaats delict vernietigen, tante Pearl. Trouwens, het is toch al te laat. De politie heeft al sporenonderzoek gedaan.'

Ze draaide zich naar me toe. 'En jij kunt niet zomaar spullen van anderen vernietigen.' Er was niets meer over van haar wasbenzine.

'Ik had geen keus.' Mijn hart bonkte in mijn borstkas. Ik verwachtte dat ze zou terugslaan met haar eigen toverkunsten en mij het doelwit zou maken.

Dat deed ze niet. Nee, ze glimlachte naar me. 'Niet slecht, hoor. Zo vaak oefen je niet. Als je je erop toelegt, kun je nog veel beter in toveren worden.'

Deze ene keer voelde mijn magie meer aan als zegening dan als vloek. Ik kon het niet helpen; ik voelde me toch wat trots, ondanks de omstandigheden. Zo vaak complimenteerde tante Pearl me niet, en al helemaal niet op basis van mijn toverkunsten.

Ik deed er vrijwel nooit iets mee omdat het voor mij voelde alsof ik de boel bedonderde. Het gaf me een oneerlijk voordeel. Ik wilde lastige situaties het hoofd kunnen bieden zonder allerlei hocuspocus. Nu had ik hetzelfde gedaan als tante Pearl, maar het was in elk geval ergens goed voor geweest. 'Ja, omdat het moest. Kom, we gaan terug naar het hotel.'

Tante Pearl negeerde me en keerde zich weer naar het prieel. 'Je moet gewoon wat meer toewijding erin stoppen, Cen. Waarom zou je niet vandaag beginnen?' Mijn brandstichtende familielid knipte met haar vingers en een vlammend stokje verscheen in haar hand.

Ik knipte ook met mijn vingers en liet een emmer met water verschijnen. Ik was echter te laat; toen ik de emmer water in haar richting gooide, stond ze al op het trapje. Ik sprong achter haar aan en werkte haar naar de grond toe. Samen rolden we de treden af en het grasveld op, onze neuzen slechts centimeters verwijderd van de tape die om het prieel heen was gewikkeld.

'Je probeert me erin te luizen!' Ik rolde van haar af. En toen zag ik plots Tyler Gates die naar ons stond te kijken.

'Wat is hier in vredesnaam aan de hand?' De sheriff stampte het vuur van Pearls stokje uit met zijn voet. Zijn gezichtsuitdrukking werd grimmig toen hij mijn tante herkende.

Dat wilde ik ook weleens weten. Waarom wilde mijn tante zo graag dit prieel in vlammen op laten gaan? Had ze dan toch iets met de moord te maken?

'Gelukkig bent u net op tijd, sheriff.' Tante Pearl snufte. 'Ze viel me zomaar aan.'

De mondhoeken van de sheriff gingen bijna onmerkbaar omhoog. 'Oh, is dat zo?'

'Ze daagde me uit.' Toen ik de woorden eenmaal had gezegd, besefte ik dat we klonken als twee stoute kleuters.

Pijnlijk.

'Zij zorgt altijd voor problemen.' Tante Pearl wees beschuldigend naar me.

Ik rolde met mijn ogen en klopte stof en gras van mijn kleren terwijl ik opkrabbelde.

'Ik zou maar oppassen, jullie,' raadde hij aan. 'Niemand mag nog bij het prieel komen en jullie staan nog steeds op de lijst met verdachten.'

Ik nam aan dat die laatste opmerking vooral voor mijn tante bedoeld was. Mijn alibi had hij al gehoord. Ik had tenslotte de hele ochtend op kantoor gezeten en de beveiligingscamera's in het gebouw konden dat bevestigen, net als de andere mensen die in het gebouw werkten en er al vroeg waren geweest. Ik was zelfs tot drie uur gebleven en daarna was ik linea recta hierheen gereden.

Waar tante Pearl was geweest van negen uur 's ochtends tot twaalf uur 's middags was echter niet duidelijk. Daarna was ze bij mij op kantoor verschenen, stinkend naar benzine. Na het bezoek aan de krant was ze meteen doorgegaan naar het hotel om de kamers klaar te maken voor de gasten; dat kon mijn moeder bevestigen. Ik wist heus wel dat tante Pearl weleens een leugentje om bestwil vertelde, maar een koelbloedige moordenaar was ze niet. Dat kon ik gewoon niet geloven. Helaas zou de sheriff minder sentimenteel naar mijn tante kijken. De wet opereerde nu eenmaal op basis van harde feiten.

Tante Pearl hield zich vast aan de reling en trok zichzelf wat omhoog om langer te lijken. Ze keek de sheriff vuil aan. 'Je komt er in je eentje toch nooit achter wie het gedaan heeft. Als je het aardig vraagt, help ik je misschien wel.'

'Het zou me al een stuk helpen als u me kon vertellen waar u vanochtend was.' Sheriff Gates sloeg zijn armen over elkaar.

'Alsof je dat niet allang weet,' sneerde ze.

'Dat klopt,' zei ik. 'Zij heeft toch dat bord langs de weg in brand gestoken?'

'Goed, maar ik weet nog steeds niet waar je tante daarvoor was,' zei Tyler. 'Ik moet precies weten waar je bent geweest, Pearl. Een beetje medewerking zou geen kwaad kunnen.'

Medewerking krijgen van tante Pearl was een beetje zoals een lening aanvragen bij de maffia. Je zou je zin krijgen, maar je moest niet vragen tegen welke prijs.

Tante Pearl snoof. 'Eens kijken hoor... om elf uur was ik bij de benzinepomp om jeweetwelwat te halen.'

Tyler trok zijn notitieboekje tevoorschijn. 'Heb je een bonnetje waarop het tijdstip te lezen is?'

'Je gelooft me niet op mijn woord?'

Ik wist absoluut zeker dat tante Pearl geen cent had betaald voor die benzine. Die had ze gewoon uit het niets laten verschijnen. Dat kon ze hem natuurlijk niet vertellen. Ik begon me steeds meer zorgen te maken om haar ontwijkende gedrag en gebrek aan een alibi.

Tyler negeerde de vraag en ging door. 'Waar was je vóór elf uur?'

'Ik zal het je vertellen als je die boete verscheurt.' Tante Pearl sloeg haar armen over elkaar.

'Dat kan niet. Hij staat al in het systeem, dus ik kan er niets meer mee. Dan moet je een rechtszaak aanspannen.'

'Je hebt je kans gehad, sheriff,' zei tante Pearl dreigend. 'Het leven in dit stadje kan eenvoudig of lastig zijn. Je mag zelf kiezen.'

'Tante!' Ik greep Pearl bij haar schouder. Het laatste waar we op zaten te wachten was ruzie met het gezag. 'Geef nou gewoon antwoord zodat de sheriff zijn werk kan doen en wij hier weg kunnen.'

Tante Pearl bleef op een paar centimeter afstand van de tape rond het prieel staan. Ze gluurde naar sheriff Gates. 'Ik was aan het werk in het hotel, samen met Ruby, tot ik naar de benzinepomp ging. Jemig, wat is dit voor heksenjacht? Mag ik nu gaan?'

Ik rolde met mijn ogen. Dat was echt geen leuk grapje. En ze wíst gewoon dat ze me hiermee op mijn zenuwen werkte.

Tyler Gates knikte. 'Ik zal je alibi navragen bij Ruby, natuurlijk. En denk maar niet dat je het stadje kunt verlaten. Ik houd je in de gaten.' Hij wees eerst met twee vingers naar zijn eigen ogen en toen naar de hare.

'Je doet maar.' Pearl schudde mijn hand van zich af en stormde weg in de richting van het hotel.

Nou ja, gevoel voor humor had onze nieuwe sheriff in elk geval. Tante Pearl zou de stad heus niet verlaten; ze wilde juist dat alle bezoekers ophoepelden. De woorden van de sheriff hadden blijkbaar toch indruk op haar gemaakt, want ondanks haar haastige aftocht liep ze niet sneller dan een oud mensje van haar leeftijd zou kunnen.

Ik wierp een blik op het prieel. 'Is het, eh, lijk al weg?'

'De lijkschouwer heeft het lichaam een uur geleden weggehaald, ja.' Tyler scheen met zijn zaklamp in het prieel.

Ik voelde zijn blik op me rusten toen ik naar binnen keek. Het lijk was weg en het enige bewijs van de gruwelijke daad die er was gepleegd waren de bloedvlekken op de houten planken van de vloer. Ik hield mijn adem in toen ik tante Pearls toverstaf in een plastic zak naast de ingang zag liggen. Bewijsmateriaal. Wist ze dat dat ding er nog had gelegen toen ze net het plan had om het prieel in brand te steken? Er was iets wat ze me niet vertelde. Het stond me voor geen ene meter aan.

HOOFDSTUK 11

Toen ik weer bij het hotel aankwam was het al donker. De laatste paar uren waren als in een waas voorbij gegaan met al dat onderzoek naar de moord, mijn tante in de gaten houden, praten met Brayden en het helpen van onze gasten.

Ik had mijn moeder al een tijdje niet meer gesproken en hoopte maar dat ze het allemaal aan kon. Ik vond haar in de keuken terwijl ze stond af te wassen. Zelfs al hadden we een afwasmachine, toch deed ze het altijd met de hand. Wat zeg ik, ze had zelfs kunnen afwassen met magie en in een enkele seconde het hele afwassen van haar to-do lijst kunnen halen. Maar nee. Mijn perfectionistische moeder stond erop om alles op de moeilijke manier te doen. Bovendien: met de tijd die zij besteedde aan elke toverspreuk dubbel- en driedubbelchecken kon ze net zo goed de afwas doen als elke normale sterveling. Mam en ik hadden op dat vlak wel wat gemeen: we waren allebei onzeker over onze aangeboren talenten.

'Oh, Cen,' verzuchtte ze. 'Ik kan gewoon niet geloven dat er een moord bij ons is gepleegd.' Haar ogen waren bloeddoorlopen en opgezwollen, alsof ze een hele tijd had staan huilen. Haar kleren waren gekreukeld en haar schort zat scheef. Dat was helemaal niets voor haar; normaal zag ze er onberispelijk uit. 'Hoe is het mogelijk dat dit net nú moet gebeuren?'

'Het ligt eigenlijk best voor de hand als iemand er echt op gebrand is het toerisme in ons stadje in de kiem te smoren.'

'Maar wie zou zoiets extreems doen? Ik kan het me niet voorstellen.' Mam veegde haar handen af aan haar schort. 'Dat briefje heeft me de stuipen op het lijf gejaagd.'

Ik had haar verteld over het briefje en mijn observatie dat iemand de naam van ons stadje verkeerd had gespeld. 'Tante Pearl weet heus wel hoe ze Westwick Corners moet schrijven. Diegene die het heeft achtergelaten wil echter net doen of het van haar is.'

'Doe niet zo belachelijk, Cen. Wie verdenkt Pearl hier dan van? Ze doet geen vlieg kwaad.'

'De sheriff vindt haar anders behoorlijk verdacht. Hij heeft aanwijzingen gevonden die naar haar lijken te leiden. Ik weet ook wel dat zij het niet gedaan heeft, maar er is iets wat ze ons niet vertelt, daar ben ik van overtuigd.' Ik greep een theedoek en begon de borden op het afdruiprek af te drogen. 'Ze heeft haar toverstaf altijd bij zich. Waarom heeft ze dat ding in het prieel laten liggen? Ze is er zo zuinig op. Ze had hem makkelijk kunnen pakken voor de sheriff opdook, maar ze heeft het niet gedaan. Waarom niet?'

Mam haalde haar schouders op. 'Ofwel is ze het vergeten, ofwel wilde ze niet rommelen met spullen op de plaats delict.'

'Sinds wanneer respecteert zij de regels? En hij was niet eens deel van de plaats delict. Volgens haar liet ze haar toverstaf pas vallen toen we over het lijk struikelden.'

Mam fronste, maar zei niets.

'Had ze hem bij zich toen jullie naar het prieel liepen voor de repetitie?'

'Dat weet ik niet meer. Ik was in mijn hoofd zo bezig met de opening van het hotel dat ik nergens op lette.' Mam liet de pan die ze in haar handen had in het water vallen en hij raakte de bodem van de wasbak met een klap.

Plots voelde ik me schuldig dat ik er niet was geweest om haar te helpen.

'Er was gewoon zoveel te doen, ik raakte helemaal over-prikkeld. Pearl was er de hele ochtend niet dus ik moest alles zelf doen.'

Mijn mond viel open van verbazing. 'Wacht even... tante Pearl heeft aan de sheriff verteld dat ze hier tot elf uur samen met jou was en jij haar alibi was.'

Mam zuchtte en legde een hand op haar voorhoofd. 'Ik ga niet voor haar liegen. Ze is er vanochtend vroeg vandoor gegaan en ik heb haar pas 's middags weer gezien. Waar sleept ze ons allemaal in mee?'

'Geen idee, maar als ze ons niet vertelt waar ze uithing en wat ze aan het doen was, kunnen we haar niet helpen. De sheriff verdenkt haar in elk geval van betrokkenheid.' Het idee dat mijn tante onterecht beschuldigd zou worden gaf me een naar gevoel. En op de een of andere manier kreeg ik ook een naar gevoel bij het idee dat Tyler Gates een van mijn familieleden in de boeien zou slaan. Ik wilde een goede indruk op hem maken. 'Wat ze ook heeft gedaan, het kan nooit zo erg zijn als moord.'

'Ze is anders tamelijk koppig, Cen.' Mam schudde haar hoofd. 'De wereld kan om haar heen in elkaar storten en dan nog zou ze haar geheimen bewaren. Ze maakt het zichzelf erg moeilijk op deze manier.'

'Nou, als ze haar toverstaf ooit nog terug wil, zal ze toch dingen moeten uitleggen. De sheriff heeft hem in beslag genomen. Hij denkt alleen dat het haar wandelstok is.'

Mam gaapte me aan. 'Staat Pearl echt op de verdachtenlijst?'

'Dat heeft hij niet met zoveel woorden gezegd, maar het feit dat ze een hekel heeft aan toeristen geeft haar een motief. En dat briefje had echt door haar geschreven kunnen zijn. Tel daar nog haar toverstaf bij op en het ligt voor de hand dat hij haar verdenkt.'

'Maar wij waren ook bij het prieel,' protesteerde mam. 'Dan zijn wij toch ook verdacht?'

'Nee, want ik heb een alibi. Ik was tot drie uur aan het werk. Dat forensisch onderzoeksteam kan schatten wat het tijdstip van overlijden is op basis van de toestand van het lijk.' Ik rilde weer toen ik aan het moment dacht dat ik op Sebastien Plants dode lichaam was gevallen.

'En ik was de hele ochtend in de stad om boodschappen te doen voor het diner. Een hoop mensen hebben me gezien,' zei mam. 'De sheriff ook, trouwens.'

'Zie je nou? Tante Pearl liegt omdat ze geen alibi heeft.' Of verzweeg ze alleen dingen?

'Misschien heeft ze twee tijdstippen door de war gehaald?' De uitdrukking op het gezicht van mijn moeder gaf al aan dat ze het zelf niet geloofde.

'We weten allebei dat dat niet kan. Zo vergeetachtig is ze echt niet.'

Mam knikte. 'Waarschijnlijk vindt ze dat het hem geen bal aangaat waar ze uithing. Ze wordt er kribbig van als mensen haar in de gaten houden.'

'Daar kan ik normaal wel mee leven, maar niet nu er iemand dood op ons terrein is gevonden. En alles wijst haar richting uit, ware het niet dat er een spelfout in dat briefje stond. En er is nog iets. De moordenaar kende het slachtoffer.'

'Oh ja?' Mam stak haar handen weer in het zeepwater en keek me van opzij aan. 'Zei de sheriff dat?'

Ik schudde van nee. 'Sebastien Plant was meerdere keren in zijn gezicht geslagen. Ik heb altijd begrepen dat zo'n aanval impliceert dat het slachtoffer de dader kende, dat er een persoonlijke relatie was. Voor zover ik weet kenden meneer Plant en tante Pearl elkaar niet.' De tv-show *Forensic Files* had me geleerd om naar dingen te kijken die mensen normaal niet zo opvielen.

'Je kijkt te veel tv, Cen,' zei mijn moeder dan ook.

'Misschien, maar het is wel een belangrijke aanwijzing. Wie hier ook achter zit, die persoon moet bestraft worden.'

Mam haalde haar handen uit het zeepwater en wapperde ermee. De druppels vlogen in het rond. 'Pearl is absoluut geen moordenaar. Maar ik ben wel met je eens dat ze iets verbergt. Ik denk alleen niet dat ik het uit haar kan trekken. Ze is zo gesloten als wat.'

'Toch moet het uit haar getrokken worden,' vond ik. 'Als ze niet snel met een verklaring komt, wordt ze beschuldigd van moord.' Waarom ze haar mond hield was me een raadsel, want normaal had ze ook altijd haar woordje wel klaar. En in dit geval zou dingen uitleggen helpen haar van de verdachtenlijst te krijgen.

Bovendien hielp het niet dat we op deze manier de stad niet veilig konden houden. Toeristen zouden hier vast niet meer komen als ze dachten dat er een geflipte moordenaar rondliep. Aan de andere kant: Westwick Corners had het al meer dan honderd jaar overleefd. En als het aan mij lag, zouden we het nog wel een eeuw uithouden, wat er ook gebeurde.

HOOFDSTUK 12

at tante Pearl ook wel of niet had opgebiecht, het verklaarde niet waarom er bloed op haar toverstaf zat. Iemand had de staf gestolen en gebruikt als moordwapen, of ze had het zelf gedaan. Ik haalde me de situatie voor de geest. Het bloed op de toverstok was al droog geweest. Het was weliswaar een warme dag geweest maar er was schaduw in het prieel. Dat bloed had er al zeker langer dan een halfuur op gezeten.

Ik herinnerde me de stijfheid van het dode lichaam toen ik erbovenop viel. Dat had daar zeker langer dan een halfuur gelegen.

'Die toverstaf van tante heeft geen waarde voor wie dan ook. Waarom zou iemand hem stelen?' vroeg ik me hardop af.

'Hij heeft wel waarde voor een andere heks.' Mam zette de laatste borden in het afdruiprek en trok de stop uit het putje.

Daar had ik nog niet eens aan gedacht. 'Maar alleen tante Pearl kan de krachten van die staf ontgrendelen.' Moderne toverstokken waren hi-tech, en mijn tante ging met haar tijd mee. Ze moest een wachtwoord invoeren en haar vingerafdruk laten scannen. Zelfs magie werkte biometrisch tegenwoordig.

'Een heks hoeft hem niet te ontgrendelen en te gebruiken,' zei mam. 'Ze hoeft alleen de toverstok weg te houden van Pearl. Pearl wordt machteloos, want ze is niet in staat om krachtige magie te gebruiken zonder haar toverstok.'

'Waarom zou iemand haar magie willen stoppen?' Ik dacht terug aan de vlammende stok van tante Pearl bij het prieel. Ze had die kunnen oproepen, dus ze was nog steeds niet helemaal eerlijk tegen ons. Er was iets wat ze ons niet vertelde en dat was niet best.

'Ik heb geen idee, maar ik kan me niet voorstellen waarom iemand anders dan een heks haar toverstok zou stelen en saboteren.' Mam veegde haar voorhoofd af. 'Wie dit heeft gedaan, wil van Pearl een zondebok maken, maar wie?'

'Iemand die met moord weg wil komen. Tante Pearl gaat naar de gevangenis en de moordenaar gaat vrijuit.' Mijn lijst met mensen die Pearl haatten omvatte de helft van de stad, maar ik durfde mijn angsten niet te uiten. Mijn moeder was blind voor zowel de fouten van haar zus als haar lange lijst met vijanden. De meeste waren echter inwoners van de stad, gewone stervelingen zonder speciale krachten. Niemand van hen was een koelbloedige moordenaar.

'De moordenaar schakelt zo twee mensen uit.' Mam fronste. 'Ik denk echter nog steeds dat het een andere heks is.'

'Wij zijn de enige heksen in de stad,' zei ik. 'Misschien moeten we een lijst maken van mensen die tante Pearl misschien kwaad wil doen.'

'Hazel en Pearl hebben ruzie,' zei mam.

'Je denkt toch niet...'

'Nee, zelfs Hazel zou niet zo ver gaan.' Moeder maakte haar schort los en gooide het op het aanrecht. 'Maar als de moordenaar een andere heks is, heeft Pearl grote problemen.

Ze zal nooit alles kunnen uitleggen en haar naam kunnen zuiveren.'

Natuurlijk.

Heksen konden gemakkelijk aanwijzingen veranderen, zelfs forensisch bewijs. Tante Pearl was niet de enige die hulp nodig had. Sheriff Gates had die net zo hard nodig. Als hij had verwacht dat zijn verblijf in Westwick Corners een makkelijk baantje zou zijn in een slaperig stadje, stond hem een bovennatuurlijke verrassing te wachten. Ik had geen andere keuze dan heks Hazel te onderzoeken, van wie onze sheriff niet op de hoogte was. 'Kunnen we op een of andere manier te weten komen waar Hazel zich bevindt?'

Hazel Black was de beste vriendin van tante Pearl geweest, tot hun grote ruzie een jaar geleden. Naast een volleerd heks was ze ook de voorzitter van *Witches International Community Craft Association* oftewel WICCA, het wereldwijde bestuursorgaan voor heksen.

Ik kon me niet voorstellen dat Hazel een onschuldige man zou vermoorden om die moord vervolgens tante Pearl in de schoenen te schuiven. Aan de andere kant had Hazel mijn broer Alan vervloekt en hem ooit in een hond veranderd. Ik had dat óók nooit zien aankomen.

Mams wenkbrauwen kwamen bij elkaar in een frons. 'Ik denk dat we het Amber wel kunnen vragen.'

Tante Amber was de vicevoorzitter van WICCA en zag Hazel vaak. Als zij Hazel een alibi kon verschaffen, zouden we haar snel als verdachte van de lijst kunnen halen. Tante Pearl zou haar zus Amber hier niet bij willen betrekken, maar we hadden niet veel keus. 'Wat als ze het Hazel vertelt? Ze vraagt zich misschien af waarom we het vragen. '

'Op dit moment denk ik dat we geen keus hebben.' Mijn moeder droogde haar handen af en knipte met haar vingers.

Een holografisch beeld verscheen langzaam voor ons. Tante Amber streek haar gemberkleurige haar glad en stopte een lok achter haar oor. Ze zag er net zo mooi en goed verzorgd uit als altijd, maar afgeleid. Alsof we haar ergens bij hadden gestoord.

'Ik mag hopen dat dit belangrijk is. Ik was net met een bezwering bezig.' Amber woonde in Londen, net als Hazel. Westwick Corners was gewoon te klein voor haar geweest.

'Sorry. Het is echt belangrijk,' zei mam.

'Het is amper zes uur hier, Ruby. Je weet dat ik geen ochtendmens ben, dus stel me niet teleur.'

Het was hier nog vrijdagavond, maar in Londen was het negen uur later. De tijdlijn van de sheriff zou worden bevestigd door de lijkschouwer, maar de moord had zoals hij al zei waarschijnlijk plaatsgevonden tussen twaalf en drie uur 's middags, toen we het lichaam hadden ontdekt. Dat was tussen negen uur 's avonds en middernacht Londense tijd.

'Ik ben bang dat we in de problemen zitten.' Ik vatte snel de gebeurtenissen van de dag samen, de moord en het belastende bewijsmateriaal dat naar tante Pearl wees. 'Pearl en Hazel hebben nog steeds ruzie. Misschien heeft Hazel haar in de val gelokt en haar toverstok op de plaats delict geplant? '

Als heks kon Hazel in minder dan een uur heen en weer reizen. Door de afwezigheid van andere aanwijzingen was het aan ons om alle bovennatuurlijke verdachten uit te sluiten. Die zouden namelijk nooit aan het licht komen tijdens het onderzoek van Sheriff Gates.

'Ik zie Hazel er wel voor aan om wraak te willen nemen vanwege die ruzie,' zei tante Amber. 'Maar ik zie haar geen onschuldige vreemde vermoorden alleen maar om Pearl erin te luizen.'

'We beschuldigen Hazel niet per se, maar we kunnen haar ook niet uitsluiten,' zei ik. 'Weet je waar ze gisteravond laat was?'

Tante Amber haalde haar schouders op en hief haar handen omhoog. 'Aan het slapen, neem ik aan. Net zoals iedereen dat 's nachts doet, Cen. Ik heb haar niet meer gezien sinds ze vrijdag vertrok van werk, en ik zie haar pas maandag weer op kantoor. Buiten werkuren houd ik haar niet in de gaten.'

'Iemand anders dan Penny die haar een alibi kan verschaffen?' Penny Black was de dochter van Hazel. Penny was ook de ex-vriendin van Alan en de reden achter Hazels "hondenspreuk". Hazel Black woonde alleen. Pearl was de enige goede vriendin die Hazel had. Of dat was ze althans geweest.

'Heb je haar vriendje al geprobeerd?' Tante Amber bracht een magenta getinte nagel naar haar lippen, die gestift waren in een bijpassende kleur. 'Hij zal waarschijnlijk wel een idee hebben.'

'Heeft Hazel een vriendje?' Ik kon me niet voorstellen dat iemand met Hazel samen wilde zijn. Afgezien van haar dominante persoonlijkheid was ze ook nog eens heel zakelijk. Naast haar rol als WICCA-voorzitter was ze een sluwe ondernemer.

'Ik was ook verrast. Ze daten al een paar maanden. Ik probeer me zijn naam te herinneren. Seb huppeldepup? '

'Sebastien Plant?'

Mams mond viel open en ze zag eruit alsof ze op het punt stond om te vallen.

'Dat is het. Ken je hem? "Het beeld van tante Amber flakkerde. 'Ik moet gaan; mijn kruiden verbranden!"

'Wacht!' Maar het was te laat. Tante Amber was weg.

Ik wendde me tot mijn moeder. 'De moordenaar van Sebastien Plant liet een briefje achter met een spelfout. Hazel is niet van hier. Denk je dat zij het heeft gedaan?'

Mam schudde nadrukkelijk haar hoofd. 'Hazel en Pearl

zijn allebei niet tot zoiets in staat, Cen. We kunnen beter met allebei gaan praten, nu meteen. '

Het bebloede gezicht van Sebastien Plant kwam in een flits bij me op. Zowel Hazel als Tonya hadden hem dus intiem gekend.

Hoewel Hazel en Pearl elkaar momenteel doodzwegen, waren ze tientallen jaren beste vriendinnen geweest. Kon het zijn dat Pearl haar beste vriendin beschermde?

HOOFDSTUK 13

De informatie van tante Amber wierp geen ander licht op de dingen behalve dan de bom die ze had laten vallen over Hazels affaire met Sebastien Plant. Dat loste ons acute probleem helaas niet op.

Pearl was weer nergens te bekennen. Ik moest haar opsporen omdat er niet te zeggen was wat ze allemaal zou uithalen om haar toverstaf terug te krijgen. Mam was al bijna een zenuwinzinking nabij en tante Pearl kon haar gemakkelijk over de rand duwen.

'Je moet haar in de gaten houden, Cen. Ik kan het hotel niet verlaten en ik ben bang dat ze op het punt staat iets geks te doen. We hebben allemaal zoveel geïnvesteerd in het succes van ons bedrijf. En Pearl kan dingen in een oogwenk verpesten.'

Deze keer was het geen overdreven reactie van mijn moeder. 'Ik ga haar zoeken.' Ik liep de voordeur uit en de oprijlaan op in de richting van *The Witching Post*. De laatste persoon die ik nu wilde zien was Brayden, maar hij was waarschijnlijk toch te druk met de bar om me op te merken.

Ik zou de bar op tante Pearls aanwezigheid controleren

en dan snel weer weggaan. Toen ik de voordeur opendeed, botste ik bijna tegen een rondborstige blondine in een glinsterende gouden avondjurk van lamé aan. Haar vintage jurk leek niet op zijn plaats en toch vreemd vertrouwd.

Ik zag alleen de achterkant van haar laag uitgesneden jurk, maar ik herkende tante Pearls talisman-armband toen die rinkelde toen ze langs me heenliep. Carolyn Conroe, het alter ego van tante Pearl dat ze had bedacht als variatie op Marilyn Monroe, ging recht op de bar af.

Mijn hart sloeg over. De klok tikte, maar ik kon niet met tante Pearl praten over Sebastien Plant en Hazel totdat ze zichzelf terug zou veranderen naar haar normale vorm. Dat kon een tijdje duren, afhankelijk van de problemen waarmee ze zich bezighield.

'Waar kan ik een cocktail krijgen in deze aftandse bar?' Carolyns stem kwam boven het lawaai uit en plotseling stopten alle gesprekken.

Brayden gaf haar een afwijzende zwaai met zijn hand. 'Kunt u nog even wachten? *Happy Hour* begint over een kwartiertje. '

Brayden had het concept achter *Happy Hour* nooit begrepen. In plaats van klanten vroeg in de avond te verleiden, gaf hij in principe iedereen die lang genoeg wachtte een korting van vijftig procent. Alle lokale bewoners maakten misbruik van zijn rare aanpak en namen nooit de moeite om te verschijnen tot later in de avond.

Het enige voordeel van de vreemde marketingtechnieken van Brayden was dat "Carolyn" nog geen drankje in haar hand had. Hij was ook bekend met het alter ego van tante Pearl, hoewel hij geloofde dat Carolyn Conroe gewoon voortkwam uit een soort persoonlijkheidsstoornis en te veel make-up. De magie van tante Pearl was verbluffend. Helaas was het resultaat van haar getover dat vrijwel nooit, dus ik hoopte maar dat Brayden genoeg gezond verstand had om haar drankjes een beetje te mengen met water. Een dronken Carolyn was nog veel, véél slechter dan een nuchtere Pearl. Het was niet te zeggen wat ze zou gaan doen.

Carolyn gooide haar hoofd achterover en liet een keellach horen. 'Ik kom terug voor je, liefje.'

Braydens gezicht werd rood. Pearl had hem zojuist in verlegenheid gebracht om wraak te nemen voor zijn eerdere afwezigheid.

Iedereen staarde onze kant op, net toen een windvlaag die God wist waar vandaan kwam Carolyns rok naar boven blies. Een ondeugende grijns verspreidde zich over haar gezicht. Ze klopte langzaam haar rok af, maar niet voordat ze een blik wierp op zowat elke man in Westwick Corners die nog een hartslag had.

Een menigte verzamelde zich rond Carolyn. Ze genoot duidelijk van elke seconde van haar tijd in de schijnwerpers.

Ik negeerde het sexy gefluit dat bedoeld was voor mijn tante en keek de bar rond. De barkrukken waren allemaal bezet door gasten, afgewisseld met de lokale bevolking. Ik merkte tevreden op dat bijna alle hotelgasten aanwezig waren. Zolang ze in de bar bleven, zouden ze de gele tape die nog rond het prieel hing niet opmerken.

Ik zag Tonya Plant alleen aan een hoektafeltje zitten. Ze was bijna net zo bekend als Sebastien. Ze waren echter zo'n vreemd stel. Tonya was begin dertig en minstens twintig jaar jonger dan Sebastien geweest. Ze leek klein in vergelijking met haar vreselijk zwaarlijvige man, en ook alleen leek ze me maar ielig. Ze droeg haar fijne blonde haar in een pixiekapsel en ze was gekleed als een prinses in haar dure jurk met kleine, geborduurde rozetten. Ze tikte verstrooid met haar hak op de grond terwijl ze een glas rode wijn ronddraaide in haar hand. Ze staarde met open mond naar de capriolen van Carolyn.

Carolyn merkte het meteen op en ging linea recta op

Tonya's tafel af.

Geweldig.

Ik wierp een blik naar de ingang op een paar meter afstand, waar mam net in de deuropening verscheen. Ze had op de een of andere manier lucht gekregen van Pearls plannen. Een enkele blik op haar gezicht vertelde me hoe bezorgd ze was.

Ik liep terug naar haar en trok haar mee naar een rustiger hoekje. 'We moeten tante Pearl neutraliseren.' Ze was al een verdachte van moord, en nu was ze ook nog op een ruzie tussen de mannen in de bar aan het aansturen. Dit was zó niet het moment voor Carolyns aandachttrekkende capriolen. 'Kun je haar niet even streng toespreken?'

Mam schudde haar hoofd. 'Ze gaat toch niet naar me luisteren. Als ze hier is, snuffelt ze tenminste niet rond in de hotelkamers.' De huishoudelijke taken waren bedoeld om haar bezig te houden en geen problemen te laten veroorzaken. Dat was niet moeilijk omdat ze haar magie kon inzetten om werk te automatiseren. Ons idee had echter een andere wending genomen toen ze in Tonya's kamer ging rondsnuffelen. Ik dacht aan de ontwikkelingsplannen die op het bureau hadden gelegen en vreesde het ergste.

Mam trok aan mijn arm. 'Denk je dat Pearl iets weet over Sebastien en Hazel?'

'Ik weet het niet. Hazel en Pearl hebben elkaar nu al een paar maanden niet gesproken. Als ze Sebastien kent en het niet tegen de sheriff heeft gezegd, zou ze nog verdachter lijken.'

Als ik tante Pearl niet kende, zou ik haar ook verdenken. Alles wat ze deed leek verdacht. Tante Pearl zorgde nu eenmaal graag voor opschudding. Als ze van de verhouding tussen Hazel en Sebastien wist, zou Tonya het ongetwijfeld ook snel genoeg ontdekken. Als ze het tenminste niet allang wist.

We volgden Carolyn met onze ogen terwijl ze over de dansvloer naar Tonya's tafel toe leek te glijden. Mijn polsslag versnelde terwijl ik mijn moeder op de hoogte bracht van Pearls poging tot brandstichting in het prieel. 'Het is vreemd dat ze naar het prieel ging om haar toverstok op te halen. Als iemand hem gestolen had, hoe wist ze dan überhaupt dat hij er zou liggen? Ze moet geweten hebben dat hij als bewijs in beslag zou worden genomen.'

Plotseling ging me een lichtje op. Die Carolyn Conroe-act van tante Pearl was óók tovenarij, en veel moeilijker op te roepen dan dat vlammende stokje van haar in het prieel. 'Hóé heeft tante Pearl zichzelf omgetoverd zonder toverstaf?'

'Ze gebruikt in elk geval íéts.' Mams gezichtsuitdrukking werd donker. 'Wat weet ik nog niet. Ik wilde alleen dat ze ermee zou stoppen en aan ons zou denken. Ik moet terug naar het hotel. Houd haar in de gaten, Cen. '

Mam ging weg en Carolyn ging een paar tafeltjes bij Tonya vandaan zitten.

Ik was zo diep in gedachten verzonken dat ik naar de bar liep zonder het te beseffen.

'Je gebruikelijke vergif?' Brayden knipoogde naar me en zette een cranberry-drankje voor me neer.

Ik had liever een steviger drankje gehad, maar ik vermoedde dat we terug waren bij af. En aan het begin van het spel was het natuurlijk duidelijk dat mijn gedrag een politieke carrière kon maken of breken. Als zijn aanstaande vrouw moest ik nadenken over alles. Dat was tenminste hoe Brayden de dingen zag.

Ik nipte van mijn frisdrank terwijl hij andere klanten bediende. Gezien de omstandigheden was zijn drankkeuze voor mij misschien ook maar beter. Zelfs een druppel alcohol zou mijn remmingen en wilskracht nu al verminderen als het op Brayden aankwam. Alcohol had ook invloed op mijn krachten, en een snelle blik door de ruimte leerde me dat ik misschien wel magie nodig zou hebben om in te grijpen als mijn tante iets deed. Tante Pearl oftewel Carolyn had haar stoel weer verlaten en zat nu op de hoek van Tonya's tafel. Ze zong uit volle borst *Diamonds are a Girl's Best Friend* met een diepe, keelachtige stem en kantelde diva-achtig haar hoofd naar achteren.

Carolyn leunde verder naar achteren tot haar haren boven Tonya's drankje bungelden. Tonya trok haar stoel naar achteren terwijl Carolyn nog meer achteroverleunde. Ze knipoogde verleidelijk naar haar mannelijke bewonderaars, net toen haar hand van de tafel gleed. Ze verloor haar evenwicht en schoot weg, van de tafel af rollend rechtstreeks in de schoot van Tonya Plant belandend.

Tonya gilde.

Ik sprong van mijn barkruk en sprong snel tussen de twee vrouwen in. *Some like it hot,* maar ik had het liever koud en rustig.

Ik trok Carolyn van Tonya af. Tonya's mond viel geschrokken open. Ze had een boze uitdrukking op haar gezicht en haar designerjurk had een heel glas wijn over zich heen gekregen. 'Wat ben je in hemelsnaam aan het doen?' snauwde ik Pearl toe.

Ik keek mijn tante boos aan voordat ik mijn aandacht verlegde naar Tonya Plant. Ik negeerde nadrukkelijk de rode vlek die zich over haar lichtgele jurk verspreidde. Gelukkig was ze zo druk bezig Carolyn te vervloeken dat ze het nog niet had opgemerkt. Dat gaf me de mogelijkheid om de schade ongedaan te maken. Eén kans, met een spreuk die ik al jaren niet had geoefend.

Een, twee, drie, vier, laat dit niet gebeurd zijn hier...

Ik knipte met mijn vingers, hield mijn adem in en hoopte op het beste.

Ik had de tijd tien minuten teruggespoeld. Tenminste, dat was wat ik met mijn niet erg getrainde magie had willen doen. Het leek te hebben gewerkt, omdat er geen rode wijnvlek meer te zien was, geen omgevallen tafel en geen Carolyn. We waren terug in de tijd gegaan, maar het was maar ongeveer een minuut voordat alles fout was gelopen.

Nu moest ik het gewoon goedmaken. Ik knipte twee keer met mijn vingers en sprak een vriendschapsspreuk uit.

Het werkte.

De twee vrouwen waren plotseling dikke maatjes in plaats van tegenstanders. Carolyn Conroe zong *River of No Return* en leunde tegen Tonya's tafel aan.

'Bravo,' giechelde Tonya, die duidelijk blij was met de aandacht. De enige rode kleur op haar gele jurk waren nu de lichtroze rozetten. Tonya nipte van haar wijn en genoot van de serenade die Carolyn haar bracht.

Carolyn hief haar armen op en hield de laatste noot vast.

De bar viel enkele seconden stil, totdat Tonya begon te klappen. Carolyn maakte een buiging en de andere klanten vielen Tonya bij met applaus. Carolyn blies hen een kus toe en boog.

Ik was in mijn nopjes met mijn alternatieve einde, hoewel Carolyn dat duidelijk niet was. Ze stak een middelvinger naar me op en staarde me vanaf de andere kant van de ruimte boos aan.

Ik glimlachte en zwaaide naar haar. Het was een van die zeldzame keren dat ik wilde dat ik mijn spreuken meer had geoefend. Als ik dat had gedaan, was tante Pearl nu ook niet op de hoogte van mijn acties geweest. Ach, ze kon er nu niet veel meer aan doen.

Uitgeput keerde ik terug naar mijn kruk aan de bar. De spreuken hadden het laatste restje energie uit me gezogen dat ik nog had gehad.

HOOFDSTUK 14

'Je hebt echte drank nodig.' Brayden keek ons allebei aan terwijl hij een fles rode wijn en een glas op de bar plaatste. Het was een fles *Witching Hour Red*, onze beste vintagewijn. Hij schonk een glas in en zette het voor me neer. 'Doe maar net alsof ze er niet is.'

Ik staarde verbluft naar mijn glas wijn en was even gealarmeerd omdat het net leek of mijn spreuk Brayden zó had beïnvloed dat hij was vergeten dat hij burgemeester was. Ik bestudeerde hem een moment voordat ik tot de conclusie kwam dat dit niet het geval was nee. Nee, hij maakte zich zorgen dat ik op het punt stond een scène te veroorzaken met Carolyn. Alcohol zou me tegenhouden, dacht hij.

Dan zou ik het er maar van nemen.

Ik dronk de helft van het glas leeg. 'Ik kan haar niet negeren. Ik maak me zorgen over wat ze nu gaat doen. '

Brayden wist dat we heksen waren. Nou ja, soort van. Hij dacht gewoon dat het een raar deel van onze familiestamboom was. Hij was zich wel vaag bewust van tante Pearls uitspattingen en mama's kruidendrankjes, maar hij nam het niet serieus. Hij zag het net zoals astrologie of handlezen. Hij dacht alleen dat we rare hobby's hadden. Hoe dan ook, we waren altijd voorzichtig om onze magie niet voor zijn neus uit te voeren.

Hij was zich totaal niet bewust van het feit dat ik zojuist zijn leven een paar minuten had teruggespoeld. Jammer dat hij onze verloving niet volledig had kunnen vergeten. Ik was bang om hem het nieuws te vertellen, vooral omdat hij op dit moment eigenlijk heel lief voor me was.

'Ik zal Pearl in de gaten houden. Ontspan je gewoon, Cen.
'

Weinig mannen trouwen gemakkelijk met iemand in een heksenfamilie en in zekere zin wist Brayden waar hij aan begon. Ik zou mijn situatie nooit kunnen uitleggen aan iemand die niet bij ons in Westwick Corners was opgegroeid. Het was gewoon logisch voor ons om te trouwen. Die logica deprimeerde me. Alleen omdat het gemakkelijk was om met hem te trouwen, betekende het niet dat ik dat ook moest doen.

Ik nipte van mijn wijn, geplaagd door schuldgevoel over de onwetende mensen in de bar die niet wisten dat ik de laatste paar minuten van hun leven had gewist en ze had vervangen door een alternatieve versie. Kon ik de klok maar zover terugdraaien dat ik de moord op meneer Plant kon voorkomen. Daar was het echter te laat voor. Het enige wat ik kon doen was Sheriff Gates helpen de moordenaar op te sporen en ervoor te zorgen dat er gerechtigheid zou zijn.

Tante Pearl, of liever gezegd Carolyn, was me naar de bar gevolgd. Ze vloekte zachtjes toen ze haar wijnglas optilde. 'En jij durft te klagen over mijn magie.' Ze wankelde op haar stiletto's en dreigde een tweede keer wijn over alles heen te gooien. 'Je bent me er eentje, Cendrine West.'

Een fractie van een seconde voelde ik me als een vijfjarige die een standje kreeg. Toen herpakte ik mezelf weer.

'Verander jezelf terug, tante.' Ik gebruikte mijn magie

alleen als laatste redmiddel, maar als er één gelegenheid was die dit rechtvaardigde, dan was het deze wel. De toekomst van de hele stad hing af van de welwillendheid van tante Pearl. Maar ik moest voorzichtig zijn, omdat het ongedaan maken van de magie van een andere heks allerlei problemen veroorzaakte, zelfs als ze mijn tante was.

Vooral een heks die veel krachtiger was dan ik.

'Sssh.' Ze legde een vinger op haar lippen. 'Je brengt mijn vermomming in gevaar.'

'Ben je dronken?' Het was moeilijk in te schatten of haar wankele houding werd veroorzaakt door haar torenhoge hakken of te veel alcohol.

Ze negeerde me.

'Vind je mijn nieuwe jurk leuk, Cen? Net nieuw.' Tante Pearl schudde haar hoofd terwijl ze haar jurk hoog boven haar dij optilde, waardoor haar huid zichtbaar werd. Ze viel bijna van haar kruk. Haar volle wijnglas kantelde vervaarlijk en de drank ging nu echt bijna over de rand.

'Kom op. Het is tijd je terug te veranderen. '

'Maar ik was net begonnen.' Tante Pearl pruilde. 'Ze is een van mijn favorieten.'

'Alsjeblieft, tante Pearl. We moeten praten. Realiseer je je wel dat jij de hoofdverdachte bent bij de moord op Sebastien Plant?'

'Je beschuldigt me van moord?' Tante Pearl zette haar glas met een klap op de bar en liet overal wijn naartoe vliegen.

'Natuurlijk niet.' Ik veegde wijndruppeltjes van mijn gezicht. 'Maar al het bewijs wijst naar jou en niemand anders. Ik moet ook met je praten over Hazel. '

'Hoezo over Hazel?' Ze keek me achterdochtig aan.

'Niet hier.' Ik was bang om de vermeende affaire tussen Hazel en Sebastien ter sprake te brengen, maar ik kon niet anders. Het liep gegarandeerd op een ramp uit, omdat tante

Pearl niet zo goed geheimen kon bewaren. 'We moeten ergens naartoe waar niemand mee kan luisteren.'

Ze keek meteen blijer. 'Laten we naar mijn school gaan. Maar alleen als je ermee instemt mijn magische koers te volgen. '

'Betekent dit dat je jezelf uit die belachelijke outfit tovert en weer normaal wordt?' Nou ja, zo normaal als tante Pearl zou kunnen zijn.

Mijn tante knikte. 'Ik wil ook mijn toverstok terug.'

'Belangrijke dingen eerst.' Ik kon niet veel doen om haar toverstaf terug te krijgen, maar ik was niet van plan haar dat te vertellen. Mijn onmiddellijke prioriteit was om tante Pearl in toom te houden voordat ze nog meer schade kon aanrichten. 'Ik zal me inschrijven op je stomme magische school, maar alleen als je belooft de rest van het weekend met je trucjes te stoppen.'

Haar uitdrukking klaarde op. 'Echt?'

'Ja.' Ik had nu al spijt van mijn belofte. 'Maar alleen als je onze grootse opening weer goed op de rails krijgt en de vragen van de sheriff over de moord beantwoordt.' *Pearl's Charm School* specialiseerde zich in bezweringen en spreuken, twee gebieden waarop ik jammerlijk tekortschoot. Ik wilde mezelf helemaal niet verbeteren, maar ik was bereid te doen wat nodig was om tante Pearl te kalmeren en verdere schade tegen te gaan. 'Ik zie je over een half uur op Pearl's Charm School dan.'

Ik had amper mijn zin afgemaakt toen tante Pearl opsprong, naar de uitgang holde en verdween. Ik scande de bar af en merkte met voldoening op dat de bezoekers weer pool, darts of wat dan ook stonden te spelen, net zoals voordat ze de Carolyn Conroe-show te zien hadden gekregen. Sommige lokale gasten waren zelfs vertrokken. *The Witching Post* keerde langzaam terug naar zijn normale, half-verlaten staat.

Tonya Plant nipte aan haar wijn. De forensisch onderzoekers waren klaar met haar kamer, maar ze leek geen haast te hebben om ernaartoe te gaan. Ze zag er meer tevreden uit dan verdrietig, eigenlijk.

Ik keek naar haar en vroeg me af hoe hun relatie in elkaar had gestoken. Zij en Sebastien leken een gelukkig stel, maar niemand wist echt wat er zich in een huwelijk afspeelde, behalve de twee mensen die er deel van uitmaakten. Dat was vooral het geval voor publieke figuren zoals de Plants.

Ik betwijfelde of Tonya de fysieke kracht had om hem aan te vallen. Hij had haar gemakkelijk kunnen ontwapenen. Hetzelfde gold voor tante Pearl, hoewel mijn tante een heks was en bovennatuurlijke kracht kon oproepen met een zwaai van een toverstok. Ze had er echter geen reden voor.

Alleen een man met dezelfde lengte en bouw als Sebastien Plant had het kunnen doen, omdat sommige van de verwondingen bovenop zijn hoofd hadden gezeten.

Ik wist van misdaadprogramma's dat tachtig procent van de slachtoffers door hun partner werd vermoord. Tonya had iemand kunnen inhuren om haar man te vermoorden. Als ze wist van die affaire tussen Sebastien en Hazel, had ze een sterk motief. Als de vrouw van Sebastien moest ze wel een verdachte zijn, maar ik wist niet zeker of de sheriff van de affaire op de hoogte was of niet.

Ik wist in elk geval zeker dat Tonya niet het toonbeeld van een rouwende weduwe was. Ik moest meer bewijs zien te verzamelen.

HOOFDSTUK 15

et was bijna tien uur 's avonds toen ik aankwam bij *Pearl's Charm School*. Ik werd wat blijer toen ik de lichten binnen zag branden. Tante Pearl was veilig binnen en uit de problemen, althans voorlopig. Toen ik dichterbij kwam, zag ik een lichtreclame in de vorm van een bezem in het raam aan de voorkant staan. Onder de groene bezem flitste Open-Open-Open in neonkleuren.

De hekel die tante Pearl aan reclameborden langs de snelweg had, leek niet te gelden voor haar eigen toko. Ze was allesbehalve subtiel. Ik was niet dol op haar overduidelijke pronken met een school voor heksen, maar het was wel leuk om te zien dat het oude schoolgebouw werd gebruikt.

Toen ik de deur openduwde, rinkelde een belletje om mijn komst aan te kondigen. Het oude schoolgebouw zag er ongeveer hetzelfde uit als ik me herinnerde uit mijn lagere schooltijd. Zelfs de verf en het linoleum waren onveranderd.

'Hierbinnen.' De stem van mijn tante galmde door de gang en ik volgde hem naar het voorste klaslokaal. De school was gebouwd rond 1900 met twee klaslokalen, genoeg voor de inwoners van het stadje in die dagen. Het was een paar jaar geleden gesloten toen we ons eigen schoolpersoneel niet langer konden betalen. Tegenwoordig werden lokale kinderen naar de grote school in Shady Creek gebracht, een triest teken van de tand des tijds.

Tante Pearl was bezig rituele kaarsen aan te steken op de vensterbank.

'Wat is dat toch met jou en vuur?' Ik liep naar de voorkant van het klaslokaal toe en keek om me heen. Ik moest toegeven dat het kaarslicht de ruimte wel een fijn sfeertje gaf. Het was echt *charming*.

Dat ging ik haar natuurlijk niet aan haar neus hangen.

'Oh, Cen, ontspan toch eens. Moet je altijd zo serieus zijn? '

'Misschien zou ik dat niet zijn als ik je niet constant uit de problemen hoefde te redden.' Eerlijk gezegd was tante Pearl soms een fulltimebaan. En ik had nu genoeg eigen problemen.

'Ik zit niet in de problemen en ik kan voor mezelf zorgen. Maak je maar geen zorgen meer over mij,' zei tante Pearl.

'Je hebt juist wél problemen, en veel ook. Als ik me niet om je bekommer, help je onze kleine onderneming de afgrond in nog voordat het hotel zelfs maar een start kan maken,' zei ik. 'Waarom heb je gelogen en zei je dat je bij mam was? Ze zei van niet. Je hebt dus geen alibi?'

Tante Pearl rolde met haar ogen en slaakte een overdreven zucht. 'Je geeft het gewoon nooit op, Cen.'

'Dit is belangrijk, tante Pearl. Als we het onderzoek niet in een andere richting sturen, kun je worden beschuldigd van moord. '

'Goed dan.' Ze sloeg haar armen over elkaar en staarde me aan. 'Ik was bij Hazel. Ze is vanmorgen aangekomen. '

'Ik geloof er niks van. Jullie praten niet eens meer tegen elkaar.' Ik zuchtte toen ik aan mijn broer dacht. Arme Alan.

'We hebben het bijgelegd, Cen. Wapenstilstand. Tijden zijn hard, dus die vragen om harde maatregelen.'

'Hoezo, tijden zijn hard?' Ik was in de war, maar ik voelde ook een vonkje hoop. 'Is Hazel er nog? Misschien kan ze Alan weer naar zijn menselijke vorm veranderen.'

Tante Pearl schudde haar hoofd. 'Nee, er is van alles aan de hand, en *Travel Unraveled* staat er middenin. We moesten die plannen van hen stoppen.'

'Over Alan, ik weet dat hij heel graag wil dat...'

'Niet nu, Cen.' Ze stak haar hand op met de handpalm omhoog als een verkeersregelaar. 'We zijn in een oorlog verwikkeld.'

'We hebben hier een bedrijf te runnen, tante. Sebastien Plant had ons enorm goede publiciteit kunnen brengen,' zei ik. 'Nu zullen we vooral bekend staan als dat ene hotel waar hij is vermoord. Wanneer is Hazel hier aangekomen?' Twee heksen met hyperfocus waren een stuk slechter nieuws dan maar eentje.

Mijn tante haalde haar schouders op. 'Ik denk rond negen uur 's ochtends.'

'Precies rond de tijd van de moord.' Ik keek het lokaal rond maar zag geen teken van Hazel. 'Waar is ze nu?'

'Ze is een uur geleden naar Londen vertrokken.'

Mijn schouders zakten verslagen naar beneden. Bijna terug bij af wat betreft het onderzoek, en mijn hoop dat Alan eindelijk weer zijn menselijke vorm kon aannemen verdween als sneeuw voor de zon.

Als minnaar van Sebastien had Hazel ook een duidelijk motief. Het alibi van tante Pearl telde niet mee, aangezien het van een andere potentiële verdachte afkomstig was. 'Heeft iemand anders jullie samen gezien?'

'Nee.' Tante Pearl schudde haar hoofd. 'We zijn hier eigenlijk de hele tijd gebleven en hebben koffie gedronken, dingen uitgepraat.'

'Dat is de meest belachelijke leugen die ik ooit heb gehoord.' Ik sloeg mijn armen over elkaar en trok mijn wenkbrauwen op. 'Jullie zitten nooit zomaar een beetje te hangen. Hazel zou niet de halve wereld rondreizen om alleen maar met je te praten.'

'Oké, we hebben het prieel wel bezocht. Hazel en ik volgden Sebastien Plant naar het prieel met de bedoeling hem een schuldgevoel aan te praten en bang te maken, zodat hij de stad zou verlaten. Toen zagen we zijn aanvaller, een man in een zwart capuchonvest. We hadden niets met zijn moord te maken, ik zweer het je. Hazel was zo overstuur dat ze meteen is weggegaan. Zeg dat maar tegen de sheriff. '

'Waarom kun je het hem niet zelf vertellen? Of nee, doe dat bij nader inzien maar niet. Hazel noemen triggert vast een hele reeks vragen die duidelijk zullen maken dat we bovennatuurlijke krachten hebben. Uitleggen dat ze zichzelf hier in een paar minuten heen kan teleporteren, maakt de zaken alleen maar ingewikkelder.' De sheriff vertellen over haar affaire met Sebastien Plant zou dat ook doen, maar ik vertrouwde op haar onschuld. Het was vast gemakkelijker om de echte moordenaar te vinden dan om de onschuld van Hazel en Pearl te bewijzen. 'Vertel me eens wat je weet over die man in het zwart. Hij is onze enige echte aanwijzing tot nu toe.'

'Het was een lange dag, Cen. Laten we allebei eerst eens goed uitrusten.' Tante Pearl stond op en leidde me naar de gang. 'Ik zal een plan bedenken om onszelf uit deze puin- hoop te graven.'

Ik hief mijn armen op in protest. Dat plan van tante Pearl zou vrijwel zeker voor nóg meer rampspoed zorgen. Aan de andere kant maakten al mijn bezwaren mijn tante niet bepaald meewerkend. 'Oké, prima. Maar ik wil met Hazel praten zodat ze jouw verhaal kan bevestigen.'

Ik keek nog een laatste keer rond en besefte dat mijn

tante ongeveer in dezelfde tijd aan het oude schoolgebouw opknappen had gewerkt als wij aan het hotel hadden gewerkt. Ze zorgde voor veel problemen, maar ze kreeg ook echt dingen voor elkaar. *Pearl's Charm School* zag eruit en voelde aan als een echte school. De schoolbanken waren allemaal netjes met lak afgewerkt en er lagen nieuwe schoolspullen op de planken langs de muren. Het enige verschil was de kristallen bol op het bureau van de leraar en een schoolbord gevuld met magische spreuken in plaats van rekenformules.

'Is dat wat ik denk dat het is?' Ik liep naar het bord en bestudeerde het mij zo bekende object in de krijtbak. 'Ik wist niet dat je een tweede toverstaf had.'

'Dat is ook niet zo.'

'Maar jouw toverstaf werd als bewijs meegenomen. Hij ligt achter slot en grendel op het politiebureau. 'Mijn mond viel open. 'Vertel me alsjeblieft niet dat je hem hebt teruggestolen.'

'Oké, ik zal het je niet vertellen. Tijd om naar bed te gaan.' Ze glimlachte engelachtig en wees naar de deur.

'Wat als je toverstaf de vingerafdrukken van de moordenaar bevatte? Je hebt misschien het enige bewijs vernietigd dat jou van de lijst met verdachten had kunnen verwijderen.' Ik hoopte maar dat de politie de staf had gecontroleerd op vingerafdrukken voordat tante Pearl hem had ontvreemd.

Ze gooide haar hoofd achterover en lachte. 'Het is geen bewijs, want ik had niets te maken met de moord op die man. Iedereen is zo gefocust op de moord, maar er is nog een andere, ernstige misdaad gepleegd. Niemand maakte zich druk om míjn gestolen toverstaf, dus heb ik het heft in eigen handen genomen en nu heb ik hem terug. '

'Je bedoelt dat je hem hebt gestólen. Dat is waar het op neerkomt als je iets uit de bewijskluis van de politie verwijdert.' Ik schudde mijn hoofd. 'Hoe kan ik je helpen als je jezelf niet helpt?' Knoeien met bewijsmateriaal had ingrijpende gevolgen.

Tante Pearl negeerde me. 'Ik heb recht op mijn eigendom.'

'Het is nu wat laat om met dat punt te komen, maar ik ben hier niet om je te bekritiseren.' Ik liep heen en weer voor het schoolbord. 'Er is één ding dat ik wil weten. Wist jij van de affaire tussen Sebastien Plant en Hazel?'

Tante Pearl keek me zogenaamd geschokt aan. 'Meen je dat nou?'

'Speel geen spelletjes met me. Je probeert Hazel te beschermen, maar tante Amber heeft me alles verteld.' Ik overdreef, maar als Amber inderdaad van de verhouding tussen die twee had afgeweten, dan wist tante Pearl het zeker ook. 'Daarom gingen jullie naar het prieel, of niet soms?'

Tante Pearl tuitte haar lippen en antwoordde niet meteen. 'Oké, ik wist af van de affaire,' gaf ze toe. 'Ik ben het niet eens met hoe Hazel haar leven leidt, maar zij zou Seb nooit vermoorden, dus ik zag er het nut niet van in het te noemen. Ik wilde de dingen niet te ingewikkeld maken.'

'Hazels lover wordt vermoord op ons terrein en jij vindt het 't vermelden niet waard?' herhaalde ik ongelovig. 'Wat weet je nog meer over Sebastien Plant dat je me niet vertelt?'

'Hij was van plan van Tonya te scheiden en met Hazel te trouwen.' Ze streelde langs de uitgesneden ster op haar toverstok. 'Hazel maakte zich zorgen om de veiligheid van Seb, dus vroeg ze mij haar te helpen hem in de gaten te houden.'

'Nou, dat heeft lekker geholpen. Weet je, ik geloof je verhaal niet.' Hazel en Sebastien waren net zo onwaarschijnlijk als stel als Tonya en Seb. Hazel was in de zeventig en Sebastien Plant was ongeveer vijftig, met een jonge en aantrekkelijke vrouw van in de dertig. 'Hazel moet minstens veertig jaar ouder zijn dan Tonya.'

'Wees niet zo naïef, Cen. Hazel transformeert zichzelf net

als ik tijdens mijn Carolyn Conroe-act. Tonya doet het ook, hoor.' Ze snoof. 'Mannen zijn zo goedgelovig.'

Mijn mond viel open. 'Tonya is een héks?' Ik dacht terug aan de opmerking van mijn moeder over de toverstok van tante Pearl die weleens aantrekkelijk zou kunnen zijn voor een andere heks. Had Tonya hem gestolen om de wraak van tante Pearl af te wenden?

Tante Pearl knikte.

'Dat is onmogelijk. Een heks zou door die hele Carolyn Conroe-act hebben heen gekeken.'

'Oh, Tonya wist precies waar ik mee bezig was. Ze speelde gewoon mee voor de buitenwereld. Het is al moeilijk genoeg voor haar om de treurende weduwe uit te hangen,' grijnsde tante Pearl. 'Ze is maar een middelmatige heks en haar magie is niet om over naar huis te schrijven. In één ding is ze echter steengoed.'

'En dat is?'

'Mannen betoveren.' Tante Pearl tikte met haar toverstok op het bord. 'Daar zou jij ook goed in kunnen zijn, als je er een beetje moeite voor deed.'

'Je bedoelt wat jij doet met je brutale Carolyn Conroe-gedoe?'

Tante Pearl rolde met haar ogen. 'Als je meer tijd op WICCA en in de magische wereld doorbrengt, zou ik je niet elk klein detail hoeven uit te leggen. Maar je snapt het eindelijk. Ze is niet alleen een heks, maar ze is ook op zoek naar iets dat wij hebben. '

'Ga je me vertellen wat het is, of moet ik daar ook naar raden?'

'Tonya wil de stad, Cen. Dat is de echte reden dat ik het snelwegbord heb platgebrand. Ik wilde niet dat ze het zou vinden.' Ze veegde een denkbeeldige traan van haar wang. 'Ik heb jammerlijk gefaald.'

'Waarom wil ze in vredesnaam Westwick Corners? De

Plants zijn miljardairs. Ze bezitten zo'n beetje de hele reisindustrie met hun shows, boeken en resorts. Er zijn zóveel betere plekken voor een resort dan onze spookstad.' Terwijl de woorden mijn mond verlieten, drong het tot me door dat zelfs ik niet in de toekomst van ons stadje geloofde.

Triest.

Tante Pearl zuchtte. 'Ik hoop dat dit niet de hele nacht gaat duren. Westwick Corners zit bovenop een van de energiekolken op deze aarde. Onze vortex is lang niet zo beroemd als sommige anderen, zoals Stonehenge en Sedona in Arizona. We houden het graag geheim. Dat is de reden waarom de familie West zich hier oorspronkelijk heeft gevestigd. Die vortex vergroot onze krachten. Volg je me tot nu toe? '

Ik knikte. Ik kende de verhalen over de energievortex vaag, maar al die hocuspocus over speciale krachten en portalen naar andere dimensies of werelden leek me belachelijk. 'Ik zie niet in hoe het vernietigen van een bord naast de snelweg haar zou moeten afschrikken. Elke fatsoenlijke heks wordt toch van nature aangetrokken door een energiekolk?'

'Alleen als ze dichtbij genoeg is om de energie te voelen. Daarom ben ik tegen toerisme, Cen. Ik heb mijn best gedaan om haar ver weg te houden, maar het was niet genoeg. En nu is het te laat.' De tranen van tante Pearl waren deze keer echt. 'Tonya's *Travel Unraveled* megaresort zal van Westwick Corners het Las Vegas van de geestenwereld maken, gewoon een schreeuwerige vakantiestop op de bovennatuurlijke snelweg. Alles wat vandaag nog staat zal worden afgebroken, alle wegen uitgebreid en verhard. Ik ben dol op deze plek, Cen. Ik sterf liever dan dat ik ons kleine stukje paradijs laat verwoesten.'

Ik had tante Pearl nog nooit zo emotioneel gezien, maar ze was duidelijk ook knettergek. 'Maar Travel Unraveled zou onze hele stad nieuw leven hebben ingeblazen. Ze zouden meer mensen aantrekken, zelfs áls ze de vortex ook promoten. We zouden allemaal beter af zijn geweest.'

'Een resort voor heksen, Cen. De hele bovennatuurlijke wereld zal op ons neerdalen. Onze stad is te breekbaar om te worden overspoeld door bovennatuurlijke wezens. Het wordt een nachtmerrie, wat ik je zeg. Je hebt geen idee hoe erg het allemaal kan worden. '

'Maar de andere reisbestemmingen die ze hebben zijn toch niet voor heksen?'

Tante Pearl staarde me alleen maar aan en schudde haar hoofd. 'Je moet nog zoveel leren, Cen. Ik hoop maar dat het niet te laat is. '

HOOFDSTUK 16

Ik hield me aan mijn belofte aan mijn moeder en bracht tante Pearl terug naar het hotel voordat ik naar huis ging. Ik kon er niet voor zorgen dat tante Pearl binnen zou blijven, maar het was het beste wat ik kon doen. Na alles wat ze me had verteld, verwachtte ik nog meer problemen, vooral met tante Pearl en Tonya onder hetzelfde dak. Er stond vast iets vreselijks te gebeuren.

Ik sjokte door de tuin naar huis. Ik had mijn afgezonderde boomhut aan de achterkant van het pand altijd fijn gevonden, maar vanavond maakte die afzondering me ongemakkelijk. Er liep tenslotte een moordenaar vrij rond.

Ik was blij dat Hazel en Pearl dingen hadden bijgelegd, maar was ook bang dat ze misschien iets hadden veroorzaakt dat niet ongedaan kon worden gemaakt. Ik was van plan om 's ochtends eerst Hazel te bellen en haar kant van het verhaal te horen over haar bezoek en de vreemde man in het prieel. Ze zou ofwel de versie van tante Pearl bevestigen, ofwel ik zou ze allebei op een leugen betrappen. De aanvaller in de zwarte hoodie die over het gazon had gelopen, kon gewoon een verzinsel zijn, maar ik had niets anders om mee te werken.

Tegen de tijd dat ik mijn huis bereikte, stond ik te tollen op mijn benen. Het was een lange dag geweest. Ik sjokte de houten wenteltrap op die naar mijn huis leidde. Mijn boomhut lag in een massieve eik. In de loop der jaren was de oorspronkelijke structuur aangepast en uitgebreid, naarmate de takken waarin het huis nestelde waren gegroeid. Een van de takken groeide zelfs de woonkamer binnen.

Ik dacht na over de opmerkingen van tante Pearl over Sebastien Plant die wilde scheiden. Dat gaf Tonya een behoorlijk solide motief voor moord. Maar als ze de misdaad had begaan, had ze het zeker niet alleen kunnen doen. Sebastien was twee keer zo groot, om maar eens wat te noemen.

Ik dacht terug aan het briefje dat op de plaats delict was achtergelaten. Ik kon de blokletters in mijn hoofd duidelijk zien, alsof het briefje recht voor me lag. Ik mompelde de eerste paar regels toen ik de bovenste trede van de trap bereikte:

OOK AL REIS JE NOG ZO VER,
Je maakt je hier beter uit de voeten.
Je bedrijf is gestoeld op reizen,
Maar hier zul je het leven laten moeten.

IK BLEEF STAAN TOEN IK ME IETS BEDACHT.

Hazel had altijd een probleem met spelling gehad. En haar bezoek viel samen met de moord. Hoewel ze me niet in staat leek tot moord, durfde ik mijn hand er niet voor in het vuur steken. Wie weet had ze het toch gedaan.

Ik huiverde en duwde de zware houten deur open. Toen ik over de drempel stapte, besloot ik alles te vergeten en lekker mijn bed in te kruipen. Ik was doodop en het was al laat. De komende uren kon ik tenminste even ontsnappen in mijn rustieke sprookjeskasteel en de wereld vergeten. Het enige dat ik wilde was mijn knusse bed en een beetje slaap. Al mijn problemen konden tot morgen wachten.

Ik zag een flits van zwart en wit toen Alan naar de deur rende en met zijn kleine Border Collie-staart kwispelde. Nou, er was tenminste iemand blij me te zien. Ik voelde een steek van schuld toen hij me de keuken in duwde en met zijn poot op zijn voederbak tikte.

Ik had extra eten voor hem achtergelaten toen ik vanmorgen vroeg vertrok, maar ik had nooit verwacht zo lang weg te blijven. Arme Alan. Ik vulde zijn voederbak en waterbak opnieuw en keek hoe hij zijn avondeten verslond terwijl ik aan Hazel dacht. Ik had haar een maand geleden voor het laatst gezien, toen zij en Pearl hun meningsverschil hadden.

Alan gaf me het perfecte excuus om contact op te nemen met Hazel. Ik zou haar kunnen smeken Alan weer in zijn menselijke gedaante te veranderen en ondertussen kunnen proberen meer te weten te komen over waar ze ten tijde van de moord was geweest.

'Godzijdank dat je eindelijk thuis bent!' Een spookachtige verschijning kwam door de keukendeur binnengezweefd.

Mijn hart stopte even totdat ik me herinnerde dat oma Vi, oftewel Violet West, gistermiddag bij mij was ingetrokken onder zwaar protest. Haar voormalige suite in het hotel werd nu voor gasten gebruikt. We waren tijdelijke huisgenoten totdat ik over een paar weken uit de boomhut zou vertrekken en bij Brayden zou gaan wonen. We waren geen van beide fan van deze regeling, maar er waren gewoon geen andere opties.

'Je hebt op me gewacht?' Ik voelde een zekere warmte bij die gedachte.

'Doe niet zo gek, Cen. Geesten slapen niet.' Oma Vi snoof. 'Waar zijn je handdoeken? Ik kan niets vinden in deze puinhoop. Je bent zo chaotisch.'

'En jij bent een geest. Waarom heb je een handdoek nodig?' Oma Vi was twee jaar geleden overleden en was onmiddellijk teruggekeerd om ons het leven zuur te maken. In al die tijd had ze echter nooit om een handdoek gevraagd. Ik vermoedde dat ze gewoon een excuus had gezocht om in mijn dingen te snuffelen zonder dat het heel erg in het oog liep. Natuurlijk liepen geesten meestal ook niet zo in het oog.

Oma Vi zuchtte en schudde haar hoofd. 'Je zou het toch niet begrijpen. Je rommelige geest is net als dit rommelige huis. Niets is waar het hoort.'

'Handdoeken liggen gewoon in de linnenkast.'

'Ik ga daar niet naar binnen.' Oma Vi zweefde voor me en blokkeerde mijn pad.

Waarom een geest die door muren kon zweven bang was voor een kast, was mij een raadsel. 'Dan moet je het zelf maar weten. Nog iets anders?' Het enige dat ik wilde, was een paar minuten rust en stilte om te ontspannen voor het slapengaan.

Oma Vi gooide haar spookachtige armen in de lucht. 'Die kast is een puinhoop. Misschien heb je toch het juiste beroep gekozen.'

'Wat bedoel je daar nou weer mee?' Na een frustrerende dag met de bruiloftsrepetitie, Pearls capriolen bij de grote opening van het hotel en natuurlijk de moord op Plant wilde ik gewoon in bed kruipen en gaan slapen. Ik draaide me opzij om langs oma Vi te glippen.

Oma Vi weigerde me erlangs te laten, hoewel ik technisch gezien dwars door haar transparante vorm kon lopen. Maar ik respecteerde de oudere leden in mijn familie, zelfs als ze mij niet respecteerden.

'Je hebt zoveel vragen, maar nooit antwoorden. Moeten journalisten niet allebei hebben?' Ze liet haar handen zakken en deed een stap opzij om me te laten passeren. 'Oh, wacht eens... je denkt aan een man, en het is niet Brayden.'

Oma Vi is – of was, althans – een heks zoals de rest van ons, maar sinds ze een geest was geworden, kon ze ook gedachten lezen. In mijn vermoeide toestand had ik mijn verdediging laten zakken en was ik vergeten mijn gedachten te blokkeren. Ik had me niet eens gerealiseerd dat ik aan hem dacht.

Het was moeilijk om me het strak gespierde lichaam van Tyler Gates onder zijn uniform níét voor de geest te halen. 'Ach, gewoon de nieuwe sheriff. Hij is vandaag begonnen,' zei ik op mijn meest onschuldig klinkende toon. Ik wist niet zeker of oma Vi de beelden in mijn hoofd zag of alleen de woorden, maar het was eng om te weten dat ze mijn diepste gedachten kon lezen.

'We hebben een moord op ons terrein gehad.' Ik vertelde haar over de ontmoeting in het prieel en over de toverstaf van Pearl. Ik liet de opmerkingen van tante Pearl over Tonya en de resortplannen echter weg omdat ik haar niet van streek wilde maken.

Oma Vi zweefde achter me toen ik mijn schoenen uitdeed en de gang door liep naar de woonkamer. 'Ik kan maar beter op verkenning gaan.' Ze klonk enthousiast bij de gedachte iets te kunnen doen.

'Nee, oma. Laat het nou maar aan de politie over.' Ik veranderde van onderwerp. 'Mam maakt zich zorgen over het effect van de moord op onze hotelopening.'

Oma Vi glimlachte. 'Misschien krijg ik mijn oude kamer dan toch terug.'

'Ik betwijfel het.' De enige manier waarop oma Vi in het hotel had kunnen blijven, was haar naar de kamer van tante Pearl verhuizen. Hun gekibbel zou alleen maar ongewenste aandacht hebben uitgelokt en oma Vi zou ongetwijfeld ronddwalen en de gasten bang maken.

Ik veranderde van onderwerp. 'Het hotel ziet er echt prachtig uit.' We hadden de moeite genomen om de restauratie zo authentiek mogelijk te houden, tot aan de glas-in-loodramen en de gerestaureerde vloeren van sparrenhout aan toe. 'Het ziet eruit als nieuw.'

'Ik zou het niet weten.' Ze snoof. 'Ik ben verbannen, een gevangene in deze stomme boom. Het is een ware heksenvervolging als je het mij vraagt. '

'Het is allemaal voor je eigen bestwil, oma. We moeten op de een of andere manier de kost verdienen en dit is alles wat we hebben. Je bent vrij om ons te bezoeken als er geen gasten meer zijn. Het ziet er net uit als vroeger, toen je er woonde. '

'Hoe oud denk je eigenlijk dat ik ben? Die plek was al antiek toen ik er ook woonde.' Zelfs na de dood was oma Vi nog gevoelig voor het onderwerp van haar leeftijd.

'Je bent helemaal niet oud. Gewoon wat ouder dan ik.' Ik liep naar de bank in de woonkamer.

'Genoeg gezeur over mijn leeftijd. Laten we het nog eens hebben over de moord. Het is te gevaarlijk om je bruiloft hier te houden, Cen. Je moet het afzeggen.' Oma en Brayden konden niet echt met elkaar overweg. Maar oma Vi was voor Brayden gewoon dood en begraven omdat hij geen geesten kon zien. Dus het was eigenlijk alleen oma Vi die niet met zichzelf over Brayden kon opschieten.

'Ik zeg mijn bruiloft niet af. Waarom zou ik dat doen?' Daar had oma in elk geval mijn gedachten nog niet over gelezen. Ik plofte uitgeput op de bank neer.

Ze haalde haar schouders op. 'Gewoon een stille wens.' Haar gestalte werd geleidelijk aan duidelijker toen ze door de kamer dreef en boven me kwam zweven.

Ik vertelde haar over de rest van de gebeurtenissen van vandaag, inclusief de vuurdemonstratie van Pearl bij de snelweg en haar Carolyn Conroe-act. 'Ze moet rustiger aan gaan doen, anders jaagt ze weer een nieuwe sheriff weg. We willen geen stad zonder wettelijk gezag hebben. Kun jij eens met haar praten?'

'Ik zal eens kijken wat ik kan doen. Vertel me nu over die nieuwe sheriff.'

Ik beschreef de krachtmeting in mijn kantoor en de minachtende houding van tante Pearl toen ze haar boete kreeg. 'Hij leek zich echter niets van Pearl aan te trekken. Ze kan niet zomaar dingen in brand steken wanneer dingen niet op haar manier gaan.'

Tyler Gates was de eerste sheriff die zich echt tegen tante Pearl verzet had. Misschien zou hij het hier toch kunnen redden.

Oma Vi zuchtte. 'Zeg maar dat ze bij me langs moet komen.'

HOOFDSTUK 17

Ik was net in slaap gesukkeld toen ik weer wakker schoot van blaffen onder mijn raam.

'Wakker worden, Cen.' Oma Vi zweefde boven me. Ze zwaaide met haar doorzichtige armen heen en weer. 'Open het raam. Alan is buiten. '

Ik deed wat ze zei en keek naar beneden. Alan rende in kringetjes rond en piepte van jewelste. Ik kon me niet meer herinneren dat ik hem buiten had gelaten.

Alan gromde en rende een stukje naar de wijngaard toe, keerde toen weer om en rende terug naar de plek onder het raam. Hij keek naar ons op met smekende ogen.

'Ik kan het niet goed zien in het donker. Momentje.' Ik stond op uit bed en pakte een zaklamp van mijn nachtkastje voordat ik naar de voordeur liep. Oma Vi zweefde een paar meter achter me. Alan stormde naar binnen zodra ik de deur opendeed. 'Oh, ik wilde dat je kon praten.'

Alan schudde zijn harige hondenlichaam en jankte toen hij naar me opstaarde.

'Wat is er?' Mijn stem brak toen ik eraan dacht hoe ik Hazel net had gemist, en de kans om Alan binnen een paar uur weer normaal te maken ook. Ik had zo'n medelijden met mijn broer.

Alan draafde heen en weer voordat hij de woonkamer binnenging.

'Hij zegt: ga naar het raam.' Blijkbaar kon oma Vi ook de gedachten van honden lezen, of tenminste: een menselijke geest gevangen in een hondenlichaam.

Ik volgde hem naar de woonkamer terwijl oma Vi achter ons aan zweefde. Ik liep naar het raam en trok de gordijnen open. Het raam gaf direct uitzicht op de wijngaard. Wolken verhulden de maan gedeeltelijk en gaven de nachthemel een wazige gloed. Het was licht genoeg om de silhouetten van de bomen te zien, maar niet veel anders. 'Ik zie niets.'

Alan sprong op de bank en stootte mijn arm aan met zijn neus.

'Daar, bedoel je?' Ik draaide naar rechts, waar twee schaduwfiguren bij de rand van de wijngaard stonden, een paar meter uit elkaar. Het was te donker om iets te onderscheiden, behalve dan dat het allebei mannen waren met een slanke lichaamsbouw.

'Dat is Brayden!' Oma Vi schudde haar hoofd. 'Wat doet hij in hemelsnaam in onze wijngaard? Ik heb die jongen nooit vertrouwd. Er klopt iets niet aan hem. '

'Je kunt hem vanaf hier onmogelijk herkennen.' Ik kneep mijn ogen dicht, maar dat maakte geen verschil.

'Je moet eens langs bij een opticiën, Cen. Of misschien wil je gewoon de feiten over je verloofde niet onder ogen zien.'

'Welke feiten?' Brayden had nooit ook maar één onaardig woord tegen oma Vi gezegd. Ik had geen idee waarom ze hem zo verachtte.

Oma Vi negeerde me.

'Wat doet Brayden met die andere kerel?' Oma Vi zweefde naar ons toe bij het raam.

'Ik kan niet echt zien...' Ik kneep mijn ogen samen, maar zag nog steeds alleen hun silhouetten in de duisternis.

'Ze zetten allebei een aantal passen naar achteren. Net of ze zich klaar maken voor een of ander revolverduel in een westernfilm.'

Brayden als cowboy in het holst van de nacht was een belachelijk idee, maar nu mijn ogen zich eindelijk aan de duisternis hadden aangepast zag ik dat mijn oma gelijk had. Ik herkende zijn langzame, doelbewuste tred. Hij was duidelijk zijn passen aan het tellen terwijl hij in een rechte lijn van de andere man wegliep.

'Ze zijn stappen in een groot vierkant aan het tellen, Cen. Dat is precies wat mensen doen als ze grond voor een project willen opmeten. '

'Is dat zo?' Het leek me een onbetrouwbare methode om onroerend goed te ontwikkelen, zeker in deze tijd. 'Zolang het geen twintig stappen zijn die tot een duel leiden, vind ik het prima.' Ik dacht terug aan de Centralex-ontwikkelingsplannen in de kamer van Tonya en kreeg ondanks mijn woorden toch een ongemakkelijk gevoel. Ik wilde oma Vi liever niet in vertrouwen nemen, al wist ze misschien al meer dan ik wist door haar talenten met gedachtenlezen. Ik draaide me weg van het raam en liep terug naar mijn slaapkamer, waar mijn zachte bed op me wachtte.

'Wacht even, Cen. Ik hoop dat je hier niet nog méér bedrijven gaat bouwen zonder het me te vertellen.' Ze snoof. 'Het is al erg genoeg om uit mijn eigen huis te worden geschopt en naar dit chaotische boomfort te worden verbannen. En nu wordt straks zelfs déze boom gekapt om plaats te maken voor asfalt en beton. Ik word dakloos.' Haar verschijning flakkerde, zoals hij altijd deed als ze echt overstuur was.

'Dat gebeurt heus niet,' zei ik. 'Ze moeten naar buiten zijn gegaan voor een beetje frisse lucht.' Maar Braydens gespook na middernacht wekte eerlijk gezegd ook mijn wantrouwen.

Hij vermeed sport zoveel mogelijk, en ontspannen wandelen stond niet in zijn woordenboek. Alles had een doel als hij het deed. Oma Vi had gelijk. Er was iets raars aan de hand.

'Nu kun je die andere kerel zien.' Oma Vi wees naar de man op ongeveer vijftien meter afstand van Brayden. Hij draaide zich om en begon terug te lopen naar Brayden. Toen hij Brayden bereikte, was het duidelijk dat hij een paar centimeter langer was, met langer haar tot op zijn schouders. Hij was geen lokale bewoner of iemand die ik herkende.

'Ze meten absoluut iets op. Het staat mij ook niet aan,' zei ik. Er was helemaal geen reden voor Brayden om ons land aan een vreemde te tonen.

Alan gromde instemmend en ging op de grond liggen.

Oma keek hem sympathiek aan. 'Arm ding, je moet wel uitgeput zijn.'

Ik liep naar de keuken en rommelde in mijn koelkast. Ik vond een bot waar Alan op kon kauwen. 'Ik zal Brayden er morgen naar vragen.' *Vlak voordat ik zijn hart ga breken.* De gedachte bracht mijn slechte humeur terug. Plots was ik niet meer slaperig.

'Nog één ding, Cen.'

'Wat nu weer?'

'Ik weet wat je geheim is.' Oma plaagde me alsof ze nog op de basisschool zat en wist wie ik op Valentijnsdag een kaart had gestuurd. 'Je droomde over hem.'

'Je bekijkt mijn dromen?' Mijn nieuwe huisgenoot overschreed duidelijk mijn grenzen en ik vond het helemaal niks. Het was voor die paar weken draaglijk geweest, maar als ik de bruiloft zou afzeggen, kon dit weleens permanent zijn. We moesten mijn oma op een andere plek laten wonen, want dit ging zo niet.

'Je bent verliefd... en het is niet op Brayden!' Ze gaf een gilletje als een schoolmeisje.

'Ik weet niet waar je het over hebt.' Ik sloot mijn ogen en probeerde haar te negeren.

'Die nieuwe sheriff is zeker een knapperd. Waarom zou je in plaats daarvan niet met hem afspreken?' Ze glimlachte spookachtig.

Ik voelde mijn gezicht rood worden. Ik zou voorlopig met niemand afspreken, laat staan met Tyler Gates. Die fysieke aantrekkingskracht die ik voor hem voelde was volslagen normaal; het was toch een mooie man? Ik zei tegen mezelf dat dat alles was, maar ik kon hem maar niet uit mijn hoofd zetten. Terwijl de slaap me weer overviel, dreven mijn gedachten terug naar mijn huwelijk. Alleen was de bruidegom deze keer niet Brayden Banks.

HOOFDSTUK 18

Ik werd net voor zeven wakker, uitgeput na een vooral slapeloze nacht. Ik opende een blikje met Alans favoriete hondenvoer en schepte een dubbele portie op om het goed te maken dat ik gisteren laat thuis was gekomen. Ik beloofde mezelf om Hazel op de een of andere manier te overtuigen terug te komen en mijn broer weer terug in zichzelf te veranderen.

Mijn maag gromde toen ik het hondenvoer rook. Ik verlangde naar cafeïne, eieren en toast. Als geest at oma Vi niet, dus besloot ik naar het hotel te gaan voor het ontbijt. Een stevige maaltijd was precies wat ik nodig had om mijn onderzoekende geest op gang te laten komen.

Ik keek naar Alan, die zijn eten al had verslonden en ongeduldig bij de deur wachtte. Ik liet hem naar buiten terwijl ik me de gebeurtenissen van gisteravond weer voor de geest haalde.

Dat rondgesluip van Brayden baarde me zorgen. Het deed me denken aan de opmerkingen van tante Pearl over Tonya. Ik dacht niet dat Brayden en Tonya elkaar kenden, maar hun gedeelde interesse in ons landgoed leek me te toevallig. Ik was van plan het uit te zoeken.

Ik vroeg oma Vi en Alan een oogje in het zeil te houden en beloofde dat ik over een paar uur terug zou komen. Oma noch Alan konden de telefoon beantwoorden, dus dat betekende dat ik later op de ochtend terug moest naar de boomhut. Ik overtuigde oma Vi dat Alan gezelschap nodig had. Het was de enige manier om haar over te halen om in de boomhut te blijven. Met alles wat er gaande was, stond oma Vi te popelen om het hotel te bezoeken, maar dat zou de zaken alleen maar ingewikkelder maken.

Ik passeerde de wijngaard en liep door de tuin op weg naar het hotel. Mijn hart maakte een sprongetje toen ik de SUV van Tyler Gates op de parkeerplaats zag staan. Ik streek mijn haar glad en betreurde mijn kledingkeuze nu al. Die bestond uit een flodderig T-shirt, een korte broek, sneakers en geen make-up. Ik kreeg een raar gevoel in mijn buik van hem, iets dat ik me niet kon herinneren ooit eerder gehad te hebben bij een man.

Ik vertraagde mijn pas en evalueerde mijn doelen voor vandaag. Ik had veel op mijn takenlijstje staan. Het eerste item op de lijst was om Tonya aan nader onderzoek te onderwerpen, de bewering van tante Pearl over de vortex te checken en te bevestigen dat Tonya inderdaad een heks was. De ontwikkelingsplannen bewezen dat ze ons landgoed op het oog had, maar dat maakte haar niet tot een moordenaar.

Het tweede ding was met Hazel praten. Haar bezoek was precies samengevallen met dat van Sebastien en Tonya, en dat was verdacht, gezien hun liefdesdriehoek. Was Hazel hier geweest in haar officiële hoedanigheid van WICCA-voorzitter zoals tante Pearl beweerde, of was ze om persoonlijke redenen naar Westwick Corners gekomen? Ik gokte op het laatste. Ik was ook boos op Hazel. Als ze het inderdaad had bijgelegd met tante Pearl, was het minste wat ze had kunnen doen meteen de vloek die op Alan rustte ongedaan maken.

Kortom, ik zou mijn eigen onderzoek uitvoeren parallel aan het politieonderzoek. Alleen zou ik me concentreren op de bovennatuurlijke elementen, terwijl de sheriff de reguliere aanpakte. De sheriff wist natuurlijk niets van alle magische elementen in deze zaak.

Het doel van beide onderzoeken was het vinden van de man in de zwarte hoodie. Ik had geen echte aanwijzingen, maar ik moest ergens beginnen. Misschien zou ik de sheriff aan de tand voelen om meer informatie los te peuteren over de mysterieuze man. Ik zou doen alsof het voor een verhaal in de krant was. Ik hoopte maar dat hij die aanwijzing dan zou onderzoeken.

Ondertussen bleef tante Pearl zichzelf maar verdacht maken. Bovenop al het andere moest ik de spotlight van verdachte nummer één, tante Pearl, weghalen. Zolang haar alibi klopte en Hazel kon getuigen, was ik er vrij zeker van dat ik het onderzoek in de goede richting kon sturen. Hazel was minder ontwijkend dan mijn tante, dus zolang die meewerkte, kon ik ze waarschijnlijk allebei van blaam vrijwaren.

Als ze onschuldig waren, natuurlijk.

De info die tante Pearl me had gegeven, liet me geloven dat ze er niet bij betrokken was, maar de enige manier om het officiële onderzoek naar de echte moordenaar te laten zoeken, was om een aanwijzing te vinden, of die nu naar Tonya leidde, de man in de zwarte hoodie of iemand anders. Een goede aanwijzing zou mijn tante minder verdacht maken en zorgde er ook voor dat de echte moordenaar berecht zou worden.

Last but not least moest ik er alles aan doen om ervoor te zorgen dat Tyler Gates hier bleef werken. Ik wilde niet dat de sheriff onze stad zou verlaten, maar de bovennatuurlijke gebeurtenissen zouden hem weleens teveel kunnen zijn.

De onthulling van tante Pearl over Tonya gaf de zaak een heel nieuwe invalshoek. De wereld van ons heksen was klein, en toch had ik op de een of andere manier Tonya nooit ontmoet of zelfs maar over haar gehoord. Ik moest in haar verleden graven.

Ik was zo in gedachten verzonken dat ik tegen tante Pearl opbotste toen ik de oprit opliep.

'Hé!' Tante Pearl balanceerde even op één been, half in de lucht zwevend, voordat ze haar evenwicht hervond. 'Kijk uit waar je loopt.'

'Sorry.' Ik wierp een blik in de richting van de eetkamer-ramen van het hotel, in de hoop dat niemand, vooral niet Sheriff Gates, de behendige evenwichtsoefening en het herstel van tante Pearl had opgemerkt. Het zou dubbel zo moeilijk zijn om de toverstok als wandelstok te maskeren als hij getuige was geweest van onze botsing en de geavanceerde yogabewegingen van mijn tante.

'Tijd voor de les.' Tante Pearl gebaarde dat ik haar moest volgen.

'Kan het niet wachten tot na het ontbijt?' Ik had spijt van de belofte die ik gisteravond had gedaan, maar ik kon er nu niet veel aan doen. Ik zat eraan vast. Ze had duidelijk op me staan wachten, omdat ze geen vroege vogel was.

Tante Pearl schudde haar hoofd. 'Het moet nu. Ik heb wat meer informatie over Tonya.'

Mijn hart ging tekeer toen ik me het ergste voorstelde. 'Zeg alsjeblieft niet dat je terug bent gegaan naar haar kamer.'

'Niet exact, nee.'

'Kun je wat specifieker zijn?'

Tante Pearl keek om zich heen om te controleren of er iemand binnen gehoorsafstand was. 'Niet hier. Kom mee.'

*E*en uur later zat ik te draaien in mijn stoel op de eerste rij van het klaslokaal op *Pearl's Charm School*. Ik deed mijn best om wakker te blijven en mijn geduld te bewaren. Ik had amper slaap gehad, ik verging van de honger en de cafeïne die ik vanochtend onvrijwillig had moeten missen bezorgde me hoofdpijn.

Ik was nog geen steek verder wat betreft de "onthullingen" van tante Pearl over Tonya. Ze weigerde me meer te vertellen, niet voordat ik mijn eerste magische les had voltooid. Weer een van haar trucs.

Tante Pearl tikte met haar toverstok op het bord. 'En zo doe je een omkeringsspreuk. Snap je?'

Ik knikte, hoewel ik zo afgeleid was door de groeiende takenlijst in mijn hoofd dat ik een paar stappen had gemist.

'Laat maar eens zien.'

Ik fronste. 'Kunnen we dit later doen? We moeten ons richten op het oplossen van de moord op Sebastien Plant. '

'Niks daarvan, dametje. Nu of nooit. 'Ze tikte met de punt van haar toverstaf op haar handpalm.

'Je moet die toverstaf teruggeven, tante Pearl. Het is bewijs. '

'Helemaal niet. Dit is mijn andere toverstok. '

'Maar gisteravond zei je dat je hem bij het politiebureau weg had gehaald.'

'Dat heb ik niet gezegd, hoor. Dat dacht jij gewoon, en ik heb niet de moeite genomen je te corrigeren. Elke goede heks heeft een extra staf, Cendrine. Zorg altijd voor een back-upplan.'

'Dat verzin je gewoon zodat ik ophoud met zeuren. Je moet hem teruggeven aan de sheriff, tante Pearl.'

'Ik weet niet waar je het over hebt.' Tante Pearl knipperde met haar wimpers. 'Deze toverstaf is hier al de hele tijd geweest.'

'Ik weet dat je geen twee toverstafjes hebt. Wat ik niet begrijp, is waarom je per se dingen wilt verzinnen.'

Tante Pearl schudde langzaam haar hoofd. 'Eerst dacht ik dat mijn toverstaf in het prieel lag. Maar het was niet mijn toverstok, het was een perfecte replica. Mijn toverstaf heeft hier al de hele tijd gelegen. '

'Ik geloof er niets van.'

'Denk nou even na, Cen. Natuurlijk had ik mijn toverstaf. Hoe anders had ik gisteravond kunnen veranderen in Carolyn Conroe?'

'De grotere vraag is waarom je in de eerste plaats van vorm moest veranderen.'

'Ah! Ik dacht dat je het nooit zou vragen. Ik moest Tonya afleiden terwijl Hazel haar ding deed.'

Ik wist nu al dat ik het volgende antwoord niet leuk zou vinden. 'Wat deed Hazel dan precies?'

'Westwick Corners redden van vernietiging en ondergang.'

'Je bent overdreven dramatisch.' Ik stond op om te vertrekken.

Tante Pearl gebaarde me weer te gaan zitten. 'Tonya heeft een drankje gemaakt om mij, Ruby, Amber en jou te betoveren. Ze is van plan het bij het ontbijt te gebruiken. Daarom moest ik je onderscheppen. '

'Maar hoe zit het met mam? Ze is nu in het hotel het ontbijt aan het klaarmaken. Moeten we haar niet waarschuwen?

'Kalmeer. Ze weet er alles van.'

Het was nog steeds niet logisch voor mij. 'Waarom wil ze het op mij gebruiken? Ik ben geen eigenaar.' Dat mam en mijn tantes doelwit waren snapte ik, maar ik had geen aandeel in het hotel.

'Nee, maar Tonya weet dat je een heks bent. Je hebt invloed. Ze moet je uitschakelen, zodat je haar betovering niet ongedaan kunt maken. Dat is de andere reden waarom je hier bent. Je moet je magische vaardigheden opfrissen als je ons wilt kunnen verdedigen.'

Er vormde zich een brok in mijn keel. 'Verdedigen? Waartegen?'

'Tonya's drankje zal onze vrije wil wegnemen. We zullen volledig onder haar controle staan, niet in staat om zelf te denken of beslissingen te nemen. Ze zal ons dwingen om ons eigendom weg te geven voor een schijntje. Straks hebben we geen cent meer en zijn we dakloos.'

'Dat kan tegenwoordig niet meer zo, tante Pearl. Er moet een verkoopbrief en eigendomsoverdracht zijn. Dat gaat niet werken. '

Tante Pearl rolde met haar ogen. 'Je wordt afgeleid door al die bureaucratische onzin. Ze zal het normaal laten lijken, maar dat is niet wat er echt gebeurt. Maar dat is niet het ergste. Zodra we onze vrije wil en ons vermogen om keuzes te maken verliezen, dwingt ze ons om de ultieme keuze te maken. Om onze krachten op te geven.'

'Dat kan helemaal niet. We zijn geboren met die krachten.'

'Dat klopt, maar omdat we vrije wil hebben, kunnen we er altijd voor kiezen om onze krachten op te geven.' Haar blik boorde zich in de mijne. 'Een beetje zoals wat jij aan het doen bent door je talenten te verbergen. Je moet ze gebruiken of ze verliezen, Cen. Tonya heeft alles al voorbereid. Alleen weet ze nog steeds niet wat we vrijdagochtend in haar kamer hebben gevonden.'

'Je bedoelt de plannen?' Ik dacht terug aan ons bezoek aan de kamer van de Plants en realiseerde me dat tante Pearl iets te veel wist van de inhoud. 'Je was al een paar keer in die kamer geweest voordat je mij erheen bracht, hè?'

'Nee hoor.' Tante Pearl glimlachte zelfvoldaan.

'Ik begrijp je soms gewoon niet. Je zei dat je Tonya hier niet wilde hebben, maar het is bijna alsof je haar verleidde hiernaartoe te komen. Je weet veel meer dan je laat merken. Ik wilde dat je alles zou opbiechten. Als je het de sheriff niet vertelt, vertel het mij dan tenminste zodat ik kan helpen.'

'Ik moest overschakelen naar plan B,' zei tante Pearl. 'Je weet wat Confucius zegt: houd je vrienden dichtbij en je vijanden dichterbij. Ik heb de Plants al vroeg in de ochtend ingecheckt zodat ik Tonya in de gaten kon houden.'

'Ik betwijfel of Confucius bedoelde dat je op een ramp moest aansturen, maar *whatever*.' Het enige goede aan de situatie was dat als tante Pearl Tonya echt in de gaten had gehouden, ze op zijn minst een paar claims van Tonya kon verifiëren.

Tante Pearl haalde een gekreukeld bonnetje uit haar zak en gaf het aan mij. 'Kijk hier eens naar. Het lag op het dressoir in de kamer van de Plants.'

Het bonnetje van de Walmart in Shady Creek had als datum en tijdstip donderdag om 23:15 uur. Er stonden latexhandschoenen en plastic vuilniszakken op, allemaal met contant geld gekocht.

'Heb je dit uit Tonya's kamer meegenomen?'

Tante Pearl knikte. 'Nou ja, Hazel heeft het gepakt. Nu moeten we het gewoon aan de sheriff bezorgen zonder dat het lijkt dat we al te veel meewerken.'

'Wij?' Als het echt bewijs was, had tante Pearl het al verpest door het uit Tonya's kamer te verwijderen. 'Het draait hier om een moord, tante Pearl. Het is veel belangrijker dan je ruzietje met de sheriff. Geef het hem gewoon zelf.' De sheriff wist nu van de vroege inchecktijd van Tonya en Sebastien Plant, maar of hij Tonya als een hoofdverdachte beschouwde was een heel andere vraag. Ik had eigenlijk medelijden met hem, omdat mijn tante met opzet bewijs verborgen had gehouden.

'Nee. Ik wil dat jij het hem geeft.' Ze legde het bonnetje op mijn bureau.

'Waarom ik?'

'Ik kan de aanblik van die man niet verdragen.'

Ik begon mijn geduld te verliezen, maar iemand moest hem dit belangrijke bewijsstuk leveren, en snel ook. De spullen op dat bonnetje zagen er tamelijk sinister uit omdat ze tegelijk werden gekocht. 'Best. Ik doe het wel.'

Als tante Pearl gelijk had over Tonya, hadden we geen tijd te verspillen.

HOOFDSTUK 20

Zoals het een heks betaamt, leek tante Pearl het normaalst als het tegenovergestelde waar was. Heksen overdreven vaak het gewone en deden alsof belangrijke gebeurtenissen niet zo belangrijk waren. Dit was een van die momenten, en ik vreesde een ramp.

'Je hebt de hele procedure gedwarsboomd door het bewijsmateriaal mee te nemen, tante Pearl. Het is nu niet goed meer.'

'Dat heb je mis, Cen. Het is misschien niet goed in een rechtbank vol stervelingen, maar we hebben alle bewijzen die we nodig hebben voor een bovennatuurlijke rechtszaak. Dat is hetgeen wat telt.'

Daar was ik het niet mee eens. De rechtbanken in Washington waren een reële dreiging en zo ver reikte de invloed van mijn tante niet. 'Maar je had hem gewoon niet moeten stelen.'

'Die toverstaf is van mij, Cendrine. Hoe kan ik iets stelen als het toch al van mij was?'

We bleven in kringetjes draaien. Tante Pearl hoopte me te

kunnen verwarren zodat we van onderwerp zouden veranderen. Het werkte niet.

'Aha! Je hebt hem dus tóch gestolen.' Ik schudde geërgerd mijn hoofd. 'Hoe kan ik je helpen als je niet meewerkt?'

Tante Pearl zei niets en keek naar haar voeten.

'Vertel me gewoon de waarheid, tante Pearl. Ik beloof je dat ik je niet zal rapporteren bij WICCA.' Tante Pearl liep altijd net in dat schemerige grensgebied van WICCA-voorschriften. Het was een voortdurende bron van schaamte voor tante Amber, die vond dat haar jongere zus constant de regels brak en de reputatie van de Wests te grabbel gooide.

'Hoezo rapporteren? Ik heb niets gedaan.' Tante Pearl knipperde met haar wimpers en wierp me haar meest onschuldige blik toe.

'Er is iets dat je me niet vertelt. Ik kan het zien aan je gezicht.'

'Dat is belachelijk.'

Ik haalde mijn mobiele telefoon tevoorschijn. 'Verloren toverstokken zijn een ernstig iets, vooral wanneer ze in handen van niet-heksen vallen. Ik bel tante Amber en vertel haar wat er is gebeurd. Zij zal wel weten wat ze moet doen. '

'Cen, stop.' Tante Pearl liep heen en weer voor het schoolbord. 'Bel Amber niet. Gewoon niet doen. Ze zal zó kwaad op me worden.'

Ik stop mijn telefoon terug in mijn tas. 'Kom dan maar op met je verklaring. Vertel me hoe je toverstaf op de plaats delict is beland.'

'Ik heb geen idee. Die toverstok moet een duplicaat zijn – een nepstaf. Je moet me geloven, Cen. Het is niet mijn toverstok.'

Dat was gemakkelijk te bewijzen. 'Ik bel gewoon Sheriff Gates om je verhaal te bevestigen. Als je de waarheid vertelt, moet hij nog steeds die neppe toverstok in de kluis voor politiebewijs hebben liggen.' Ik was niet van plan hem te bellen, maar tante Pearl wist dat niet.

'Nee, wacht. Ik was in het prieel, want ik stond te wachten op jou en Ruby. Ik heb het allemaal gezien.'

'Ik dacht dat jij en mama er samen naartoe waren gelopen.'

'Dat was later pas. Ik ging terug naar het hotel na de ruzie,' legde tante Pearl uit. 'Ik ging een paar minuten eerder naar het prieel, in de hoop een paar minuten magie te kunnen oefenen voordat alle anderen er zouden zijn. Ik zag het gebeuren.'

'Heb je de moord gezíén?'

'Ja,' fluisterde ze. Haar gezicht werd spookachtig wit. 'Ik dacht gewoon dat het een ruzie was. Een handgemeen. Ik wist niet dat hij dood was gegaan.'

'Maar toen je eenmaal wist dat het moord was, heb je het de sheriff nog steeds niet verteld. Waarom niet?' Het drong tot me door dat ze het geheim had gehouden voor nog minstens een andere persoon. 'Je hebt het mam ook niet verteld, hè? Je liep naar het hotel en bracht haar mee terug naar het prieel in de wetenschap dat er iemand gewond was of dood lag te gaan in dat gebouwtje!'

'Nee, Cen.' Tante Pearl fronste terwijl ze over haar voorhoofd wreef. 'Ik wist niet dat er iemand dood was gegaan. Ik zag twee mannen vechten, dus ik verborg me in de laurierhaag. Toen het geschreeuw ophield, zag ik een van de mannen weglopen. Ik nam aan dat de andere al was vertrokken. Ik had geen idee dat hij daar nog was, en ik had al helemaal geen idee dat hij inmiddels was overleden. Had ik het geweten, dan had ik geprobeerd te helpen.'

Deze keer geloofde ik haar. 'Hoe zag die man eruit?'

'Ik kan het me niet herinneren. Het gebeurde allemaal zo snel.'

'Maar je was erbij.'

Tante Pearl knikte. Een enkele traan rolde over haar wang.

'Dan hoef je je geen zorgen te maken,' zei ik.

'Huh?'

'We kunnen een omkeringsspreuk doen en de waarheid ontgrendelen.'

'Oh.'

Allemachtig. Ze loog wéér. 'Je was er eigenlijk niet, hè?'

'Niet precies,' zei tante Pearl. 'Er was gisteren hier op school een inbraak.' Ze wees naar een kapotte ruit in de deur. 'Iemand heeft mijn toverstaf gestolen terwijl ik op de wc zat. Ik achtervolgde hem naar het prieel, maar het was te laat.'

Het idee dat tante Pearl achter een crimineel aan was gerend was niet erg waarschijnlijk. De kans op een inbraak op klaarlichte dag in onze stad was net zo onwaarschijnlijk, maar dat gold ook voor de moord. 'Waarom heb je dit niet eerder gezegd? Hoe zag de indringer eruit?' Haar angstige uitdrukking vertelde me dat ze deze keer de waarheid sprak. Een toverstaf onbeheerd achterlaten was een absolute *no-no* bij WICCA. Ik vermoedde dat mijn tante had gelogen om kritiek en een boete van WICCA te voorkomen.

'Ik kon hem niet goed zien, Cen. Maar het was een man, gekleed in een zwarte capuchontrui. Dat is de waarheid. Ik zag hem alleen van achteren.'

'Lang, kort, dik, mager? Dat moet je toch wel weten.'

'Ik weet het niet ... misschien een paar centimeter korter dan Sebastien Plant.'

Sebastien Plant was ongeveer een meter negentig, dus de andere man moest ook best lang zijn. 'Dus je volgde hem naar het prieel. En toen?'

'Sebastien Plant was er al. Hij maakte ruzie met de man in de hoodie. Ze vochten en plotseling ging Plant onderuit.'

Ik hoopte maar dat tante Pearl niet meer stond te liegen. 'Waar hadden ze ruzie over?'

'Ik was niet dichtbij genoeg om de woorden te kunnen horen. Zoals ik al eerder zei, toen ik ze hoorde ruziën, verborg ik me in de heg.'

Een beeld van tante Pearl die op handen en voeten door de struiken kroop, flitste door mijn hoofd. 'Zelfs geen fragment van een gesprek?'

Tante Pearl schudde haar hoofd. 'Helemaal niets.'

Selectief gehoor. Dat was raar, gezien onze bovennatuurlijke vermogens om alles te versterken...

Sebastien Plant was zo beroemd dat iedereen in de stad op de hoogte was van onze eregast. Iedereen die tegen toerisme was, had in principe een probleem met hem kunnen hebben. Tante Pearl net zo goed.

'Wat gebeurde er daarna?'

'De man rende weg.'

'Je moet zijn gezicht toen toch hebben gezien, toen hij zich naar je omdraaide.'

Tante Pearl schudde haar hoofd. 'Ik hoorde hem wegrennen, maar ik kon geen goed zicht krijgen vanuit mijn schuilplaats in de heg. Ik heb een paar minuten gewacht en toen rende ik terug naar het hotel. Ik raakte in paniek en vergat zelfs om mijn toverstaf terug te halen. Ik heb nooit een voet in het prieel gezet, dus ik wist niet dat Plant na dat handgemeen niet meer was opgestaan en was blijven liggen.'

Mijn ogen vernauwden zich. Tante Pearl was zeker weten in het prieel geweest toen ik opdook voor mijn repetitie.

Ze moest mijn conclusie hebben geraden. 'Ik zweer het, Cen. Ik heb hem niet dood zien liggen tot jij aankwam en we allebei over hem struikelden. Ik herinner me trouwens net iets,' zei tante Pearl. 'Ik kon de woorden van Plant niet goed horen omdat hij met een dikke tong sprak en stond te tollen op zijn benen. Het was nog erger dan toen ze incheckten eerder die dag. Hij leek wel dronken.'

Dat vergrootte de kans dat een kleinere man hem had

kunnen overmeesteren. Dat was interessant, maar zonder een betere beschrijving was het bijna onmogelijk om de verdachte man met capuchon te vinden.

Eén ding stoorde me echter nog steeds. 'Je bent niet meer teruggegaan om je toverstaf te halen?' Het was moeilijk te geloven dat ze het niet zou hebben geprobeerd nadat we over het lichaam van Sebastien Plant waren gestruikeld. Ze wist dat hij er lag en dat hij te belangrijk was om uit het oog te verliezen. Ze verborg vrijwel zeker nog steeds iets voor me.

Haar toverstaf was van geen enkel nut voor iemand anders; althans niet om hekserij mee uit te voeren. Ondanks de vermoedens van mijn moeder wist ik dat een andere heks moeite zou hebben om de krachten van de staf te ontgrendelen en er daarom ook geen moeite voor zou doen. Behalve onze familie waren er geen andere heksen in Westwick Corners. 'Je gaat nooit ergens heen zonder die staf.'

'Ik was bang. Maar ik wist nog steeds niet dat hij dood was, Cen. Misschien uitgeschakeld of zoiets. Ik dacht dat als ik iets zou zeggen, ik nog meer problemen zou krijgen met de sheriff.'

'Nou, je zit nu al dik in de problemen. Besef je wel dat alles naar jou verwijst?' Tante Pearl had geen alibi, haar toverstok was het moordwapen én ze had een motief: koste wat kost het toerisme stoppen. Maar ik wist in mijn hart dat ze geen moordenaar was. 'We moeten een manier vinden om dit aan de sheriff uit te leggen, zonder de magische elementen te vermelden.'

'Je gaat je eigen vlees en bloed verraden?'

'Doe niet zo belachelijk, tante Pearl. Je moet toegeven dat het er niet goed uitziet. Waarom kun je niet gewoon meewerken?'

'Waarom zou ik? Als we niet aan dit stomme toerisme zouden zijn begonnen, zou die man nog in leven zijn.'

'Misschien. Misschien ook niet. Ik weet één ding echter heel zeker.'

'Wat dan?'

'Dat het leven er voor ons niet gemakkelijker op zal worden als we ontmaskerd worden als heksen.'

'Vertel me wat je weet over Tonya.' We hadden les één nauwelijks afgemaakt toen ik door tante Pearl werd geïnformeerd dat het pas de eerste van de zevenenzeventig *Pearls of Witchcraft Wisdom* was die ik zou moeten volgen. Ik herinnerde me niet dat ik er ooit mee had ingestemd, maar ruziën met tante Pearl stond me te veel tegen om tegenwerpingen te maken. Ik had cafeïne nodig, en snel ook. 'Waarom heb ik bijvoorbeeld nog nooit van haar gehoord?'

Tante Pearl sloeg haar armen over elkaar en schudde haar hoofd. 'Je hebt de magische wereld zo lang gemeden, Cen. Als je niet in de juiste kringen beweegt, mis je vaak een hoop.'

'Oké. Best. Ik zal me vanaf nu in de juiste kringen bewegen.' Ik was de onderhuidse beschuldigingen van mijn tante beu, maar ik begon te begrijpen wat ze bedoelde over het negeren van mijn heksentalenten. 'Vertel me eens wat je weet over Tonya en Sebastien.'

'Tonya is geen erg krachtige heks. Dat is waarschijnlijk waarom je nooit van haar bovennatuurlijke talenten hebt gehoord. Het gevaarlijkste aan haar is haar meedogenloze ambitie. Sebastien Plant had geen schijn van kans toen ze eenmaal haar zinnen op hem had gezet. Met hem trouwen stond al op haar takenlijst voordat ze hem zelfs maar ontmoette.'

Ik wist weinig over het paar, behalve dan dat ze waren getrouwd na een heftige en romantische eerste paar maanden. Sebastien Plant had tientallen jaren gewerkt aan het opbouwen van Travel Unraveled, en daar ontmoette hij Tonya. Ze werkte op kantoor als uitzendkracht voordat ze minder dan een jaar later met hem trouwde.

Tante Pearl tikte met haar toverstaf op het bord en alles werd uitgewist. 'Tonya raakte erg betrokken bij Travel Unraveled toen ze eenmaal getrouwd waren. Herinner je je nog die uitnodiging die je maanden geleden naar Sebastien Plant hebt gestuurd?'

Ik knikte.

'Sebastien was niet geïnteresseerd, daarom heb je nooit een antwoord gekregen. Tonya kwam de uitnodiging maanden later pas tegen. Ze deed onderzoek naar onze stad en vond historische gegevens over Westwick Corners en de energievortex. Die was door de jaren heen vergeten, maar de uitnodiging wekte haar interesse. Tonya was van mening dat Travel Unraveled hier ontwikkelingsplannen zou moeten uitvoeren. Sebastien weigerde en kort daarna begonnen ze huwelijksproblemen te krijgen.'

'Hoe weet je dit allemaal?' Het zou handig zijn geweest als ze deze informatie eerder met me had gedeeld.

'Hazel heeft het me verteld.'

'Hazel had een affaire met hem. Natuurlijk zegt die dat ze huwelijksproblemen hadden! Ze heeft andere dingen waarschijnlijk ook overdreven.' Ik draaide me om in mijn stoel. Ik was er zeker van dat ik een kuch had gehoord. 'Hé, hoorde jij dat ook?'

Tante Pearl schudde haar hoofd. 'Dat is niet hoe Hazel die plannen voor de ontwikkeling van ons landgoed ontdekte. Tonya had haar benaderd over het verplaatsen van het WICCA-hoofdkwartier naar Westwick Corners, maar Hazel weigerde.'

'Ik dacht dat Sebastien zich had uitgesproken tégen die plannen. Was hij van gedachten veranderd?' Tonya wilde waarschijnlijk de ontwikkelingsplannen vooraf erdoor drukken om Sebastien te overtuigen. Energiekolken zorgden voor effectievere magie, hetgeen zowel een goed als een slecht ding was. Eén ding was echter zeker: ons vreedzame bestaan zou er niet meer zijn als die plannen doorgingen.

'Nee. Hij had geen idee dat Tonya een heks was en hij wist niets van WICCA af.'

Hoe bizar was het dat Sebastien Plant zich niet bewust was van heksen, maar toch met twee van hen een relatie had gehad. Ik begon een patroon te zien. 'Tonya wilde eerst de stad overnemen en daarna WICCA. Ze ging door met de plannen terwijl ze wist dat Sebastien het daar niet mee eens was. Ze was van plan hem ofwel van gedachten te laten veranderen, ofwel...'

Tante Pearl maakte mijn zin af. 'Hem te laten verdwijnen, ja. Daarom vertelde Tonya aan Sebastien dat ze onze uitnodiging per ongeluk had aanvaard, maanden nadat je hem had verzonden. Dat is tenminste wat Seb tegen Hazel heeft gezegd. Het was een excuus om de stad te bekijken. En een perfect plek om haar man te vermoorden. Wat is er nu beter dan een klein stadje gebruiken om haar man te vermoorden en dan iemand anders de moord in de schoenen te schuiven?'

Ik knikte. 'Ze dacht vast dat de sheriff van een slaperig stadje het onderzoek zou afraffelen, en niemand veel drukte zou maken om een vreemde, zelfs niet als 'ie beroemd was.'

Vreemd genoeg klopte het allemaal, behalve een ding. 'Wanneer zijn jij en Hazel gestopt met ruziën?' Misschien had Hazel de wapenstilstand in het leven geroepen om voor een alibi voor Pearl te zorgen of zoiets.

Tante Pearl haalde haar schouders op. 'Wat maakt het uit?'

'Een hoop. Hazels betrokkenheid bij een liefdesdriehoek met het moordslachtoffer geeft haar ook een motief. Ze heeft misschien niet eens een alibi.' Ik deelde de opmerking van tante Amber met haar, dat ze Hazel voor het laatst om zes uur had gezien. Zes uur Londense tijd, wat neerkwam op negen uur eerder, oftewel negen uur 's ochtends in Westwick Corners. Omdat de reistijd voor een heks praktisch nul was, had Hazel ook de middelen gehad om Sebastien te doden en zich daarna snel uit de voeten te maken. Nóg een verdachte.

Geweldig.

'Je vergeet dat de moordenaar een man was, geen vrouw,' merkte tante Pearl op.

'Weet je dat absoluut zeker? Je zei dat je de persoon in de capuchontrui niet goed kon zien.'

'Ik zag genoeg om zeker te weten dat het een man was,' zei tante Pearl.

'Jammer dat Hazel er niet is. Misschien had zij hier wat licht op kunnen schijnen.'

'Vraag me alles maar.' Plots stond Hazel in de deuropening en ze zag eruit als zeventig jaar oud. Ze droeg een trainingspak dat bijna hetzelfde was als dat van tante Pearl, behalve de lovertjesstrepen die langs de naden aan de buitenkant van haar broekspijpen liepen. Een zwarte baret rustte op haar zilverkleurige haar. Blijkbaar had ze de moeite niet genomen zich te vermommen met haar jongere alter ego-look.

'Wat doe jij hier?' vroeg ik.

'Ik probeer de stad te redden, net als Pearl.' Hazel tikte met haar toverstaf op de houten planken van de vloer alsof ze er spinnenwebben afschudde. 'En nu je het er toch over hebt, we kunnen je hulp goed gebruiken.'

HOOFDSTUK 22

Ik moest nog even bijkomen van de schok van het opduiken van Hazel. Zij en tante Pearl stonden samen bij het bord en zagen eruit als dikke maatjes. Het was duidelijk dat ze dingen hadden bijgelegd en weer normaal tegen elkaar deden. Nou ja, in ieder geval wat normaal voor hen was. Ik was gewoon opgelucht dat hun maandenlange vete was afgelopen.

'We hebben besloten om het verleden te begraven,' zei Hazel stralend, terwijl ze naar Pearl keek.

'Dat is geweldig nieuws,' zei ik. 'Nu je hier toch bent, kun je Alan weer in zijn menselijke gedaante veranderen. Hij zal zo blij zijn!'

'We zullen later de dingen met Alan afhandelen. Eerst wat andere zaakjes regelen.' Tante Pearl wuifde me min of meer weg. 'We hebben niet veel tijd meer om Tonya te stoppen.'

Dat was allemaal prima, maar ik had vragen voor Hazel die niet konden wachten. 'Je was hier vrijdag de hele dag?' Dat zou alles veranderen, omdat Hazel hier dan ten tijde van de moord op Plant zou zijn geweest.

Het betekende ook dat niet één, niet twee, maar drie heksen een motief hadden gehad om Plant te vermoorden.

Hazel knikte. 'Ik was vrijdagochtend rond halftien bij Pearl.'

'Zij is mijn alibi, Cen. Ik kon het de sheriff niet vertellen, want Hazel liet me beloven dat ik niemand zou vertellen dat ze in de stad was.'

Ik werd blij bij de gedachte aan het alibi van tante Pearl, maar besefte net zo snel dat het bijna niets betekende. 'Jullie hebben allebei een motief om Sebastien te vermoorden. Jij, tante, wilt het toerisme in de kiem smoren en Hazel is – of was – onderdeel van een liefdesdriehoek. Jullie twee kunnen net zo goed medeplichtigen zijn in plaats van elkaar een alibi te verschaffen.'

Hazel schudde haar hoofd. 'Seb was van plan Tonya voor mij te verlaten. Ze mag niet ontdekken dat ik hier ben. Tenminste, niet voordat we haar kunnen uitschakelen. Ze is nu erg gevaarlijk.'

'Ik dacht dat je zei dat ze geen goede heks was? Je kunt haar toch zeker wel overmeesteren.'

'Dat wel, maar de publieke opinie telt ook zwaar mee. Ze is nu eenmaal erg goed in het manipuleren van de feiten en het aan haar zijde krijgen van gewone mensen en heksen. Mensen realiseren zich niet dat ze dodelijke methodes gebruikt om resultaten te krijgen. We moeten zorgen dat zij voor de moord opdraait en we hebben je hulp nodig, Cen. Jij moet haar ontmaskeren als de moordenaar.'

'Eh, waarom ik? Praat gewoon met de sheriff en biecht alles op.' Ik wilde niet betrokken raken bij hun wilde plannen. 'Tante Pearl, jij hebt ze ingecheckt. Als Sebastien zo dronken was, wat deed hij dan midden in de nacht alleen buiten?'

'Sebastien dronken?' Hazel greep tante Pearls arm. 'Dat is onmogelijk. Hij drinkt nooit alcohol.'

'Hij was absoluut beschonken,' gromde Pearl. 'Hij sprak met dubbele tong en kon bijna niet op zijn benen staan.'

'En toch was hij in staat om naar het prieel te lopen,' zei ik. 'Hij was uren later nog steeds dronken toen hij ruzie maakte en met die mysterieuze man ruziede in het prieel. Als hij er zo slecht aan toe was, hoe is hij dan überhaupt in het prieel terechtgekomen?' De meeste dronkaards sliepen gewoon hun roes uit.

'Tonya heeft iets met hem gedaan, ik weet het zeker,' zei Hazel. 'Je moet de sheriff vragen haar te onderzoeken.'

'Ik ga dat echt niet doen,' zei ik. 'Tante Pearl, je moet de sheriff vertellen wat je weet. Je verspilt gewoon zijn tijd met je vermijdingstactieken en maakt jezelf alleen maar schuldiger.'

Mijn tante schudde haar hoofd en keek vol verwachting naar Hazel. Dat was het rare van hun relatie. Tante Pearl luisterde nooit naar andere mensen, maar Hazel respecteerde ze enorm.

'We vragen je niet om iets misleidends te doen,' zei Hazel. 'Stuur de sheriff gewoon in de goede richting en dan zorgen wij voor alle achtergrondzaken.'

'Wat bedoel je met "achtergrondzaken"?' Ik maakte me zorgen over wat ze aan het doen waren, maar soms was het maar beter om niet alles te weten.

'Je wilt het niet weten, Cen. Wat je niet weet kun je ook niet verklappen,' zei tante Pearl.

Ik stemde met tegenzin in. Ik zou ons plan ten uitvoer brengen zodra ik wat ontbijt naar binnen had gewerkt. De zaak was glashelder: ik moest dingen goed uitzoeken voordat Sheriff Tyler Gates dezelfde dingen ontdekte.

HOOFDSTUK 23

Ik volgde tante Pearl naar de eetzaal van het hotel, nog steeds chagrijnig doordat ik bijna twee uur van mijn dag had verloren door al dat gedoe op *Pearl's Charm School*. Het had interessante resultaten opgeleverd, maar ten koste van mijn ontbijt. Ik had honger als een wolf en was zo'n beetje bereid om iemand te vermoorden als dat betekende dat ik eindelijk koffie zou krijgen.

Aan de andere kant: moest ik het risico wel nemen om in de eetkamer te ontbijten als die beweringen van tante Pearl en Hazel over Tonya's drankje waar waren? Mijn maag rommelde in protest.

Ik stak mijn hand in mijn zak en viste de Walmart-bon op. Ik nam de lijst in gedachten nog eens door en pauzeerde kort bij het antivriesmiddel. Het hoofdbestanddeel van antivriesmiddel was ethyleenglycol, een giftige stof die toevallig ook alcoholisch was. Het was een dodelijke vorm van alcohol, maar het veroorzaakte waarschijnlijk dezelfde symptomen als te veel drank.

Sebastien Plant dronk geen alcohol, maar misschien had

hij zonder het te weten antivries gedronken. Ik dacht terug aan het afval in de kamer van de Plants. Wat als die halflege fles Gatorade niet was wat het had geleken?

Het Walmart-bonnetje brandde een gat in mijn zak en ik wilde het maar al te graag aan de sheriff overhandigen. Ik wilde niet net als tante Pearl bewijs achterhouden, en al helemaal niet als het een mogelijke aanwijzing uit de kamer van de Plants was. Het was een heel goede aanwijzing, temeer omdat Walmart-winkels ook bewakingscamera's hadden. Hoewel we de bon al uit de kamer hadden weggehaald, konden de camerabeelden de aankoop van deze spullen nog steeds herleiden tot Tonya.

Tante Pearl liep recht op de keuken af en ik draaide me naar het kleine aanrecht net buiten de keukendeur. Ik inhaleerde het rijke aroma van vers gezette koffie en schonk voor mezelf een lekker dampende mok in.

Eindelijk.

Ik nipte aan mijn sterke, zwarte koffie en keek de eetkamer rond. Ik verslikte me bijna toen ik Tyler Gates zag zitten aan een tafel bij het raam. Ik ging op weg naar zijn tafel om hem het Walmart-bonnetje te geven toen ik zag dat hij niet alleen was.

Hij zat tegenover Tonya Plant met zijn rug naar mij toe. Tonya's gezicht was duidelijk zichtbaar. Op het eerste gezicht leek ze verdrietig. Ik zou haar bedrog niet van haar gezicht af hebben kunnen lezen als Hazel en tante Pearl me niet hadden gewaarschuwd.

Ze depte haar ogen met een tissue, maar zelfs vanaf zes meter afstand zag ik haar perfect opgemaakt gezicht en mooi gekapte haren. Afgaande op haar lichaamstaal leek ze niet hysterisch of zag ze er zelfs niet uit alsof ze had gehuild. En ze had al haar eieren gewoon opgegeten. Iedereen ging natuurlijk anders om met verdriet, maar weinig echtgenotes die echt rouwden kregen zo'n stevig ontbijt weg, naar mijn bescheiden mening.

Ik probeerde me voor te stellen hoe ik me zou voelen als er iets met Brayden zou gebeuren. Zelfs nu, met mijn twijfels over de bruiloft, kon ik me niet voorstellen dat ik eens lekker zou gaan zitten ontbijten als hem iets was overkomen. Ik zou ontroostbaar zijn, niet kunnen praten of functioneren. Ik zou absoluut geen laatste restjes roerei van mijn bord schrapen om alles maar op te hebben gegeten.

Mijn maag rommelde, tot ik me Tonya's geheime plannen weer herinnerde. Ze wilde ons betoveren met haar toverdrank en onze krachten wegnemen. Ik kon het risico niet nemen om iets te eten dat besmet kon zijn. Mijn mond viel open toen ik besefte dat ze de koffie die ik net had gedronken vol had kunnen gooien met vergif. Ik trok een gezicht toen ik aan Sebastien Plant en de antivries dacht.

Het koffiezetapparaat stond in de eetkamer net buiten de keukendeur. De kan eronder was gemakkelijk toegankelijk voor alle gasten. Nee, ze zou haar drankje vast niet in koffie doen die andere gasten ook konden drinken.

Of wel? Het drankje kon niemand anders treffen dan heksen. Ik kreeg een bittere smaak in mijn mond toen ik me realiseerde dat ik al een deel van de koffie had opgedronken.

Ik zette mijn mok op het aanrecht terwijl ik naar de tafel keek. Ik spande me in om hun gesprek te horen, maar het was onmogelijk te horen boven de geluiden van de eetkamer uit.

Ik pakte de koffiekan en liep naar hun tafel. Tonya's ontbijtbord was leeg, net als het mandje met brood. Ze draaide verstrooid haar halflege koffiekopje om en om in haar handen terwijl ze praatte. Sheriff Gates had alleen een leeg koffiekopje voor zich staan.

'Mevrouw Plant, gecondoleerd met uw man. Zou u nog wat koffie lusten?'

Tonya knikte.

Ik pakte Tonya's koffiekopje in *slow motion* op, vastbesloten om zo lang mogelijk bij hun tafel te blijven staan.

Tonya draaide zich weer naar de sheriff en liet een klein snufje horen. 'Zoals ik al zei, wist ik niet eens dat hij weg was. Ik was bezig met uitpakken. Ik had de vorige nacht niet goed geslapen, dus besloot ik een dutje te doen. Ik nam een slaappil en was binnen een paar minuten van de wereld. Hij was nog in de kamer toen ik in slaap viel.'

'Dus u was alleen in de kamer?' vroeg ik, terwijl ik Tonya's kopje vulde.

Tyler Gates keek me boos aan. 'Ik wil de vragen stellen, als je het niet erg vindt.'

Ik draaide me om naar het lege koffiekopje van de sheriff en vulde het zo langzaam mogelijk bij. De donkere vloeistof kwam als miezerig straaltje uit de kan. 'Kan ik u nog iets anders brengen?'

Tonya Plant nipte aan haar koffie en keek naar me op. 'Misschien een klein bordje fruit dat ik naar mijn kamer kan meenemen.'

Ik zuchtte opgelucht. De koffie was niet besmet, omdat Tonya hem net zelf had gedronken.

Ik staarde naar haar lege bord. Ze had een verdacht gezonde eetlust, gezien het feit dat ze haar man net had verloren.

Sheriff Gates keek me vragend aan.

'Ja?' zei ik, nog steeds dralend bij de tafel.

'Heb je geen andere dingen te doen? Je moet het vast heel druk hebben. '

Ik schudde mijn hoofd. 'Niet echt.' Ik moest zo lang mogelijk blijven hangen. Als Tonya Plant inderdaad had geslapen, was het begrijpelijk dat ze niet alles meer tot in detail wist. Maar ze had dus ook geen alibi.

'Bedankt, Cendrine.' Sheriff Gates sprak iets luider dan nodig was terwijl hij me wegwuifde.

Met tegenzin liep ik naar de keuken, waar mama en tante Pearl op gedempte toon bij de kookplaat stonden te praten.

'Heb je iets ontdekt, Cen?' Mam maakte zich zorgen, maar in dit geval reageerde ze niet overdreven. De Westwick Corners Inn was op meer dan één manier in gevaar. Toch kreeg ik de duidelijke indruk dat mijn tante niets over Hazel had gezegd.

'Tonya zei dat ze sliep en zich niet bewust was van het feit dat Sebastien de kamer had verlaten.'

Mijn maag protesteerde knorrig toen ik het aroma van eieren en spek van de kookplaat opsnoof.

'Hoezo sliep ze? Ze zijn pas vanochtend ingecheckt, 'zei mama.

Ik keek naar de schuldige gezichtsuitdrukking van tante Pearl en besloot haar erbij te lappen. 'Jij weet meer dan je mam verteld hebt. Hoe laat heb je ze ingecheckt?'

'Gisteravond laat,' gaf Pearl toe.

'Dat is onmogelijk,' zei mam. 'We zijn net een paar uur geleden officieel geopend met onze allereerste gasten.'

Tante Pearl haalde haar schouders op. 'Vandaag is onze officiële grootse opening, en dat is de dag waarop ze officieel incheckten. Maar ze kwamen rond één uur in de ochtend aan. Jij sliep al. Ik hoorde ze bij de voordeur en liet ze binnen. Ik gaf ze een kamer en vertelde hen dat ze later op de ochtend naar de receptie moesten komen.'

'Dat is een behoorlijk groot detail om over te zwijgen, Pearl. We hadden onze VIP-gasten hier en we wisten het niet eens. Er had wel iets vreselijks kunnen gebeuren. '

'Er ís ook iets vreselijks gebeurd,' merkte ik op.

Mam masseerde haar voorhoofd alsof ze migraine kreeg. 'Waarom heb je dit niet eerder gezegd? We hebben een bedrijf te runnen. Je kunt niet zomaar alles improviseren.'

Tante Pearl had mijn moeder eindelijk de waarheid verteld. Ik haatte geheimen en had er een hekel aan om in de intriges van mijn tante mee te worden gesleurd. Het klopte dat mam zich soms te veel zorgen maakte, maar we deden dit allemaal samen en ze had er recht op om te weten wat er aan de hand was.

Mam hield ervan om de zaken soepel te laten verlopen. Tante Pearl was degene die haar elk moment een levenslange zenuwinzinking kon bezorgen.

Ik wuifde hun boze gezichten weg. 'Gedane zaken nemen geen keer. Laten we ons concentreren op wat Sebastien Plant heeft uitgespookt voor hij werd vermoord. Volgens Tonya was hij weg toen ze rond acht uur wakker werd. Als dat waar is, is hij ergens tussen vier uur en acht uur vertrokken.'

Tante Pearl lachte spottend. 'Alsof zij de waarheid gaat vertellen. Pfff.'

'Heb je een betere aanwijzing?'

'Ik denk het niet,' gaf tante Pearl toe.

Moeder fronste. 'Hoe kon Tonya hem niet hebben horen weggaan? De deur van hun suite piept enorm.' Zelfs met onze uitgebreide renovaties waren er nog behoorlijk wat krakende deuren in het pand. 'Die man kon toch niet uit bed komen zonder dat ze het doorhad? Hij was hartstikke dik.'

'Ze beweert dat ze een slaappil had genomen en volledig was uitgeschakeld,' zei ik.

Tante Pearl rolde met haar ogen. 'Ja, vast wel.'

'Misschien sliep ze, maar ze kan er ook over liegen. We hebben iemand nodig die haar verhaal bevestigt,' zei ik. 'Heb jij andere informatie dan?'

'Oh, ze lag wel te slapen. Maar niet in haar eentje.'

Alweer nieuws dat insloeg als een bom. Het feit dat ze van alles achter had gehouden maakte me ernstig nerveus. 'Jij bent hun kamer binnengeslopen? Hoe durf je hun privacy zo te schenden?'

'Relax, Cen. Zoiets zou ik nooit doen,' grijnsde tante Pearl. 'Ik had hulp.'

'Oma Vi!' Ik was zowel boos als blij dat tante Pearl de hulp van oma Vi had ingeroepen. Boos op de grove schending van privacy, maar blij dat het stiekeme bezoek van oma Vi nu een nieuwe voorsprong betekende. Zolang tante Pearl de waarheid sprak, dan.

Tante Pearl knikte. 'Je oma verveelde zich in die rommelige boomhut van je, dus ze kwam langs voor een bezoekje.'

Er kwam bijna stoom uit mijn oren door haar gemene opmerking over mijn gebrek aan opruimvaardigheden. De geheime escapades van oma Vi stoorden me ook enorm. 'Wie was er dan in Tonya's kamer?'

'Zei ik dat ze in haar eigen kamer was?'

'Pearl, vertel ons nou maar wat je wilt zeggen.' Mam had ook het einde van haar geduld bereikt. 'Waar was Tonya en met wie was ze?'

Mijn hoofd draaide. Onze tientallen kamers waren allemaal bezet. Tonya moet een ontmoeting hebben gehad met een andere gast, maar wie? Een affaire, een moeizaam huwelijk én meedogenloze ambities verhoogden Tonya's motief voor moord. Toch was tante Pearl ervan overtuigd dat de moordenaar in het prieel een man was, geen vrouw.

'Ze was met een man die niet haar man was.' Tante Pearl neuriede een spannend muziek uit een of andere tv-spelshow. 'Durft iemand een poging te wagen het te raden?'

Ik rolde met mijn ogen toen ik me naar mijn tante wendde. 'Geef ons voor één keer eens duidelijk antwoord.'

'Ik vind dit eigenlijk best leuk,' zei tante Pearl. 'Maar jullie duidelijk niet, dus ik zal het vertellen. Tonya was in de kamer van een andere man. En ze hadden niet veel te bespreken, als je begrijpt wat ik bedoel.'

'Ze hadden seks terwijl Sebastien in het prieel was?' Ik hapte naar adem. Niet te geloven dat ik dit gesprek met mijn moeder en tante had. Aan de andere kant had ik deze hele situatie vierentwintig uur geleden nooit verwacht.

'Speel geen spelletjes, Pearl,' zei mam. 'We hebben een moord op onze openingsdag en jij bent de hoofdverdachte. Als je iets weet, moet je het nu zeggen.'

'Vooral als het verschilt van Tonya's eigen relaas.' Ik deed de deur naar de eetkamer open en tuurde naar buiten. Tyler Gates zat nog steeds met Tonya Plant te praten. Hij maakte overvloedig veel aantekeningen en schreef furieus in zijn boekje. Ik zou een arm en een been afstaan om te zien wat hij in zijn notitieboekje had staan. 'Snel, tante Pearl, vang hem op voordat hij weg is.'

Tante Pearl sloeg haar armen over elkaar. 'Ik praat niet met die man.'

'Vergeet de boete,' zei ik. 'Je bent nu de enige verdachte. Het wordt alleen maar erger, tenzij je hem vertelt wat je weet. Dit is niet het moment om kinderachtig te doen.'

'Een boete van vijfhonderd dollar is niet echt kinderachtig, toch? Ik moet extra studenten aannemen om de eindjes aan elkaar te knopen.'

Ik wilde eraan toevoegen dat ze elke cent van die boete verdiende, maar dat zou alles alleen maar nog veel erger maken. 'Je krijgt geen studenten meer als je veroordeeld bent voor moord.'

'Wie zou zoiets doen? Waarom Pearl de schuld geven?' Mam schudde haar hoofd. 'Dit kan ook de dood van onze stad zijn.'

'Het enige wat ze hoeft te doen is de sheriff alles vertellen en dan gaat ze vrijuit.' Ik keek nadrukkelijk naar mijn tante. Mam had een blinde vlek als het om haar zus ging. Ze beschouwde Pearl eerder als slachtoffer dan als roekeloos en onverantwoordelijk.

'Stop met zo dramatisch doen, Ruby. Je bent net als

iedereen in deze stad – je reageert altijd overdreven.' Tante Pearl schudde haar hoofd.

Ik hief mijn handen in de lucht. 'Hoor wie het zegt. Jíj bent de pyromaan die ons eigen prieel in brand wilde steken. Je saboteert alles om te krijgen wat je wilt. Misschien wil je onze stad van de kaart wissen door het bord naast de snelweg af te laten branden, maar weet je, andere mensen doen er ook toe. Als ik je niet beter kende, zou ik je verdenken, net als de sheriff.' Hij had haar niet echt een verdachte genoemd, maar ik moest tante Pearl even goed laten schrikken. Haar gekke gedoe en het achterhouden van informatie hadden onze kans op slagen verpest en de toekomst van de hele stad in gevaar gebracht.

Mams mond viel geschokt open van mijn tirade. Misschien had ik enigszins overdreven, maar die aandachttrekkerij van tante Pearl en haar gebrek aan medewerking frustreerden me.

'Ik kan me niet voorstellen dat iemand als Tonya haar man zou vermoorden of kúnnen vermoorden. We kunnen haar niet zomaar beschuldigen zonder bewijs,' zei mam. 'Ik heb eigenlijk medelijden met haar. We hebben haar en Sebastien hier uitgenodigd en nu is hij vermoord. Het is in zekere zin onze schuld. We moeten aardig tegen haar zijn.'

'Maar hoe zit het met Tonya's ontbijtdrank?' Ik vond mijn moeders sympathie nogal misplaatst omdat Tonya plannen had om ons te betoveren.

Moeder fronste. 'Welk drankje?'

'Cen is in de war.' Tante Pearl klemde een benige hand om mijn schouder.

Ik begon te protesteren, maar tante Pearl greep me alleen maar steviger vast. Inmiddels realiseerde ik me dat haar beschuldiging over Tonya weer een of ander verzinsel was. Mam wist niets van Tonya's zogenaamde drankje om ons machteloos te maken. Ze had waarschijnlijk ook geen idee dat Hazel hier ook was.

Ik keek tante Pearl strak aan.

Tante fronste. 'Je bent zo blind voor wat mensen drijft, Ruby. Word wakker. Tonya is schuldig. Alles begon met dat stomme snelwegbord. Het moet weg.'

'Jouw *Charm School*-klanten hebben geen snelwegbord nodig, maar toeristen wel,' zei ik. 'Zij brengen geld mee dat nodig is in onze kleine economie. Jouw studenten geven nauwelijks een cent uit.' Heksen waren meestal nogal krenterig. Waarom geld uitgeven voor iets dat je zou kunnen toveren?

Mam stapte tussen ons in. 'Nou nou, dames. Wees beschaafd tegen elkaar. Ruzie maken heeft geen zin.' Ze wendde zich tot mij. 'Cen, je denkt toch niet dat de sheriff Pearl echt verdenkt? Hij moet andere aanwijzingen hebben.'

Ik haalde mijn schouders op. 'Ze heeft een motief. Ze wil geen toerisme. Ze maakte dat heel duidelijk door het in brand steken van dat bord. En ze weigert mee te werken. Het is echter vooral omdat haar toverstaf in het prieel lag.' Tante Pearl had duidelijk niets aan mam verteld over Hazels bezoek en haar vermoedens over Tonya had ze ook niet gedeeld. Dat stoorde me. 'Tante Pearl lijkt verdacht totdat we de echte moordenaar vinden.'

Mijn moeder schudde haar hoofd. 'Ik wou dat je ons niet zo veel last zou bezorgen, Pearl. Er is geen reden waarom we niet allemaal naast elkaar kunnen bestaan. Je kunt nog steeds *Pearl's Charm School* doen, maar je moet het discreet houden. Kun je dat?'

Pearl knikte langzaam.

Ook al probeerde tante Pearl wel altijd haar jongste zusje in het ongewisse te laten, luisterde ze wel naar haar.

'Nu zou een goed moment zijn om naar Tonya's kamer te

gaan en de boel op te frissen.' Moeder klopte op Pearls schouder. 'Zet wat bloemen neer, dat is een leuk detail.'

Dat leek me een vreselijk idee, maar ik wist dat mam Pearl gewoon bezig wilde houden. Het verbaasde me dat mijn moeder niet leek te weten dat Tonya een heks was, maar ik durfde niets te zeggen. De verhoudingen konden snel verslechteren en ik wilde het lot niet tarten.

HOOFDSTUK 24

Ik was zo afgeleid geraakt door het gespioneer van oma Vi en de mysterieuze man met wie Tonya het bed had gedeeld dat ik Tonya's fruitbord helemaal was vergeten. Ik legde een royaal assortiment aan druiven, en meloenstukjes op een bord, samen met wat kaas, en liep terug naar de eetkamer.

Tonya Plant glimlachte toen ik naderde. Haar serene uitdrukking was nogal misplaatst, gezien haar recente verlies. Ze stopte halverwege haar zin toen ik de tafel naderde en het bord voor haar neerzette.

'Bedankt, Cendrine,' zei Sheriff Gates. 'Dat is alles.'

Ik knikte en zette een paar stappen weg naar de volgende tafel, waar ik me bezighield met het goed neerleggen van de messen, vorken en het servies. Ik wachtte tot Tonya weer iets zou zeggen, maar dat deed ze niet. Al snel had ik geen reden meer om rond te blijven hangen.

Ik voelde iemands blik in me boren en ik draaide me om. Sheriff Gates zat naar me te staren. Ik liep door naar de volgende tafel.

Tonya zei weer iets, maar haar stem was zo zacht dat ik

mijn oren moest spitsen om iets te horen. Ik liet een vork op de grond vallen en maakte een sprongetje toen hij hard rinkelde.

Tonya zweeg halverwege haar zin toen ik de vork oppakte. Terwijl ik recht ging staan, keek ik op en ontmoette de boze blik van Tonya Plant.

Sheriff Gates draaide zich om. Ze keken me allebei aan.

'Wat?'

'Kun je ons wat privacy geven, Cendrine?' Tyler Gates gebaarde met zijn hoofd naar de keuken.

'Eh ja, sorry.' Ik trok me terug, ging bij het buffet met koffie staan en vulde mijn kopje. Ik stond te ver weg om meer dan een paar stukjes gesprek te horen. Tonya beweerde vrijdagochtend vroeg in te hebben gecheckt, wat het verhaal van tante Pearl bevestigde, hoewel ze zei dat ze de exacte tijd was vergeten. Eindelijk kwamen we bij de waarheid.

Ik kon de gezichtsuitdrukking van de sheriff niet zien, dus ik had geen idee of hij Tonya geloofde of niet. Het was essentieel dat ik Tonya's verslag hoorde van wat er was gebeurd. De sheriff had te maken met een heks maar wist dat niet, dus hij had mijn hulp nodig. Het was de enige manier om haar beweringen te checken of te weerleggen en zo de waarheid te achterhalen.

Ik klaarde op toen ik me realiseerde dat ik de peper- en zoutvaatjes wel even kon bijvullen. Ik pakte de grote potten met peper en zout en ging terug naar de tafel achter de sheriff. Ik liep zachtjes en vermeed oogcontact met Tonya. Ik hoopte dat ze haar verhaal zou voortzetten en niet aan de sheriff zou laten blijken dat ik vlak achter hem stond.

'Seb wilde gaan wandelen,' zei Tonya. 'Maar ik was moe, dus ik zei dat hij maar zonder mij moest gaan.'

Om vier uur 's ochtends? Jaja.

'Hoe laat was dat?' Sheriff Gates leunde achterover in zijn stoel en legde zijn handen in zijn nek.

Ik bevroor. Zijn armen waren slechts enkele centimeters van me verwijderd en hadden me nu tussen zijn stoel en mijn tafel gevangen. Ik haalde diep adem en probeerde geen geluid te maken. Als Tonya er al iets van merkte, was het niet te merken omdat ze gewoon bleef praten.

'Rond acht of negen uur, denk ik. Ik had rond die tijd een slaappil genomen, dus ik was aan het indommelen.' Tonya's stem was krachtig en duidelijk, niet het zachte en gebroken gefluister dat je een treurende weduwe zou verwachten.

'En je sliep tot hoe laat?'

'Ik weet het niet ... rond een uur of drie. Ik werd wakker kort voordat u naar mijn kamer kwam.'

'En je hebt niemand gezien gedurende al die tijd?'

'Nee.'

Volgens oma Vi was Tonya rond lunchtijd met een andere man samen geweest. Ervan uitgaande dat oma's tijdlijn correct was, had de sheriff Tonya net op een leugen betrapt. Alleen zou hij daar nooit achterkomen, tenzij ik een manier vond om Tonya's verhaal te weerleggen. Ik moest die man met wie ze was geweest vinden. Ik moest ook de handschoenen vinden die op de Walmart-bon stonden. De antivries was ook belangrijk, maar ik had misschien al bewijs in de Gatorade-fles zitten. Ik was zo in gedachten verzonken dat ik me er niet bewust van was dat ik me had omgedraaid, tot mijn ogen op Sheriff Gates waren gericht.

Hij draaide zich om in zijn stoel en keek me aan. 'Je kunt hier niet blijven rondhangen terwijl ik mevrouw Plant aan het ondervragen ben, Cendrine.' Zijn warme, bruine ogen hielden de mijne vast.

'Ik kan nergens heen. Je zit in ons restaurant, hoor. Ik werk hier.'

De sheriff stond op en wuifde me weg toen Tonya me koud en hard aankeek. Ik voelde een steek van angst. Ik kon hem dat bonnetje niet geven als zij erbij zat, maar het leek er niet op dat Tyler Gates binnenkort zou vertrekken. Hoe langer hij bleef zitten, hoe langer ik erover zou doen om mijn gevonden bewijs door te geven. De sheriff was enorm in het nadeel zonder hulp van iemand die het volledige plaatje kon zien. En die iemand was ik.

Ik keek vanuit de keukendeur toe terwijl Sheriff Gates zijn plek tegenover Tonya Plant weer innam. Ik stemde mijn oor superscherp af totdat ik genoeg hoorde om fragmenten van hun gesprek op te vangen. Als ze zo manipulatief was als Hazel en tante Pearl beweerden, had ik geen andere keuze dan mijn magie gebruiken om te luistervinken en zo te ontdekken wat Tonya van plan was. Het was in eerste instantie niet eens bij me opgekomen om magie te gebruiken om zo mijn gehoor te versterken. Toen ik er eenmaal aan dacht, duurde het nog een paar minuten het voor elkaar te krijgen omdat ik de halve betovering was vergeten. Had ik er maar eerder aan gedacht om mijn magie te gebruiken. Ik had veel discreter kunnen zijn.

'Cendrine!' klonk Pearl plotseling.

Ik sprong bijna tegen het plafond. 'Je liet me schrikken! Waarom schreeuw je zo tegen me?'

Tante Pearl fronste. 'Ik schreeuwde helemaal niet. Je zou je buitenzintuiglijke krachten toch zeker niet op de sheriff gebruiken, of wel?'

Ze had me op heterdaad betrapt. 'Dit is een noodgeval.'

'Waarin verschilt jouw noodsituatie van mijn noodsituaties?' Tante Pearl sloeg haar armen over elkaar. 'Je noemt míj een onruststoker. Kijk eerst eens naar jezelf, juffrouwtje. Het is prima als jij je magie wilt gebruiken, maar het is niet goed als ik het doe?'

'Dit zijn verzachtende omstandigheden, tante Pearl.'

Moeder draaide zich om vanaf haar plekje bij de grill. 'Ben je aan het afluisteren?'

'Natuurlijk niet,' zei ik.

'Jawel hoor,' zei tante Pearl.

'Alleen om jou te helpen, omdat je jezelf niet helpt,' zei ik.

Mam schudde haar hoofd. 'Zijn we niet overeengekomen dat we geen magie in de buurt van de gasten zouden gebruiken?'

'Ik heb geen keus. Tante Pearl is een van de hoofdverdachten vanwege haar pyromanische neigingen.'

Mam rolde met haar ogen. 'Oh God, niet wéér over dat snelwegbord. Eerlijk gezegd, Cendrine, als jij je ergens in vastbijt geef je nooit meer op.'

'Ruby heeft gelijk,' zei tante Pearl. 'Je moet altijd mij hebben. Toon wat respect voor mensen die ouder zijn dan jij.'

Ik stak mijn handen geërgerd omhoog. 'Terwijl wij hier staan te kibbelen, is Tonya aan het plannen hoe ze onze stad kan verwoesten. Ze heeft niet alleen haar man omgelegd, maar ook de man die Westwick Corners op de kaart zou hebben gezet. Ze heeft hem vermoord, ik weet het zeker. Maar alles wat tot nu toe is gebeurd wijst linea recta naar tante Pearl.' Ik wendde me tot mijn tante. 'Ze probeert jou ervoor op te laten draaien.'

Mams mond viel open. 'Ze kunnen onmogelijk denken dat Pearl...'

Pearl stampte met haar voeten. 'Ik ben een heks, potverdorie. Ik hóéf niemand te vermoorden. Er zijn veel gemakkelijkere manieren om van iemand af te komen.'

'Maar de sheriff weet dat niet. Hij weet niets van heksen, energievortexen of wat dan ook. Begrijp je nu wat ik bedoel?' Ik richtte mijn aandacht weer op Tonya Plant en de sheriff.

'Vertel de sheriff gewoon wat je weet, Pearl.' Mams stem werd luider en ik kon zien dat ze van streek raakte.

'Ik zal erover nadenken,' zei Pearl. 'Maar eerst moet ik

wat schoonmaakwerk doen.' Ze draaide zich om en liep weg voordat we haar konden stoppen.

Ik dacht heus niet dat tante Pearl de dader was, maar ze deed behoorlijk haar best om het wel zo te laten lijken.

Tante Pearl had gezegd dat Tonya met een andere man samen was geweest, maar ze weigerde te zeggen wie. Nou, als zij het me niet zou vertellen, waren er wel andere manieren om erachter te komen.

HOOFDSTUK 25

Nu ik dan niet meer ongemerkt de sheriff en Tonya af kon luisteren, kon ik in elk geval meer proberen te ontdekken over de mysterieuze man met wie Tonya het had aangelegd. Ik liep naar de receptie en haalde de gastenlijst tevoorschijn, die we nog ouderwets op papier hadden.

Bijna alle gastenkamers werden bezet door stelletjes, behalve drie kamers. Eén kamer werd bezet door twee vrouwen en een andere werd gebruikt een vrouw alleen. De derde kamer werd ingenomen door een zekere Jack Tupper III. Het was een geluk dat er maar één kamer was met een mannelijke gast die alleen was. Het was een beetje overhaast om de mannen die hier met hun vrouw waren direct uit te sluiten, maar ik had het gevoel dat Jack de man was die ik zocht.

Mijn hartslag versnelde toen ik zijn kamernummer zag.

Dat was de oude kamer van oma Vi. De kamer waarin ze beweerde Tonya samen met de mysterieuze man te hebben gezien.

Nou, het was nu geen mysterie meer.

Tonya's geheime *lover* was vrijwel zeker Jack Tupper III.

Ik herkende zijn pretentieus klinkende naam niet, maar die naam was voldoende om meer uit te zoeken over hem en waar hij was geweest ten tijde van de moord. Ik klapte het register dicht, tevreden met mijn vondst.

Als de beweringen van oma Vi over hun verhouding waar waren, kende Jack Tonya vrijwel zeker al voordat hij het hotel bezocht. Misschien was hij haar hier zelfs gevolgd. Misschien was hij de man met de capuchon die Pearl bij het prieel had gezien.

Nu ik de relatie tussen hem en Tonya eenmaal had ontdekt, kon ik het verband onder de aandacht van de sheriff brengen zonder heel opvallend bezig te zijn. Tonya zou vrijwel zeker ontkennen een affaire te hebben, en ik kon de sheriff ook niet bepaald vertellen dat oma Vi hen als spook had bespioneerd. Maar er waren absoluut dingen die de sheriff kon ontdekken zonder bovennatuurlijk gedoe, zoals gegevens van mobiele telefoons en dergelijke. Het enige dat ik moest doen was met aanwijzingen komen die het onderzoek weg zouden leiden van tante Pearl en naar bewijsmateriaal dat op de echte moordenaar wees.

Ik liep terug naar de eetkamer, van plan om mijn vondst met mijn moeder te delen. Ik bereikte de deuropening en kwam abrupt tot stilstand toen ik de afgeladen eetzaal in het oog kreeg. Brayden zat een paar tafels verwijderd van de sheriff en Tonya Plant. Ik was bang om "het gesprek" met hem te voeren, maar ik moest het wel doen. Hem daar zien zitten herinnerde me daar eens te meer weer aan. Ik keek er niet naar uit. De bruiloft afzeggen was nogal een ding. We zouden hoogstwaarschijnlijk meteen uit elkaar gaan.

Ik wist niet eens zeker of ik dat wel wilde. Ik was eigenlijk nergens meer zeker van. Ik wist niet of ik nog van hem hield, of ik dat ooit echt had gedaan. Hij was mijn eerste en enige vriendje en tot nu toe had ik nooit echt aan een toekomst zonder hem gedacht. Alles leek gewoon een beetje voorbestemd.

Gelukkig was Brayden niet alleen, dus ik kon de confrontatie wat langer uitstellen. Een man met onnatuurlijk ogend, roodblond haar zat tegenover Brayden met zijn rug naar mij toe. Het was vrijwel zeker de man die ik gisteravond in de wijngaard had gezien. Het was donker geweest, maar de man had dezelfde slanke, atletische bouw als de geheimzinnige figuur.

Brayden ving meteen mijn blik en glimlachte. Hij gebaarde me naar zich toe. 'Cen, dit is mijn vriend Jack. Hij komt uit Shady Creek en hij verblijft hier.' Hij gebaarde naar de gebruinde dertiger aan de andere kant van de tafel. 'Jack, dit is Cen. Dit hotel behoort toe aan haar familie.'

Ik stond met mijn mond vol tanden terwijl mijn hersens op volle toeren draaiden. Dit moet dezelfde Jack zijn die in de oude kamer van oma Vi verbleef!

Jack stond op en schudde mijn rechterhand met zijn linker, verontschuldigend wijzend naar zijn verbonden rechterhand. Hij was iets langer dan Brayden en een paar jaar ouder, met een uitstraling van superioriteit die om hem heen hing. 'Pittoresk leuk hotelletje, dit. Wanneer ga je renoveren? Het zou er geweldig uitzien met een facelift.'

'Het hotel is prima zoals het is,' bitste ik, in mijn wiek geschoten door zijn opzettelijke belediging. Zelfs als Brayden hem niet over onze grootse opening had verteld, was die overal in het gebouw aangekondigd. Als gast moest hij zich hier toch wel van bewust zijn.

Brayden wierp me een waarschuwende blik toe.

Ik staarde naar beide mannen terwijl mijn maag rommelde om me eraan te herinneren dat ik nog steeds voedsel nodig had.

'Als je deze stijl leuk vindt.' Jack wierp zijn hoofd achterover en lachte. Zijn perfect gestylde haar kwam door de gel geen centimeter van zijn plaat. Hij haalde een visitekaartje uit zijn borstzak en gaf het aan mij. 'Bel me als je wilt verkopen. Maar ik zal eerlijk zijn. Dit gebouw gaat meteen op de schop, dus de enige waarde zit hem in de lap grond. Maar je hebt geluk, we zijn altijd op zoek naar grote huizen zoals dit hotel.' Op het kaartje stond *Jack Tupper III, Vicevoorzitter Ontwikkelingsplanning, Centralex.*

Mijn mond viel open toen ik Jack, de plannen in Tonya's hotelkamer en de ontmoeting in de wijngaard met elkaar in verband bracht. Misschien was de meest onthutsende ontdekking nog wel dat Brayden niet eerlijk tegen me was geweest.

'We zijn niet geïnteresseerd om het hotel te verkopen.' Ik wilde de keuken inrennen en mam alles vertellen. Dat zou echter niet helpen, dus ik wilde kalm blijven en zoveel mogelijk informatie vergaren. Jack was duidelijk Tonya's co-samenzweerder... en blijkbaar ook haar geliefde.

Jack schudde zijn hoofd. 'Jullie hotel zal niet overleven als mijn nieuwe resort, conferentiecentrum en winkelcentrum worden geopend. En casino. De enige reden waarom jullie nu aardig zaken doen, is omdat jullie het enige hotel in de stad hebben.'

Mijn gezicht werd rood toen ik me probeerde te beheersen. Deze man had wel lef, om me te vertellen dat ons bedrijf gedoemd was ten onder te gaan terwijl hij tegelijkertijd heerlijk mams vers bereide ontbijt zat weg te werken. Ik wist door de plattegrond in Tonya's kamer ook dat Centralex van plan was op óns land te bouwen, nergens anders. Jack gebruikte smerige tactieken om ons eigendom tegen een goedkope prijs te kunnen bemachtigen. Nou, we lieten ons niet intimideren. Niet als ik er iets aan kon doen.

Brayden schraapte zijn keel. 'Jack is van plan hier een resorthotel te bouwen.'

Ik ontplofte zowat. Brayden was weer eens bezig met een

handeltje, alleen deze keer voor een bedrijf dat een directe concurrent van ons was. 'Maar we hebben net het hotel opnieuw geopend. Westwick Corners is niet groot genoeg om door te gaan als er nog een ander hotel bij komt.' Het was de taak van Brayden als burgemeester om zaken en commercie in onze stad aan te moedigen, maar dat betekende niet dat hij zoete broodjes moest bakken bij een of andere projectontwikkelaar. Hij had de *Westwick Corners Inn* niet veel steun gegeven, ondanks zijn parttimebaan bij *The Witching Post*. Welke gunsten verwachtte hij precies van Jack?

'Dit wordt een groot project, Cen. Het resort krijgt tweehonderd kamers, en een conferentiecentrum. Een heus vakantieoord, niet alleen een knus hotelletje. Het zet Westwick Corners op de kaart.'

Het was alsof iemand me een dolk in mijn rug had gestoken. Dit huis was al generaties lang in onze familie en Brayden wist dat we nooit zouden verkopen, wat er ook gebeurde. Hij wist ook dat we geen andere manier hadden om de kost te verdienen. Toch had hij zich aangesloten bij een projectontwikkelaar van buiten de stad en had hij zelfs bij maanlicht samen met Jack de grond rondom ons eigendom op staan meten. Hij had het met opzet zo getimed omdat wij 's nachts niets zouden merken. Wat vertelde hij me nog meer niet?

Woede borrelde in me op. Ik stond op het punt mijn geduld te verliezen. 'Ik moet gaan.' Ik draaide me om.

Jack riep me na. 'Ik probeer je een plezier te doen, maar mijn aanbod is alleen geldig tot maandag.'

'We verkopen niet,' herhaalde ik. 'We zijn net begonnen met ons bedrijf.'

'Er valt absoluut geld mee te verdienen, Cen,' riep Brayden me nog na.

Ik schudde mijn hoofd en bleef lopen.

Brayden verscheen plotseling aan mijn zijde. Hij kneep in

mijn arm. 'Ik kom straks even bij je langs, Cen. We moeten bijpraten.'

'Eh... ik heb het nu een beetje druk. Ik bel je later wel.' Ik haalde diep adem en liep naar de keuken. Ik vroeg me af of ik mam nu of na het ontbijt over Jacks voorstel moest vertellen. Het zou haar absoluut van streek maken, maar ze moest het weten.

Mam, tante Pearl en tante Amber hadden gezamenlijk het hotel in handen. Het was zelfs nog erger dat Jack hen niet rechtstreeks had benaderd. Hij had mij natuurlijk expres eerst alles verteld. Mijn informatie uit de tweede hand zou de klap verzachten: het nieuws dat een buitenstaander van plan was met ons te concurreren. Maar aangezien ik de ontwikkelingsplannen van Centralex in Tonya's kamer had zien liggen, wist ik dat dat helemaal niet de bedoeling was. Het echte doel van Jack was om deze grond in te pikken en ons prachtige historische landhuis met de grond gelijk te maken.

Ik vloekte zacht toen alles plots glashelder werd. De bizarre beweringen van tante Pearl waren helemaal waar. Tonya was al een partnerschap aangegaan met de grootste ontwikkelaar die er was en het inpikken van ons land was slechts een formaliteit.

Geld liet mensen de gekste dingen doen. Oma Vi had niet alleen gelijk gehad over ons hotel, maar ook over Brayden. Hij had zijn zakelijke belangen boven het levensonderhoud van mijn familie geplaatst.

Ik was al bijna bij de keuken toen ik stoelpoten over hardhout hoorde schrapen in de buurt van de tafel waar Sheriff Gates en Tonya zaten. Ik draaide me om en zag dat ze opstonden. Ik vermoedde dat de sheriff nu klaar was met Tonya. Ik wilde naar hem toelopen, maar Brayden onderschepte me.

'Cen, wacht.' Brayden liep op me af met zijn ontbijtbord in de hand. Zijn bestek kletterde rond op het bord met eieren en toast toen hij me inhaalde op weg naar de keuken. 'Je lijkt boos of zo.'

'Ik heb je gisteravond in de wijngaard gezien, samen met Jack,' zei ik terwijl we zij aan zij doorliepen. 'Ik wist niet dat je burgemeesterschap er tevens uit bestond om óns hotel in het geheim aan ontwikkelaars van onroerend goed te laten zien.'

'Zo is het helemaal niet, Cen. Je trekt te snel conclusies.'

'Waarom sloop je dan midden in de nacht in de wijngaard rond? Je bent ineens geobsedeerd door ons bezit.'

'Ik ben niet geobsedeerd en we slopen niet rond.' Braydens stem klonk hard toen we de keukendeur naderden. 'Jack houdt er gewoon van om op onopvallende wijze landgoed te bekijken. Als hij te veel interesse toont, stijgen de prijzen.'

'Dus het gaat om het kopen van ons landgoed.' Ik stopte vlak voor de deur en keek hem aan. 'Vertel je vriendje Jack maar dat ons land niet te koop is.'

'Je maakt zoals altijd weer veel te veel drama, Cen.' Brayden rolde met zijn ogen en draaide zich om. 'Ik moet gaan. We bespreken dit later, goed?'

'Brayden?'

'Ja?' Brayden hield in, maar draaide zich niet eens naar me om.

'De bruiloft is van de baan.'

Brayden draaide zich nu wel om en staarde me met open mond aan. Voor het eerst in lange tijd luisterde hij eindelijk eens echt naar mij.

HOOFDSTUK 26

Brayden was aan de keukentafel gaan zitten, die volstond met opgestapelde vieze borden en ander keukengerei, maar hij had een plekje voor zijn bord vrij weten te maken. Hij zat nog steeds te eten. Terwijl hij een stuk ei aan zijn vork spietste, keek hij meewarig naar me op. 'Wat is er toch met je aan de hand, Cen?' Hij keek met opzet pruilerig zodat ik medelijden met hem zou krijgen. Het werkte voor geen meter. Dit keer was ik te boos.

'Er is niets met mij aan de hand.' Ik was niet van plan hem in de keuken de huid vol te schelden, waar andere mensen het misschien zouden horen. 'Er is wel iets met jou aan de hand, geloof ik. En wat het ook is, ik vind het maar niets.'

Braydens ogen vernauwden zich toen hij me onderzoekend aankeek. 'Er is iets anders aan je. Je bent ineens zo negatief. Het komt vast door de bruiloftstress.' Hij klopte me op mijn schouder alsof ik een opstandige kleuter was.

'Je hebt helemaal gelijk,' zei ik. 'Ik ben gestrest en deze hele bruiloft is veel te overhaast, dus ik wil niet meer. Door alles wat er is gebeurd heb ik twijfels gekregen.'

Hij beet op zijn lip. 'Maar we zijn al jaren samen, Cen. Hoe kun je nu denken dat de bruiloft overhaast is?'

'Het voelt gewoon niet goed. Ik wil tijd om over dingen na te denken.'

'We hebben geen tijd meer. Je had beter over dingen na kunnen denken voordat je me het jawoord gaf, een jaar geleden.'

'Er is in een jaar heel wat veranderd.' Ik had me bijvoorbeeld gerealiseerd dat Braydens politieke ambities altijd vóór zouden gaan. Voor mij. De bruiloft was gewoon iets dat hij van zijn lijst af wilde kruisen. Ik was er net als iedereen vanuit gegaan dat we zouden trouwen. Ik had er nooit dieper over nagedacht, tot nu toe, waarschijnlijk omdat ik bang was de waarheid onder ogen te zien.

'Wat dan bijvoorbeeld?'

'Je snapt het toch niet.' De aantrekkingskracht die ik voelde bij Tyler Gates was gewoon een bevlieging, dat wist ik ook wel, maar het was een symptoom van de ongelukkige gevoelens die ik had bij Brayden. Een terugdraaibezwering kon ik wel uitspreken voor een paar minuten, maar niet voor een heel leven. Als ik deze stap nu met hem zette, zat ik eraan vast. En er was een moord op mijn eigen trouwrepetitie voor nodig geweest om me dit te laten inzien.

Brayden ging staan. 'Doe me dit niet aan, Cen. We hebben tweehonderd gasten uitgenodigd. De gouverneur komt ook. Je kunt nu niet meer afzeggen.' Hij schudde langzaam zijn hoofd. 'Weet je wel hoe dit gaat overkomen?'

'Het kan me geen bal schelen wat de gouverneur ervan gaat denken. Of wie dan ook. Ik wil het gewoon niet meer.' Wat mijn familie zou denken kon me overigens wél schelen. Zeker mijn moeder. Die had zo hard haar best gedaan op alles en ik wilde haar niet teleurstellen.

'Je bent gewoon emotioneel vanwege de moord en zo.' Hij legde een arm om mijn schouders. 'Luister, ik weet dat ik bij de trouwrepetitie had moeten zijn, maar ik had te veel werk te doen. Ik beloof dat ik het goed zal maken.'

'Sheriff Gates heeft me anders verteld dat je Crime Watch-vergadering was geannuleerd. Je was niet eens op die vergadering, maar je kon de moeite niet nemen om naar de repetitie te komen? Als ik je tijd niet waard ben, waarom zou ik dan met je trouwen?'

'Dat is gewoon niet eerlijk, Cen. Die vergadering was geannuleerd vanwege een dubbele planning. Echt waar. Jack had 's middags maar een uurtje vrij, dus ik moest mijn schema een beetje anders indelen.'

'Oh ja?' Mijn verontwaardiging groeide. 'Ongetwijfeld had je van alles met hem te bespreken. Hoe hij goedkoop aan land kan komen en zo.'

Woede flitste in de ogen van Brayden. 'Je zou me dankbaar moeten zijn dat ik hem in onze stad heb geïnteresseerd. Centralex is het beste wat Westwick Corners in lange tijd is overkomen.'

De stoom kwam bijna uit mijn oren toen ik terugdacht aan Braydens late bezoek aan de wijngaard vlak onder mijn boomhut. Ik moest mijn uiterste best doen om mijn stem kalm te houden. 'Niemand verkoopt hier zijn grond, wij ook niet. Er is niets anders te koop in deze stad en al het andere land is bedoeld als landbouwgrond.'

'Je zult nog staan te kijken, Cen. Iedereen verkoopt, als de prijs maar goed is.'

'Iedereen?' Ik trok mijn wenkbrauwen op. 'Shady Creek was anders niet zo happig, geloof ik.'

Brayden schraapte met zijn vork het eigeel van zijn bord. 'De Westwick Corners Inn is te kleinschalig om geld te verdienen. Je familie gaat gewoon failliet. Het is slim om te verkopen, want mensen zoals Jack komen niet elke dag langs. Luister tenminste naar hem en neem serieus wat hij te zeggen heeft.'

Mijn gezicht werd rood. 'We verkopen niet, en al helemaal niet nu we net alles hebben laten opknappen. Jij hoort dat te weten. Je klinkt alsof je zelf zaken doet met Jack.'

'Doe niet zo belachelijk. Het is mijn taak als burgemeester om naar nieuwe kansen te kijken. Ik doe er alles aan om te bewerkstelligen wat we allemaal willen voor Westwick Corners – banen en economische groei.'

'Ja, maar niet tot elke prijs.' Brayden had ons voor de leeuwen geworpen. Onze gemeenteraadsleden waren allemaal ouder dan zeventig en zouden in principe instemmen met wat Brayden dan ook deed. Jack zou echt wel krijgen wat hij wilde. 'Waarom heeft Shady Creek zijn plannen dan afgewezen?'

'Verkeersproblemen.' Brayden lachte. 'Ongelofelijk toch? Wie wil er nou niet méér verkeer dat door de stad komt?'

Ik kon sowieso al één persoon noemen die dat niet wilde, en zij zou zeker actie ondernemen.

'We praten nog wel als je eenmaal de kans hebt gehad om af te koelen.'

Zijn denigrerende houding irriteerde me ontzettend. 'Er valt niets meer te zeggen. Het is voorbij tussen ons.'

Braydens mond viel open toen hij sprakeloos naar me staarde. Hij wachtte tot ik nog iets zou zeggen, maar ik was er wel klaar mee. Na nog even gewacht te hebben stond hij op, draaide zich toen om en greep zijn half opgegeten ontbijt voordat hij wegliep en de deur achter zich dichtsloeg.

HOOFDSTUK 27

Ik bleef nog een paar minuten aan de keukentafel zitten, vooral om er zeker van te zijn dat Brayden en Jack allebei de eetzaal uit waren gelopen. Ik hoorde geen geluid of gesprek meer uit de zaal komen, dus sloop ik naar de deur en gluurde naar buiten.

Ik slaakte een zucht van opluchting toen ik de bijna lege eetkamer afspiedde. Jack was weg, net als de andere gasten. Niemand had me horen ruziën met Brayden. Ik opende de deur nog een stukje verder en mijn hart begon sneller te slaan toen ik Tyler Gates zag aan een tafel bij het raam, alleen.

Hij zag de beweging van de deur vanuit zijn ooghoek en keek me aan. Onze blikken bleven een fractie van een seconde in elkaar hangen voordat hij zich afwendde. Hij had het gehoord.

Geweldig.

De enige persoon van wie ik liever niet had gewild dat hij over mijn onrustige relatie zou afweten had duidelijk alles gehoord. Ik draaide me om en verdween terug de keuken in, helemaal op.

Dit was zo pijnlijk allemaal.

Ik wilde met hem over de zaak praten en dit maakte dat ik hem liever wilde vermijden. Maar tante Pearl had snel hulp nodig, dus ik kon niet bepaald mijn kop in het zand steken.

'Je hebt het juiste gedaan.'

Ik sprong op door de stem achter me want ik verwachtte niet dat er iemand anders in de keuken zou zijn. 'Huh?'

Oma Vi zweefde een meter bij me vandaan in een paarse nevel.

'Je hebt beloofd in de boomhut te blijven, oma.'

'Ik kan niet wegblijven wanneer ik nodig ben. Brayden is helemaal verkeerd voor jou. Het duurt een paar dagen, maar het zal allemaal wel overwaaien.'

'Natuurlijk denk jij dat. Je vond hem überhaupt al nooit leuk.' Ik leunde achterover in mijn stoel aan de keukentafel, compleet vermoeid bij het idee dat ik de hele bruiloft moest afzeggen. 'Hoe ga ik tweehonderd mensen alsnog niet uitnodigen?'

'We vinden wel een manier.' Oma Vi ging tegenover me zitten – of liever gezegd, zweven. 'Nu kun je een kansje wagen bij die knappe nieuwe sheriff.'

'Daar komt niets van in. Al mijn energie moet ik steken in het oplossen van de moord op Sebastien Plant en tante Pearl helpen. Vertel me eens wat je weet over Tonya Plant en Jack Tupper.'

'Wie is Jack?' vroeg oma Vi.

'Degene die gisteravond met Brayden aan het rondsluipen was,' zei ik.

'Oh, die ene man in mijn kamer.'

'Het is niet jóúw...' Ik hield mezelf halverwege de zin tegen. Het had geen zin om oma Vi nog meer van streek te maken. Ik haalde diep adem. 'We waren het er allemaal over eens dat we het hotel opnieuw zouden openen en we hebben allemáál offers gebracht. Je kunt mensen niet zomaar bespioneren.'

'Ik had heimwee. En Pearl beloofde het aan niemand te vertellen.' Oma Vi fronste. 'Pearl heeft nooit een geheim kunnen bewaren.'

'Ik heb het haar laten vertellen,' zei ik. 'Ze staat op het punt beschuldigd te worden van de moord op Plant, tenzij we er iets aan doen. Waar hadden Tonya en Jack het over toen je daar was?'

'Er werd niet veel gepraat in die kamer, zeg maar. Tonya's man is nog niet eens begraven en die andere vent spookt al van alles met haar uit.'

'Ja, en zij ook met hem, oma. Hij is niet de enige schuldige.'

Oma Vi zuchtte. 'Ze kunnen ons land niet zomaar van ons stelen, toch?'

'Niet tenzij we ermee instemmen het te verkopen, en dat gaan we niet doen.'

'Ze lijken te denken dat het al van hen is,' mopperde oma Vi. 'Tonya bespeelt die Jack gewoon. En hij is te verliefd om het te zien.'

Ik kon me niet voorstellen dat die vreselijk opdringerige vent daadwerkelijk verliefd was, maar misschien was hij een totaal ander mens achter gesloten deuren. 'Ik heb je hulp nodig om de moord op te lossen, oma. Ik wil dat je Tonya overal volgt waar ze heengaat.'

'Je bedoelt haar bespioneren? Ik dacht dat dat niet mocht.'

'In dit geval wel.' We konden haar geen moment onbewaakt laten. Oma Vi zou niet bij mij blijven, wat ik ook deed, dus ik kon net zo goed haar talenten inzetten in deze strijd.

'Maar ze is een heks. Ze kan me zien,' zei oma Vi. 'Waarom kan ik Jack niet volgen?'

Ik schudde mijn hoofd. 'Ik zal hem wel in de gaten

houden. Ik heb iemand nodig die een krachtmeting met Tonya aan kan, en jouw magie is veel beter dan die van mij.'

Dat leek haar rustiger te maken. 'Onder één voorwaarde.'

Ik zuchtte. 'Goed, zeg maar.' Waarom waren aan elke belofte in mijn familie voorwaarden verbonden?

'Ik wil mijn oude kamer terug.'

Ik knikte. Op de een of andere manier wilden we allemaal iets terug. Ik was er alleen niet zo zeker van of we zouden krijgen wat we wilden zonder verplichtingen.

HOOFDSTUK 28

Ik opende de achterdeur van de keuken en voelde me vreselijk schuldig over de confrontatie met Brayden. Hoewel ik woedend op hem was, had ik waarschijnlijk wel een beter moment kunnen kiezen om mijn woede op hem te botvieren, om nog maar te zwijgen over het afzeggen van de bruiloft.

Ik overwoog om achter Brayden aan te gaan, maar ik zag hem al op de parkeerplaats staan, waar Jack net in de bestuurdersstoel van een rode Lamborghini was geklommen. Misschien was het beter om hem met rust te laten terwijl alles tot hem doordrong, maar ik voelde me zo schuldig dat ik hem pijn had gedaan. Ik wilde mijn woorden echter niet terugnemen in een moment van zwakte.

Hij had het recht om overstuur te zijn. Aan de andere kant leek Brayden eigenlijk helemaal niet meer zo van streek. Hij riep iets naar Jack om zijn aandacht te trekken.

Jack leunde uit zijn raampje en zei iets dat ik niet kon horen.

Brayden lachte. Hij keek toe hoe de auto van Jack de parkeerplaats afreed en over de heuvel verdween.

Ik zuchtte en liep terug naar de voordeur. Ik wist dat ik mijn moeder moest vertellen over het aanbod van Jack, maar het maakte me alleen maar depri. Het zou haar ook verdrietig maken en ik was er nog niet klaar voor om nog méér mensen overstuur te maken. Het irriteerde me mateloos dat Jack het lef had om in ons restaurant te gaan zitten eten en in de Westwick Corners Inn als gast te verblijven terwijl hij van plan was het hele hotel met de grond gelijk te maken.

Maar Jacks tijdelijke afwezigheid bood me een nieuwe kans. Ik kon zijn kamer binnensluipen en kijken of ik nog meer informatie over het ontwikkelingsproject kon achterhalen.

Ik rende de trap op en bleef op de overloop staan. Ik haalde diep adem, geschokt dat ik zo'n beetje in een tweede tante Pearl was veranderd. Misschien was haar mengeling van typische krankzinnigheid wel erfelijk.

Ik rende de laatste paar traptreden op met de gedachte dat ons bedrijf misschien nog niet naar de haaien was, maar onze reputatie dat wél snel zou zijn als onze klanten ontdekten dat het personeel op hun kamer rondsnuffelde terwijl zij zaten te ontbijten.

Nee, ik was geen tante Pearl. Ik had ook een volkomen legitieme reden om de zeep en shampoo overal te checken en aan te vullen. Ik liep de gang door en stopte bij de voorraadkamer om een handvol toiletartikelen te pakken. Ik verheugde me over de kans om voor de verandering eens iets productiefs te doen.

De gang was leeg toen ik de deur van Jacks kamer opendeed. Het was er een puinhoop, met lakens en handdoeken die over de hele vloer verspreid lagen. Ik ging de badkamer binnen en schrok toen ik bloedvlekken in de badkuip zag. Ik besefte dat het waarschijnlijk door zijn hand kwam, die verbonden was geweest.

Maar hoe had hij überhaupt zijn hand bezeerd?

Ik dacht aan mijn tante en haar angst voor bloed. Het was onmogelijk dat zij in de badkamer had gekeken zonder totaal te flippen.

Ik keek de ruimte rond. Afgezien van het bloed zag ik niets ongewoons aan de badkamer, maar er viel me meteen iets op in de prullenbak bij het bureau. Een bloederige bandenlichter zat in de vuilnisbak. Jack leek me nauwelijks het soort man om zichzelf te verminken, laat staan met een bandenlichter.

Plots klopte alles. Een bandenlichter was zwaar genoeg om iemand mee zijn hersens in te slaan, ook een zwaarlijvige man zoals Sebastien Plant. En Plant was toevallig wel Jacks "romantische rivaal". Jack was lang en sterk genoeg om Sebastien Plant een dodelijke slag toe te brengen. En als die dronken was geweest, zou hij niet echt terug hebben gevochten.

Ik draaide me om en liep naar de deur. Ik moest onmiddellijk alles aan de sheriff vertellen, zodat hij de kamer kon afzetten en bewijsmateriaal kon verzamelen. Jack had duidelijk niemand in zijn kamer verwacht. Hij had het moordwapen tijdelijk in de vuilnisbak achtergelaten, net zolang tot hij het in het donker stiekem kon weggooien.

Mijn hart sloeg over toen ik oma Vi tegen het doorzichtige lijf liep. Ze moest me heimelijk gevolgd zijn.

'Je geeft me bijna een hartstilstand van de schrik, Cen!' Ze zweefde naar een hoek boven de deur en keek me grijnzend aan.

'Je bent al dood, oma. Waarom ben je me hier gevolgd?'

'Het is mijn kamer, niet die van Jack, en ik kom hier wanneer ik wil.' Ze wierp een afkeurende blik de kamer rond. 'Dit is een schande. Hij is nog rommeliger dan jij.'

Ik negeerde haar belediging. ; Oma, alsjeblieft. Je kunt niet zo door de kamers van de gasten sluipen.'

'Waarom niet? Jij bent toch ook de boel aan het verkennen.'

'Nee hoor. Ik wilde gewoon wat nieuwe shampoo en zo neerleggen.' Ik liet haar mijn handvol mini-zeepjes en shampooflesjes zien.

'Jaja, dat zal wel. Vergeet niet dat ik je gedachten kan lezen. Als je Jack echt zo verdacht vindt, waarom laat je me dan niet helpen?'

'Nee, oma. Ik moet er nu vandoor. Ik moet de sheriff vertellen wat ik ontdekt heb in deze kamer.' Ik liep naar de deur toe, maar bleef als bevroren staan toen ik hoorde hoe een sleutel in het sleutelgat werd gestoken.

HOOFDSTUK 29

'Wat doe jij in godsnaam in mijn kamer?' Jack Tupper III stond in de deuropening en blokkeerde het zonlicht dat vanuit de gang naar binnen stroomde. Hij blokkeerde ook mijn weg naar buiten.

'Ik help in de huishouding. Ik was gewoon wat toiletartikelen aan het bijvullen.' Mijn gezicht kleurde toen ik mijn hand met spullen omhoogtilde. Het was pijnlijk duidelijk dat ik nergens in de buurt van de badkamer was geweest toen hij binnenkwam. Ik had niet verwacht dat Jack nu al terug zou komen. Hij moest iets vergeten zijn.

'Niet nodig.' Hij gebaarde met zijn hand naar de deuropening. 'Ik denk dat je beter kunt gaan.'

Ik liep onzeker naar de deur toe en liet de shampoo en zeep op het bureau achter terwijl ik me langs hem heen wurmde.

Ik sloeg de deur achter me dicht en keek niet achterom. Ik rende de trap af, de eetkamer in en rechtstreeks naar de tafel van Sheriff Gates. Ik zag met ontzetting dat Tonya er ook weer zat. Nou, jammer dan. Ik kon gewoon niet langer wachten. 'Ik moet met je praten,' zei ik.

De ogen van Tonya Plant vernauwden zich toen ze haar blik op me liet vallen.

Ze wist dat ik ergens mee bezig was. Ik voelde een plotselinge steek van angst toen ik me de waarschuwing van Hazel en Pearl herinnerde. Ik had moeten wachten tot de sheriff alleen was, maar hoe kon ik dat doen, onder de gegeven omstandigheden? Jack was waarschijnlijk op dit moment die bandenlichter aan het verdonkeremanen.

'Wat is er?' Hij leek mijn angst op te merken.

'Het is vertrouwelijk.' Ik wierp een blik op Tonya, die inmiddels zeer alert was. Dat kon maar een ding betekenen. Ze was inderdaad betrokken bij de moord op haar man en had het vermoeden dat ik er iets over wilde zeggen. Wat zou er nog meer urgent genoeg zijn om een verhoor van de sheriff voor te onderbreken? 'Kunnen we even naar de keuken?' ging ik zenuwachtig verder.

Hij wierp een blik op Tonya, die knikte. 'Geef me vijf minuten.'

Tien minuten later zat Tyler Gates tegenover me aan de keukentafel.

Hij boog zich naar voren en sprak zachtjes. 'Dit is allemaal vertrouwelijk, maar een bandenlichter past goed bij de bevindingen van de lijkschouwer.'

'Zou je me dit allemaal wel moeten vertellen? Vergeet niet dat ik van de pers ben.'

'Jou alles vertellen is onderdeel van mijn strategie. Ik hoop dat je een verhaal kunt publiceren dat de echte moordenaars naar buiten laat komen. Iemand in de stad weet iets.'

'Dus je sluit tante Pearl en haar wandelstok uit als verdachte?'

Hij schudde zijn hoofd. 'Niets en niemand is uitgesloten

van verdenking, maar het was mij al duidelijk dat die wandelstok niet zwaar genoeg was om het soort schade aan te richten dat we op de schedel van Sebastien Plant zagen.'

Ik huiverde. 'Je kunt maar beter opschieten voordat Jack het bewijsmateriaal vernietigt.' Hij was ontzettend onvoorzichtig geweest – of misschien heel erg zeker van zijn zaak. Om dat bandenijzer gewoon in de vuilnisbak te gooien... Degene die in ons hotel de kamers schoonmaakte – tante Pearl dus, die hiervoor op moest draaien – zou het zeker hebben opgemerkt. Maar blijkbaar dacht Jack dat we allemaal te dom waren om het verband te leggen. Of misschien had hij geen tijd gehad om het weg te gooien.

'Het forensisch team is op weg terug uit Shady Creek,' zei Tyler. 'Ik heb ze teruggebeld toen ik hier binnenkwam.'

'Tonya heeft je niet gehoord, mag ik hopen.'

'Nee, ze ging er vandoor toen jij naar de keuken liep.'

Geweldig. Nu moest ik tante Pearl en Hazel waarschuwen dat Tonya ons door had. 'Is ze een verdachte? Zij is tenslotte de echtgenote. Ze lijkt niet zo diepbedroefd, als je het mij vraagt.'

'Iedereen is verdacht totdat de zaak is opgelost,' zei hij.

'Ze is op de een of andere manier betrokken. Weet je van de affaire tussen haar en Jack?'

Zijn ogen werden groter. 'Ja, daar waren we al achter. De vraag is: hoe weet jíj dat?'

Ik schoof heen en weer op mijn stoel terwijl ik een verklaring bedacht. Ik kon moeilijk zeggen dat mijn oma als geest Jacks kamer had bezocht. 'We zagen Tonya Jacks kamer binnensluipen.'

'En jij denkt dat dat voldoende bewijs is van een verhouding tussen die twee? Je moet meer hebben dan dat.'

Ik had inderdaad meer, maar niets dat ik hem kon vertellen. 'Tonya en Jack zijn zakelijke partners. Jack probeert ons bang te maken om ons land te kunnen kopen en een *Travel*

Unraveled Resort te bouwen. Sebastien was tegen het hele idee. Ik denk dat ze hem daarom hebben vermoord.'

De sheriff zweeg terwijl hij mijn verklaring op zich liet inwerken. Ik kreeg het gevoel dat hij zat te overpeinzen hoeveel hij me moest vertellen.

'En er is meer.' Ik trok het Walmartbonnetje tevoorschijn en vertelde hem over het Gatorade-flesje dat in de prullenbak had gelegen. 'Ik denk niet dat hij dronken was. Tonya heeft hem vergiftigd met antivries, maar heeft Jack gevraagd hem de genadeslag toe te dienen met die bandenlichter. Zelfs als hij aan vergiftiging was overleden, kon ze nog steeds de moord op Jack afschuiven.' Het idee dat Tonya Jack als zondebok had willen gebruiken kwam eigenlijk pas bij me op toen ik de sheriff alles vertelde. Het was in feite heel logisch. Als Jack de schuld zou krijgen, kon Tonya mooi alle winst voor zichzelf houden. In mijn deels door honger verscherpte brein kwam alles plots bij elkaar in een samenhang die me tot nu toe ontgaan was.

Tyler Gates knikte. 'Dat sluit aan bij het rapport van de lijkschouwer. Sebastien Plant werd keihard op zijn hoofd geslagen, precies het soort verwondingen dat je zou krijgen door een bandenijzer. Maar vreemd genoeg bloedde hij niet zoveel als je zou verwachten.'

'Bedoel je dat hij misschien al dood was toen hij werd geslagen?' Ik herinnerde me dat ik zoiets weleens had gezien in *Forensic Files*.

Zijn ogen werden groot van verbazing. 'Ja.'

Ik dacht terug naar de Gatorade-fles in Tonya's kamer. 'Gaf de autopsie ook tekenen van vergiftiging aan?'

Tylers blik werd duister toen hij zijn telefoon pakte en een telefoonnummer invoerde. 'Dat gaan we nu meteen uitzoeken.'

De enige gevangeniscel van Westwick Corners had nooit veel bezoekers. Soms zat er iemand in die wat te diep in het glaasje had gekeken en gewelddadig was geworden. Dit was echter de eerste keer dat er een heks in zat, naar mijn weten. En het was tante Pearl. Ze was op heterdaad betrapt toen ze had geprobeerd opnieuw met haar toverstaf – of wandelstok, zoals sheriff Gates dacht – naar het benzinestation te gaan en een jerrycan benzine te halen. Hij was haar namelijk gevolgd toen hij erachter was gekomen dat ze haar staf uit het politiebureau had gestolen. Nu was benzine kopen geen criminele daad, maar bewijsmateriaal uit een politiebureau ontvreemden wel.

Ik was meteen naar het bureau gekomen toen ik het nieuws hoorde en had tante Pearl ervan overtuigd dat ze moest meewerken en de sheriff eindelijk alles moest vertellen wat ze wist. Ik kon Tyler Gates alleen niet uitleggen hoe ze het voor elkaar had gekregen die toverstaf überhaupt te stelen. Het slot op de locker was nog intact en er waren geen sporen van braak.

Als tante Pearl vrij zou komen, zou ze ongetwijfeld weer

proberen om haar toverstaf terug te stelen, maar dat risico moesten we maar nemen. Ik had haar gezegd dat de sheriff haar continu in de gaten zou houden als ze niet snel met bruikbare info zou komen die de aandacht van haar als verdachte weg zou leiden en hem iets anders te doen zou geven. Daar stemde ze mee in, godzijdank. Ik kon het niet meer aan dat ze tot nu toe alleen maar leek te proberen vooral zo verdacht mogelijk te zijn.

Tante Pearl was officieel nog nergens van beschuldigd, maar voorlopig zat ze daar prima, in die gevangeniscel. Daar moest ze ook vooral blijven zitten. Natuurlijk had ze de magie om er elk moment dat ze wilde uit te ontsnappen, maar dat zou de dingen alleen maar erger maken. Ze moest zich koest houden terwijl ik bewijsmateriaal verzamelde dat Tonya duidelijk als dader aan zou wijzen.

Ergens vroeg ik me ook af waarom sheriff Gates net nu het besluit had genomen om tante Pearl op te sluiten en zich niet bezig hield met de dingen die hij wist over Tonya en Jack. Tenslotte baseerde wetshandhaving zich op koude, harde feiten en had ik hem die nu overhandigd. De sheriff had legio redenen om die twee in de cel te zetten, niet mijn arme tante. Ik hoopte maar dat hij wist waar hij mee bezig was.

Oma Vi's plan om tante Pearl Tonya te laten volgen was in duigen gevallen nu Pearl vastzat, dus we waren terug bij af. Ik was op het politiebureau verschenen slechts minuten na de oproep van Sheriff Gates, vergezeld door een onzichtbare oma Vi. Na verschillende mislukte pogingen om mijn oma ervan te overtuigen dat ze beter zelf Tonya kon gaan zoeken, gaf ik het op. Ik begreep de prioriteiten van oma Vi. Tante Pearl was dan misschien zeventig jaar oud, maar Pearl was nog steeds de dochter van oma Vi. Mijn oma's moederinstinct was tot leven gekomen.

'We moeten haar uit de bak krijgen, Cen.'

'Relax, oma. Ik denk dat ze hier alleen is om te worden ondervraagd.' Diep vanbinnen maakte ik me zorgen dat de sheriff niet precies had uitgelegd waaróm tante Pearl in hechtenis zat. Tante Pearl kennende, zou het een willekeurig aantal dingen kunnen zijn. Brandstichting leek ineens in het niets te vallen vergeleken met moord. Ik maakte me zorgen dat ze dingen te ver had laten gaan.

We wachtten in de kleine wachtkamer van het vertrek dat deel uitmaakte van het stadhuis en dienstdeed als politiebureau van Westwick Corners. Een half dozijn stoeltjes met plastic rugleuningen stond langs een muur van de wachtkamer en stonden tegenover een balie met houten lambrisering die waarschijnlijk uit de jaren zeventig van de vorige eeuw stamde. Ik pakte een tijdschrift op dat al twee jaar oud was en bladerde door het haveloze ding, maar ik kon me niet concentreren.

Het politiebureau was gehuisvest op de begane grond van het stadhuis. En het was wel de laatste plek waar ik nu wilde zijn. Het kantoor van de burgemeester zat in hetzelfde gebouw en ik was bang dat ik Brayden tegen zou komen.

Oma Vi liep – of beter gezegd, zweefde – heen en weer, door de wachtkamer en dan weer door de muren om in de kamer te kijken waar Sheriff Gates en tante Pearl zaten voor de ondervraging.

'Wil je stoppen? Ik word gek van dat geijsbeer van je.'

'Ik kan er niets aan doen, Cen. Het ziet er niet goed uit voor Pearl. Hij legt haar echt het vuur aan de schenen.' Oma Vi zweefde boven me. Haar verschijning was doorzichtiger dan normaal, misschien vanwege het emotionele leed van haar dochter die werd ondervraagd.

De stemmen uit het privékantoor van de sheriff waren gedempt, maar ik was er vrij zeker van dat ze toebehoorden aan Tyler Gates en tante Pearl. Niemand anders was hier tenslotte.

'Je hebt alleen fragmenten van een gesprek gehoord, oma. Misschien heb je iets verkeerd geïnterpreteerd.' Het ergerde me dat oma Vi de kamer was binnengeslopen om te luisteren. Oké, ik was vooral geïrriteerd dat zij kon afluisteren, maar ik niet.

Oma Vi schudde haar hoofd. 'De boodschap is luid en duidelijk voor mij. Sheriff Gates heeft geen andere verdachten. Pearl is er geweest.' Ze deed een spookachtige duim naar beneden.

'Dat is gewoon een ondervragingstactiek. Ik vind het niet zo'n goed idee van je om naar ze te luisteren, oma. Het maakt dingen alleen maar stressvoller voor tante Pearl, omdat zij je wél kan zien. Straks zegt ze misschien iets verkeerd.' De combinatie van oma Vi en Pearl kon meer problemen veroorzaken dan ik het hoofd kon bieden. Tante Pearl kon gemakkelijk ontsnappen, daarom was ik hier. Hoe eerder ik mijn gekke tante op een normale manier weg kreeg van de sheriff, hoe beter.

'Sst, de sheriff komt eraan.' Oma trok zich terug in de hoek van het plafond recht tegenover me.

Tyler Gates zag er ongelukkig uit. Dat was ook geen totale verrassing, omdat tante Pearl nou niet bepaald de rode loper voor hem had uitgerold. Het was pas zijn tweede werkdag en hij had er waarschijnlijk nu al spijt van dat hij hier werkte. 'Ik ga Pearl in hechtenis houden.'

Ik sprong overeind. 'Je arresteert haar echt?' Ik had tante Pearl beloofd dat de ondervraging maar een uurtje zou duren. Ze zou woedend op me zijn.

'Technisch gezien niet, maar ik houd haar nog een dagje. Ik heb genoeg zorgen over haar persoonlijke veiligheid dat ik heb besloten haar in beschermende bewaring te nemen. Op die manier kan ik haar in de gaten houden.'

Ik was van mening dat het alle andere mensen in dit stadje waren die zich zorgen moesten maken, maar dat zei ik natuurlijk niet. 'Ze kan voor zichzelf zorgen. Maar als je je zorgen maakt, kun je haar prima vrijlaten. Ik beloof dat ik haar met argusogen in de gaten zal houden.'

Tyler schudde langzaam zijn hoofd. 'Ik ben bang dat ik dat niet kan doen. Ze dreigt zichzelf te verwonden.'

Ik geloofde er geen snars van. Ik vermoedde dat het plan van tante Pearl om het verhoor eerder te beëindigen mislukt was. 'Ze kletst maar wat. Haar veiligheid is niet genoeg reden om haar in de gevangenis te houden.'

'Dat is niet de enige reden,' zei hij. 'Ze is te betrokken bij de zaak.'

Ik stond op. 'Tante Pearl is géén moordenaar. Ik weet dat het er slecht uitziet, maar ze heeft het niet gedaan.'

Een vage glimlach speelde om de mond van Tyler Gates. 'Ik heb nooit gezegd dat zij het heeft gedaan. Ze wordt vastgehouden vanwege belemmering van de rechtsgang, niet voor moord.'

'Oh.' Mijn schouders ontspanden zich wat toen ik de woorden tot me liet doordringen. Aan de ene kant was ik opgelucht, maar ik was ook bang voor de chaos die ze nog steeds kon aanrichten vanuit het politiebureau.

'Het spijt me, maar ik had geen keus,' zei hij. 'Ik sta onder druk van de gouverneur om de zaak op te lossen en je tante blijft problemen veroorzaken. Ze kan niet zomaar bewijsstukken uit het bureau ontvreemden.'

'Oh?' Het leek wel of mijn vocabulaire maar uit een enkel woord bestond, maar ik kon niets anders bedenken om te zeggen zonder zelf schuldig te lijken.

'Op de een of andere manier heeft ze haar wandelstok uit onze opslag weten te halen. Hij was veilig achter slot en grendel gelegd, dus ik weet niet eens zeker hoe ze daar binnen kwam. Het slot is niet opengebroken en ik heb de enige sleutel. Pearl wil me niet vertellen hoe ze het deed, maar ik heb haar op heterdaad betrapt met het bewijs.'

Zijn zachtbruine ogen keken me aan en ik huiverde, ondanks de verstikkende hitte in het kleine kantoor.

'Ja, ze heeft haar wandelstok nu eenmaal nodig.'

'Ik heb gezegd dat ik best een andere voor haar wilde regelen, maar ze weigerde. Ik was bereid om haar wat ruimte te geven, maar ik trek de grens bij bemoeienissen bij een moordonderzoek,' zei Sheriff Gates.

'Ja, natuurlijk, je hebt gelijk.' Heel eerlijk gezegd zou ik veel meer kunnen doen aan de zaak als ik niet constant op tante Pearl hoefde te letten. Ze zou ongetwijfeld na een tijdje uit de gevangenis breken, maar daar zou ik me wel druk om maken als het zover was. In feite had haar opsluiting mijn handen vrijgemaakt om nog wat speurwerk naar Jack en Tonya te verrichten.

Tyler Gates gebaarde me weer te gaan zitten. Hij nam plaats naast me. 'Ik heb net met de lijkschouwer gesproken. Er zijn calciumoxalaatkristallen gevonden in de nieren van Sebastien Plant. Hij had ethyleenglycolvergiftiging.' Hij had een map in zijn linkerhand waar vast de bevindingen van de lijkschouwing in zaten.

Mijn mond zakte open en ik sloeg er snel een hand voor. 'Ik had dus gelijk over dat antivriesmiddel.'

Hij knikte. 'We hebben Tonya op de Walmart-bewakings-video kunnen vinden, rond hetzelfde tijdstip als wat er staat op het bonnetje.'

Eindelijk solide bewijs dat naar iemand anders dan tante Pearl leidde. 'Dus Tonya is nu officieel een verdachte?'

'Ik kan nu niets meer zeggen, en dat mag jij ook niet doen. Ik wilde alleen maar bevestigen dat we jouw infor-matie hebben opgevolgd. Je mag hier pas over in de krant schrijven na mijn nieuwsbericht dat er later vandaag uitgaat.'

Ik stond op, opgelucht dat de focus eindelijk van tante Pearl weg was. 'Mag ik nu mijn tante even zien?' Ik keek omhoog, maar oma Vi was verdwenen. Ik vermoedde dat ze tante Pearl al in haar cel had opgezocht om samen tranen met tuiten te huilen.

'Natuurlijk, waarom niet. Maar onthoud goed, nog niets zeggen over de resultaten van het onderzoek van de lijkschouwer.' Ik beloofde het. Toen volgde ik hem door de korte gang naar de enige cel die het bureau rijk was. Tante Pearl zat op het bed en keek op door de tralies toen we naderden. Het was een gevangeniscel, maar het had ook wat huiselijke accenten, zoals een lappendeken op het bed en een kleed op de linoleumvloer.

Tante Pearl leek niet onder de indruk van het decor. Ze fronste toen ik de tralies naderde. 'Ik wil een advocaat.'

Ik negeerde haar en staarde nadrukkelijk naar de sheriff.

Hij fronste. 'Ehm, oké. Ik laat jullie een paar minuten alleen.'

Westwick Corners was al decennialang blut, dus ik was er vrij zeker van dat de cel niet was uitgerust met dure camera's of afluisterapparatuur. Zelfs als we onder toezicht stonden, had ik dringende vragen die beantwoord moesten worden. 'Wat is er met Tonya gebeurd? Je had haar moeten volgen.'

'Daarom was ik bij het tankstation. Ik volgde haar, maar ze is daar in een vrachtwagen van Centralex Developments gestapt.' Tante Pearl spuugde in de gootsteen terwijl ze de bedrijfsnaam zei, alsof die een vieze smaak in haar mond had achtergelaten.

'Heb je gezien wie de vrachtwagen bestuurde?'

Tante Pearl knikte. 'Het was die gladjakker die ook in het hotel rondhangt.'

'Je bedoelt Jack Tupper? De man die in oma Vi's oude kamer verblijft?'

Ik schrok van een stem die van bovenaf kwam en zachtjes vloekte. Toen ik omhoog keek, zag ik oma Vi met haar vuist schudden en tegen zichzelf mompelen.

'Dat is het nu juist,' zei tante Pearl. 'Ik kon ze niet volgen omdat ik haar te voet was gevolgd. En toen viel de sheriff me lastig. Sinds wanneer is het een misdaad om benzine te halen?'

'Je had niet van hem weg moeten rennen, tante Pearl.'

'Maar hij ging me arresteren, Cen. Waarvoor?' Ze zwaaide met haar armen. 'Ik ben onschuldig. Ik wil een advocaat.'

Volgens de sheriff was tante Pearl technisch gezien nog niet gearresteerd, maar ik had geen zin in die hele discussie. 'In welke richting reed die Centralex-vrachtwagen?'

'Ze gingen de snelweg op in de richting van Shady Creek.'

De moed zonk me in de schoenen. 'Verdorie, nu zijn we ze allebei kwijt. We zullen nooit te weten komen wat ze van plan waren.' Tonya en Jack hadden elk duidelijke motieven voor de moord. Tonya had zojuist de volledige controle gekregen over het Travel Unraveled-imperium, en Jack had zojuist de concurrentie uit de weg geruimd – als hij tenminste echt de geliefde van Tonya was. Tonya moest tante Pearl wegwerken om haar ontwikkelingsplannen ten uitvoer te brengen, dus het was volkomen logisch om Pearl op te laten draaien voor de moord.

'Maak je geen zorgen.' Oma Vi daalde neer vanaf het plafond en kwam naast tante Pearl zweven. 'Ik zal ze opsporen. Waar is Centralex gevestigd? Ik kan daar wel beginnen.'

Ik haalde mijn mobiel tevoorschijn en zocht het adres op. Een spook tot mijn beschikking hebben bij het onderzoek was absoluut een voordeel. 'Ik ga met je mee.'

Ik trapte het gaspedaal diep in en schoot de snelweg op richting Shady Creek en Centralex. Ik hoopte dat Tonya en Jack ook daar naartoe gingen, omdat ik niet wist hoe we ze anders nog zouden moeten vinden.

Het was moeilijk om me te concentreren op de weg met oma Vi die rond de auto zweefde. Geesten zaten niet, ze zweefden en het leek wel of ze steeds mijn zicht blokkeerde als ik in de achteruitkijkspiegel keek. Haar semi-transparante vorm zorgde voor een mistachtige wazigheid die het ook moeilijk maakte om de weg vóór me te zien.

'Houd je ogen op de weg, Cen, anders rijd je ons nog de dood in.' Oma zweefde gevaarlijk dicht bij het stuur. Ik betwijfelde of een geest het stuur echt zou kunnen overnemen, maar het maakte me toch nerveus.

'Jij bent al dood, weet je nog?'

'Jij straks ook als je niet langzamer gaat,' bromde ze en trok zich terug op de achterbank.

Ik veranderde van onderwerp. 'Probeer je eens te herinneren wat er nog meer gebeurde in die kamer toen Tonya en Jack samen waren.'

'Naast de seks, bedoel je?'

'Natuurlijk. Waar hadden ze het over?'

'Ik luisterde niet echt, maar ik herinner me iets over een huwelijk.'

'Je bedoelt, hún huwelijk?' Alweer een motief voor de moord, maar ik kon Sheriff Gates moeilijk informatie geven die een spook had afgeluisterd. Ik moest haar woorden op een andere manier bewijzen.

'Tonya vertelde Jack dat ze een jaar moesten wachten, tot alle ophef over de moord op Sebastien was overgewaaid. Dat is alles wat ik heb gehoord.'

Ik voelde een brok in mijn keel bij de gedachte aan mijn eigen huwelijk. 'Weet je het zeker? Probeer terug te denken. We weten dat één van hen of allebei Sebastien Plant hebben vermoord. We moeten het gewoon zien te bewijzen.'

'Volgen we ze daarom helemaal naar Shady Creek?' Oma zweefde naar voren in de bijrijdersstoel en zorgde zo voor een half doorzichtige blinde vlek. 'Het lijkt me tijdverspilling. Is dit niet de taak van de sheriff?'

'Hij kan geen heksen aan, oma. Hij heeft onze hulp nodig.'

'Hij heeft het anders behoorlijk goed aangepakt met Pearl. Waarom helpen we sheriff Gates überhaupt? Hij heeft Pearl opgesloten. Het is gewoon een ware heksenjacht.'

'Ze heeft het aan zichzelf te danken, en dat weet je.' Ik kon niet verwachten dat oma Vi objectief zou zijn als het haar eigen dochter betrof. 'Moord is veel ernstiger en Tonya en Jack proberen ons landgoed af te pakken. We helpen onszelf hiermee. Het is in ons belang om hem te helpen door een val te zetten voor Tonya en Jack.'

'Die vent heeft mijn kamer al. Ik wil hem eruit.' Oma Vi zweefde zijwaarts naar me toe. 'Hoe doen we dat precies?'

'We zeggen dat we van gedachten zijn veranderd. Dat we wel willen verkopen. Ik zeg dat ik als afgevaardigde kom voor mam, Pearl en Amber, de echte eigenaars. Dan hebben ze geen andere keuze dan terug te keren naar Westwick Corners.'

Oma Vi snoof. 'Het klinkt riskant. Heb ik hier geen zeggenschap over?'

'Natuurlijk wel, maar je bent een geest, weet je nog wel? Je hebt het eigendomsrecht aan je dochters overgegeven, dus het is aan hen om deals te sluiten. Het is maar een trucje. We gaan het hotel niet echt verkopen.'

'Dat is je geraden. Ik wil mijn kamer terug. Zeker nu je de bruiloft hebt afgeblazen.'

'Prima.' Het was niet alleen mijn beslissing, maar ik was ook niet bereid om op langere termijn met oma Vi mijn boomhuis te delen. We zouden elkaar helemaal gek maken. 'We moeten Tonya en Jack eerst maar eens vinden. Dan ga ik proberen ze te misleiden zodat ze mee terugkomen naar Westwick Corners.'

We reden nog een halfuur door in stilte totdat we bij de afslag naar Shady Creek kwamen. We verlieten de snelweg en reden nog een kilometer door naar het centrum. Centralex was gevestigd in het hoogste gebouw, een monstruositeit van beton en glas die als wildgroei uit de oudere laagbouw van baksteen en hout leek te zijn ontsproten.

Ik vertraagde toen we het gebouw bereikten, maar voelde een steek van angst bij het idee om het parkeerterrein op te gaan.

'Je hebt de ingang gemist,' merkte oma Vi op.

'Ik weet het. Ik moet een plan bedenken.' Ik sloeg de hoek om en reed nog een keer een blokje om.

'Meen je dit nou, Cen? Je hebt al die tijd gehad om erover na te denken tijdens het rijden. Stop met nadenken en ga aan de slag.'

'Jij hebt makkelijk praten. Jij bent onzichtbaar.' Ik vertraagde de auto toen ik terug was bij de voorkant van het gebouw. Mijn stemming werd iets beter toen ik de Centralex-vrachtwagen op het terrein zag staan. Mijn hoop was echter net zo snel weer vervlogen toen ik drie andere identieke vrachtwagens zag. 'Ik wilde dat er een gemakkelijkere manier was om erachter te komen of ze hier zijn of niet.'

Oma Vi snoof. 'Ik kan toch kijken? Dan wacht jij in de auto.'

'Nee, dat lijkt me geen goed idee.' Oma kon niet autorijden, maar ze kon wel voor een hoop problemen zorgen binnen het hoofdkwartier van Centralex. Ik parkeerde helemaal aan de rand van het terrein en stapte uit. 'Kom, we gaan samen.'

Toen ik in de richting van het gebouw begon te lopen, kreeg ik het gevoel dat er geen weg terug meer was.

HOOFDSTUK 32

Ik trok aan de zware glazen deur van het hoofdkantoor van Centralex, en was verbaasd dat die op een zaterdag gewoon open was. Ik hield hem even open zodat oma Vi erdoor kon glippen. Het was uit gewoonte, maar volstrekt overbodig omdat ze door glazen deuren kon zweven.

De begane grond kwam uit in een groot, glazen atrium met een trap langs een kant.

'Wacht hier,' zei ik tegen oma Vi. Ik liep de trap op naar de eerste verdieping. Ik liep muisstil over het dikke pluchen tapijt, net toen stemmen aan het einde van de gang opklonken.

Twee mensen, zo te horen, maar afgaand op de lage stemmen waren het twee mannen, niet Jack en Tonya.

Ik kwam tot stilstand tegenover de directiekamer. Mijn positie gaf me door de open deur een goed uitzicht op de vergadertafel. De twee mannen die ik had gehoord zaten op slechts drie meter afstand en degene tegenover mij was Jack.

Ik hield mijn adem geschokt in toen ik de stem van Brayden herkende.

'De zone-indeling moet worden gewijzigd, maar dat is gemakkelijk,' zei Brayden. 'De raadsleden doen over het algemeen wat ik zeg. De familie West wil hun grond niet voor een appel en een ei wegdoen, maar ik denk dat ze je aanbod heus wel aannemen als het redelijk dicht bij de marktwaarde komt.'

Er kwam een brok in mijn keel toen ik me realiseerde dat Brayden het had over óns eigendom. Niet alleen had oma Vi gelijk over het plan van Jack en Tonya, maar Brayden was er blijkbaar ook in geïnteresseerd. Hij had al ruim vóór ik het met hem uitmaakte met Jack onder een hoedje gespeeld. Dat deed pijn. Als burgemeester had hij duidelijk een belangenconflict, maar toch... hoe kon hij me zo verraden?

Ik was zo van streek dat ik bijna de kamer in stormde. Ik haalde diep adem en kalmeerde mezelf toen ik dichterbij kwam. Ik had oma Vi niet nodig om Braydens gedachten te kunnen raden.

Jack schoof een stapel papieren over de tafel naar Brayden toe. 'Er is ook voordeel voor jou bij als dit allemaal wordt geregeld.'

Werd Brayden omgekocht? Brayden was een hoop dingen, maar hij was geen crimineel. Ik wist zeker dat hij geen smeergeld zou accepteren, maar ik kon ook niet geloven wat ik vervolgens hoorde.

'Ik weet het niet,' zei Brayden. 'Het wordt moeilijk voor me om de politiek zomaar op te geven.'

'Dat hoef je ook niet te doen. Werk een paar jaar met mij samen en ga daarna terug de politiek in.' Jack stond op en liep naar Brayden toe. 'Jij geeft ons de politieke connecties, en wij zullen een naam voor je opbouwen.' Jack trok Brayden tegen zich aan en klopte hem op zijn rug. 'Win-win.'

'Het is wel verleidelijk, moet ik zeggen,' zei Brayden. 'Er is niets meer dat me aan Westwick Corners verbindt.'

Hij verwees duidelijk naar mij, maar toch... dus zo

makkelijk gaf hij de stad op waarvan hij beweerde die zo hoog te hebben zitten?

'Ja, sorry, man. Ik hoorde dat Cen het heeft uitgemaakt.' Jack stompte Braydens bovenarm. 'Ach. Je bent beter af, op de lange termijn.'

Ik was woedend dat Jack zo'n oordeel velde terwijl hij me niet eens kende. Ik kreeg steeds meer een hekel aan hem.

'Ja, ik weet het.' Brayden knikte.

Oké. Nu was ik écht boos. Brayden was wel erg snel over me heen gekomen. En nu verkocht hij onze stad aan de hoogste bieder. Hoewel hij nog niets gedaan had, maakte alleen al deze discussie met Jack hem tot een verrader in mijn ogen. Voor zover ik wist had hij geen smeergeld aangenomen, maar was een vette baan niet net zo erg? Hoe dan ook, hij accepteerde een beloning omdat hij de andere kant opkeek, in plaats van de belangen van zijn kiezers te behartigen: de inwoners van Westwick Corners.

Ik bevroor toen mijn telefoon afging. Brayden hoorde het ook. Hij stapte naar de deuropening en tuurde de hal in. Zijn mond viel open toen zijn blik de mijne ontmoetten.

Jack zag me een fractie van een seconde later. 'Als je het over de duivel hebt...'

Ik stak mijn wijsvinger omhoog. 'Ik moet dit telefoontje even aannemen.' Ik beantwoordde de oproep terwijl ik me radeloos afvroeg wat ik daarna in godsnaam moest zeggen.

De stem van oma Vi tetterde in mijn oor. 'Waar hang jij uit?'

'Het doet er niet toe. Waarom bel je me?'

'Ik wacht op je in de lobby. Zijn we al klaar? Ik wil terug naar Westwick Corners.' Oma Vi sloot af met haar meest theatrale zucht.

'Geesten gebruiken geen mobiele telefoons,' fluisterde ik in mijn telefoon terwijl ik achteruit stapte en een stukje de gang in liep.

'Ik heb je net gebeld, of niet soms?'

'Waar heb je mijn nummer vandaan?'

'Oh, Cen. Je bent soms ook zó dom. Ik heb je nummer niet nodig en ik hoef je niet te bellen.' Het silhouet van oma Vi doemde langzaam voor me op. Ze had toch geen telefoon gebruikt, alleen haar magie. 'Ik moest iets doen om je aandacht te trekken, dus ik deed je beltoon na. Ik ben hier om mijn bevindingen met je te delen.'

'Wélke bevindingen?' siste ik. 'Je hoort beneden op me te wachten.'

'Wat doe jij hier?' Jacks ogen vernauwden zich terwijl hij me bestudeerde. 'En waarom praat je in vredesnaam tegen jezelf?'

Oma Vi grinnikte terwijl ze vanaf het plafond naar beneden keek.

Brayden was Jack naar de gang gevolgd. 'Dat doet ze altijd.'

Ik negeerde Brayden en concentreerde me op Jack. 'Ik hoop dat het niet te laat is. We hebben besloten toch te verkopen.'

'Cen, dat is geweldig.' Brayden snelde naar me toe. 'Je zult hier geen spijt van krijgen.'

'Vertel op,' zei Jack. 'Ik heb inmiddels een ander pand gevonden, dus je bent misschien te laat. Of misschien moeten jullie een minder bod accepteren. Die andere partij overweegt ons aanbod op het moment.'

Ik negeerde zijn overduidelijke gebluf. 'Mam, tante Amber en tante Pearl zijn klaar om dat contract te ondertekenen, onder één voorwaarde.'

'En dat is?'

'Je moet terugkomen naar Westwick Corners. Tante Pearl kan momenteel de stad niet verlaten. Kun je dat doen?'

'Ja, dat lukt vast wel.' Een glimlach verspreidde zich langzaam over Jacks gezicht.

'Geweldig.' Ik keek op mijn horloge. 'Laten we morgenochtend afspreken.' We hadden extra tijd nodig om ervoor te zorgen dat Tonya WICCA-gerechtigheid kreeg, met als voorgerecht eerst wat gerechtigheid die zou worden uitgevoerd door Sheriff Gates. Ik zette een paar stappen richting de trap en draaide me om. 'Oh, en nog een ding.'

'Wat dan?'

'Neem Tonya ook mee, alsjeblieft.'

'Tonya Plant? Waarom zou ik die meenemen?'

'Ik weet alles over jullie relatie en de plannen voor dat resort.' Ik wees naar Brayden. 'Brayden heeft me er alles over verteld.'

Jacks ogen werden groot. Hij draaide zich naar Brayden toe, maar zei niets.

Braydens mond viel open.

'Je dacht toch niet dat hij geheimen zou bewaren voor zijn toekomstige vrouw?' ging ik door.

'Ik heb haar niets verteld!' Brayden wendde zich tot Jack. 'Ik weet niet waar ze het over heeft. Ik heb het niemand verteld.'

Ik haalde mijn schouders op en draaide me weer naar de trap met oma Vi een paar meter voor me uit. Ik liep de trap af en voelde me misselijk over het feit dat ik zo goedgelovig was geweest. Als een stomme idioot had ik mijn volledige vertrouwen in Brayden gesteld, en ik had niet eens doorgehad dat hij helemaal niet zo loyaal naar mij toe was. Ik hoopte maar dat oma nu niet door zou zagen over hoe erg ze gelijk had gehad over hem. Daar had ik geen trek in.

Oma Vi zweefde ongeduldig naast de voordeur. 'Kom op, we hebben niet de hele dag de tijd.'

· · ·

'Wat is er mis met je?' Ik wierp een blik op oma Vi, die ongewoon stil was toen we de snelweg opgingen richting Westwick Corners. 'Je bent zo stil.'

Oma Vi haalde haar schouders op terwijl ze boven de passagiersstoel zweefde. Ze was niet van mijn zijde geweken sinds we Shady Creek een half uur geleden hadden verlaten. Het maakte rijden gemakkelijker, maar baarde me toch zorgen. Er klopte iets niet.

Ik drong niet aan en besloot voor de verandering eens van de stilte te genieten. Het was een heldere, zonnige dag, perfect voor een mooi ritje. Ik kon er net zo goed even van genieten voor ik Jack en Tonya opnieuw onder ogen moest komen.

Ik schrok van een scherp, bonzend geluid dat uit de achterkant van de auto leek te komen. Ik wist niet veel over auto's, maar ik herinnerde me vaag een losse uitlaatpijp op mijn oude auto. Dit geluid was niet net zo rammelend, maar het was alles wat ik kon bedenken. 'Ik ga aan de kant staan. Ik denk dat er iets kapot is aan de auto.'

'Nee, nee, nee!' Oma Vi zwaaide verwoed met haar armen. 'Blijf rijden!'

'Echt niet. Niet als mijn auto half uit elkaar valt.' Ik vertraagde en schoof op naar de rechterrijstrook.

'Cen, luister naar me.' Oma Vi zweefde twee centimeter voor mijn gezicht. Transparant of niet, ik kon nauwelijks iets zien. Het was alsof ik ineens in zware mist reed, alleen was het buiten een zonnige dag. 'Tonya zit in de kofferbak.'

De auto slingerde toen de auto van het asfalt raakte en de rechterwielen met een plof op de zachte berm van grind belandden.

Ik haalde een hand van het stuur om haar weg te duwen, maar mijn hand ging natuurlijk dwars door haar heen. 'Ga aan de kant, oma! Ik kan niets zien.'

Ze schoof terug naar de passagiersstoel. 'Oeps, sorry.'

'Waarom heb je dat niet eerder gezegd?' Het was nu duidelijk dat het ratelende geluid eigenlijk een bonkend geluid afkomstig uit de kofferbak was.

'Ik wilde je niet laten schrikken, want dan zou je stoppen en zouden we aan de kant gaan staan... zoals nu.'

'Ik snap het.' Maar ik snapte er helemaal niets van. 'Tonya is een heks! Kan ze geen magie gebruiken om uit die kofferbak te ontsnappen?'

'Niet om mijn spreuk ongedaan te maken, nee, maar we hebben niet veel tijd. Mijn spreuken houden niet zo lang stand omdat ik een spook ben. Ik denk dat we nog vijf of tien minuten hebben voordat de magie verdwijnt. Ga nu terug de weg op en schiet op.'

'Ik begrijp het niet. Tonya zou toch zijn gekomen...'

'Cen, hou je mond.' Oma schudde haar hoofd.

'Wat?'

Oma Vi maakte het gebaar van een ritssluiting over haar mond en tikte tegen de zijkant van haar hoofd.

Natuurlijk. Omdat oma gedachten kon lezen, kon ik gewoon mijn vragen denken. Op die manier zou Tonya ze niet horen. Maar zou ze dan niet horen wat oma Vi antwoordde? Misschien was dat op een andere manier op te lossen.

Oma Vi zette de radio keihard aan en sprak haar woorden zachtjes. 'Voordat Tonya en Jack verantwoordelijk worden gesteld voor hun misdaden in Westwick Corners, moet Tonya terechtstaan bij WICCA. Ze heeft ook bovennatuurlijke misdaden begaan, en die moeten eerst worden aangepakt.'

Dat dacht ik tenminste ongeveer wat ze zei. 'Dus je hebt haar gekidnapt?' Oma's gevoel voor rechtvaardigheid maakte me een beetje ongemakkelijk, en ik vroeg me af hoe ze in vredesnaam Tonya de kofferbak in had gekregen. Het was fysiek onmogelijk. Oma Vi had duidelijk een paar trucjes achter haar spookachtige hand.

'Helemaal niet. Er stond een arrestatiebevel op haar naam.' Ze grijnsde. 'Er is een behoorlijk grote beloning voor haar uitgeloofd.'

HOOFDSTUK 34

Tante Pearl stond al op ons te wachten toen we voor *Pearl's Charm School* parkeerden. Ze had ongeoorloofd verlof genomen van de gevangenis om de berechting van Tonya te kunnen bijwonen. Ik hoopte maar dat de sheriff een paar uur niet had gecheckt of ze er nog was. We hadden WICCA-zaken af te handelen.

'Hazel is alvast dingen aan het regelen op het kantoor van WICCA in Londen,' zei tante Pearl. WICCA-rechtspraak werkte snel, maar er kon nog een hoop misgaan voordat we Tonya afleverden om het tribunaal onder ogen te komen.

Alan rende naar ons toe, kwispelend met zijn staart. 'We nemen Alan mee.'

Tante Pearl schudde haar hoofd. 'Dit is niet het beste moment, Cen.'

'Ja, dit is preciés het juiste moment.'

'Ze heeft gelijk, Pearl.' Oma Vi gebaarde naar de kofferbak waar Tonya binnen nog steeds schopte en schreeuwde. 'Je hebt geen tijd te verspillen. Jullie twee kunnen beter gaan.'

Mijn ogen werden groot. De gedachte dat tante Pearl en ik Tonya onder controle zouden moeten houden, maakte me bang. Natuurlijk hadden we Alan, maar wat hij kon doen was beperkt, gezien zijn huidige vorm. 'Ga je niet met ons mee?'

Oma Vi schudde haar hoofd. 'Nu ik thuis ben, ben ik niet van plan om weer weg te gaan, wat er ook gebeurt. En nu opschieten.'

We haalden een vloekende Tonya uit de kofferbak en gingen dicht bij elkaar staan. Alan gromde als waarschuwing en dat hield Tonya gelukkig vooralsnog onder controle.

Ik volgde de teleportatie-instructies van tante Pearl op en minder dan vijf minuten later rematerialiseerden we met zijn allen voor een hoog gebouw van staal en beton. Het was goed verlicht, ondanks het feit dat het duidelijk na middernacht was. De straten in het centrum waren stil en compleet verlaten. Het was griezelig, op zijn zachtst gezegd.

De draaideur kwam heel langzaam in beweging. Ik nam aan dat het een uitnodiging was om binnen te stappen, dus dat deden we: tante Pearl voorop, Tonya in het midden en ik in de achterhoede met Alan. We gingen een lift in die recht voor ons leek op te duiken. De deur ging dicht en tante Pearl drukte op de knop voor de zevenenzestigste verdieping.

We zoefden in stilte omhoog. De eerdere woorden van tante Pearl die over Tonya had gezegd dat ze een waardeloze heks was troostten me enigszins, tot ik besefte dat mijn tante waarschijnlijk precies hetzelfde over mij zei.

De liftdeuren gingen open en we werden begroet door twee stevig gebouwde beveiligers. Een bracht Tonya door de gang naar een wachtkamer. De tweede bewaker leidde ons naar het hoofdkantoor. Ik liep achter tante Pearl en Alan aan naar de WICCA-raadsconferentieruimte.

Witches International Community Craft Association was een eeuwenoude wereldwijde organisatie, dus ik had gedacht dat het kantoor van Hazel in panelen van donker hout en baksteen zou zijn uitgevoerd en gehuisvest zou zijn in een tochtig oud herenhuis met massieve stenen open haarden.

Het was precies andersom. In plaats van mysterieus en knus was het kantoor schoon, steriel en modern, compleet passend bij de zevenenzestigste verdieping van het hoogste kantoorgebouw in Londen. De meubels waren modern, strak en wit, en er was veel chroom, glas en halogeenverlichting te zien. WICCA ging met de tijd mee, net zoals andere instituten.

Het romantische beeld dat ik had bij WICCA was ontstaan omdat ik er eigenlijk heel weinig vanaf wist. Dit omdat ik altijd had geprobeerd om WICCA te negeren en alles wat met mijn bovennatuurlijke kant te maken had, maar de magische lessen van tante Pearl hadden een hele nieuwe wereld voor me geopend; een wereld die ik tot nu toe nooit echt had willen zien.

Ik zag mijn tante ook in een heel nieuw licht. Ja, ze was irritant en koppig, maar ze gaf ook echt om Westwick Corners en zou alles doen om de stad en onze manier van leven te beschermen. Ze nam haar talenten ook serieus. Ik wilde het niet toegeven, maar ik was eigenlijk heel trots op haar.

Tante Pearl en ik waren de twee belangrijkste getuigen die een verklaring konden afleggen over Tonya en ik wilde het niet verpesten. Er stond ons een enorme taak te wachten. Magische overtredingen moesten worden berecht volgens het WICCA-rechtssysteem. Ik hoopte alleen maar dat onze beweringen hun bovennatuurlijke onderzoek met glans zouden doorstaan.

Tante Amber leidde ons naar de directiekamer waar Hazel al aan het hoofd van de witgelakte directietafel zat. Tante Amber ging links van Hazel zitten en tante Pearl en ik gingen weer naast haar zitten.

Hazel bleef zitten en zei niets. Uit haar vermoeide uitdrukking en bloeddoorlopen, gezwollen ogen bleek duidelijk dat ze had gehuild. Vanwege haar relatie met Sebastien kon ze geen deel uitmaken van de hoorzitting. Als WICCA-voorzitter moest ze echter wel aanwezig zijn.

Alan was me gevolgd en ging aan mijn voeten zitten. Ik was vastbesloten Hazel dit keer niet meer te laten liegen en draaien. Eén blik uit de droevige, bruine ogen van mijn broer die in een hond was veranderd moest Hazel er toch toe kunnen bewegen hem terug te veranderen in zijn menselijke gedaante. Dat moest echter wachten tot de hoorzitting voorbij was.

Ik richtte mijn blik naar de andere kant van de directie-kamertafel, op de drie juryleden die het lot van Tonya zouden bepalen. De drie tengere vrouwen met grijs haar leken me allemaal tenminste negentig jaar oud. Ze hadden allemaal een gerimpelde uitstraling alsof hun huid van leer was. Ik hoopte maar dat het betekende dat ze héél goed op de hoogte waren van de WICCA-wetgeving.

Bovennatuurlijke wezens hadden bovennatuurlijke straffen nodig. Dat was de reden dat WICCA zijn eigen gerechtshof had en waarom onze missie zo belangrijk was.

De spanning in de kamer leek knetterend tot een hoogte-punt te komen toen Tonya door een bewaker werd binnen-gebracht. Ze hield haar blik op de vloer gericht en vermeed oogcontact met de aanwezigen toen de eerste rechter de aanklachten tegen haar voorlas.

De ernstigste aanklacht, misbruik van bovennatuurlijke krachten, verdiende de zwaarste straf. Als ze inderdaad schuldig werd bevonden, zou Tonya uit WICCA worden gezet en zouden haar bovennatuurlijke krachten voor altijd worden afgepakt.

Normale gevangenisstraffen wogen niet op tegen straffen van WICCA. Een gevangeniscel in Washington stelde niets voor. Als Tonya namelijk onschuldig werd bevonden door het WICCA-gerechtshof, zouden haar bovennatuurlijke krachten intact blijven. Dan zou ze gemakkelijk kunnen ontsnappen uit de gevangenis en dus wegkomen met haar misdaden. Dit was de reden waarom ze eerst volgens de WICCA-wet moest worden berecht. Het enige wat we moesten doen was bewijs leveren dat Tonya een misdaad had begaan met behulp van hekserij. Het bewijzen van de misdaad was niet zo moeilijk, omdat we nu wel voldoende aanwijzingen hadden dat ze haar eigen man had vermoord. Het lastige gedeelte was bewijzen hoe ze haar bovennatuurlijke krachten daarvoor had ingezet.

'Eerste getuige,' sprak rechter nummer één. 'Geef uw naam en adres op.'

Mijn handpalmen waren vochtig van het zweet toen ik mijn gegevens opnoemde. Ik ontspande langzaam terwijl ik alle gebeurtenissen samenvatte. Ik begon bij de ontdekking van het lijk van Sebastien Plant in het prieel en eindigde bij de ontdekking van antivries in het flesje waar Sebastien uit had gedronken.

Rechter nummer twee kneep haar bleke, blauwgeaderde handen samen. 'Dat is alles wat je hebt? Daar is geen magie aan te pas gekomen.'

'Nee, er is meer.' De toekomst van Westwick Corners hing af van mijn laatste bewijsstuk. Zou het genoeg zijn?

Ik haalde drie exemplaren van het rapport van de lijkschouwer uit mijn tas. Oké, ik had mijn magie gebruikt om kopieën te maken van het rapport van de lijkschouwer, waardoor ik in feite net zo erg was als tante Pearl. Het was echter om ervoor te zorgen dat er gerechtigheid zou geschieden, zei ik tegen mezelf terwijl ik een exemplaar aan elke rechter overhandigde.

'Het rapport van de lijkschouwer bewijst dat Tonya Sebastien heeft vergiftigd voordat Jack hem met het bandenijzer neersloeg. Sebastien had het gif al gedronken toen hij en Tonya incheckten in ons hotel, waardoor hij dronken leek, maar ze gaf hem nog meer in hun kamer. Haar vingerafdrukken staan op een glas dat in de kamer is aangetroffen en zijn DNA bevindt zich volgens het rapport op de rand van het glas. De lijkschouwer schat in dat hij de dodelijke dosis antivries ergens na het inchecken heeft gedronken. Pearl kan de inchecktijd bevestigen. Toch kwam hij pas uren later aan in het prieel. Tegen die tijd kon hij allang niet meer rechtop staan, laat staan lopen. '

Ik wierp een blik op de rechters om hun reactie te peilen, maar hun gezichten bleven uitdrukkingloos. Tante Pearl schoof naast me heen en weer in haar stoel.

'Iemand moest Sebastien Plant, die zeker honderdvijftig kilo weegt, naar het prieel zien te krijgen.'

Ik haalde diep adem en haalde mijn laatste wapen, mijn laptop, tevoorschijn. Daarop stonden bewakingsbeelden van onze eigen beveiligingscamera. 'Je kunt Tonya en Sebastien buiten de herberg door de lucht zien zweven.'

Tonya schoot overeind. 'Dat bewijst niets!'

'Het bewijst dat je buiten was met Sebastien en niet lag te slapen zoals je beweerde. Deze camerabeelden zijn van half acht 's ochtends, en als je goed kijkt, zie je dat de ogen van Sebastien gesloten zijn. Hij is duidelijk bewusteloos.'

De gezichten van de juryleden bleven onbewogen tijdens het bekijken van de bewakingsvideo.

'Dit bewijst dat Tonya haar bovennatuurlijke krachten heeft gebruikt om hem naar het prieel te brengen.' Ik draaide me om en keek alle drie de rechters strak aan. Ze leunden alledrie tegelijk voorover.

De video loog er niet om. En de beelden bewezen dat Tonya wel degelijk had gelogen.

'Tonya probeerde Pearl, een ander WICCA-lid, te beschuldigen van de misdaad. Maar ze maakte een fout met het briefje dat ze achterliet in het prieel.' Ik haalde een kopie van het briefje tevoorschijn en schoof het over de tafel naar de juryleden. 'Ze heeft de naam van onze stad verkeerd gespeld.'

De wenkbrauwen van de derde rechter schoten omhoog. 'Dus ze kan niet spellen... nou en?'

'Tante Pearl woont al haar hele leven in Westwick Corners, edelachtbare. Ze weet heus wel dat het Corners is, niet Corner.'

'Er zijn toch wel meer mensen die niet kunnen spellen?' protesteerde Tonya. 'Dat maakt mij nog niet schuldig.'

Ik schudde mijn hoofd. 'Sorry, maar het forensisch team heeft het briefje grondig bekeken. Tonya's vingerafdrukken zitten er op. Die van Pearl niet.' Ik schoof het rapport over de tafel.

Rechter nummer twee pakte het met een knokige hand op.

Tante Pearl zuchtte. 'Ik heb al tijd in de cel doorgebracht vanwege de valse beschuldiging van Tonya. Nu wil ik gerechtigheid.'

De derde rechter keek ons ongelovig aan. 'Tonya heeft echt geprobeerd een ander WICCA-lid hiervoor op te laten draaien?'

Ik knikte. 'Ze heeft Jack er zelfs van overtuigd dat híj Plant had vermoord. Toen hij die klappen met de bandenlichter uitdeelde, had hij er geen idee van dat Tonya Sebastien al een dodelijke dosis ethyleenglycol oftewel antivriesmiddel had gegeven.'

Hazel snakte naar adem.

'Hoe wens je te pleiten, Tonya?' vroeg rechter nummer één.

'Schuldig.'

Ik werd vroeg wakker en ging naar mijn kantoor, fris na een goede nachtrust in de wetenschap dat Tonya Plant haar bovennatuurlijke krachten kwijt was. De beslissing van de drie WICCA-juryleden was unaniem geweest. De bovennatuurlijke krachten van Tonya waren onmiddellijk en permanent van haar afgenomen, en ze zou een WICCA-gevangenisstraf van tien jaar opgelegd krijgen zodra haar normale gevangenisstraf in de staat Washington erop zat.

Ook voor Alan was er gerechtigheid gekomen. Hazel had haar vloek opgeheven en mijn broer terugveranderd in zijn menselijke gedaante. Hij was weer helemaal normaal en zat op dit moment stevig te ontbijten in het hotel.

Tonya was vrijgelaten in afwachting van de rechterlijke uitspraak, onder voorwaarde dat ze een enkelband droeg zodat haar verblijfplaats te allen tijde bekend was. Ik twijfelde er niet aan dat ze op dit moment bij Jack was én op weg naar Westwick Corners. Ze had zich vast nog steeds vastgebeten in haar plannen voor het resort en het uitbuiten van de magische vortex. Ze was ervan overtuigd dat ze ondanks de

WICCA-veroordeling nog met van alles weg kon komen. Het enige dat zij en Jack nodig hadden, was het papierwerk bij ons afronden en zo een deal sluiten.

Ik had iets anders in gedachten op basis van het bewijsmateriaal dat nu in het bezit van Sheriff Gates was. Ik kon nauwelijks wachten om Tonya en Jack gearresteerd te zien worden en gerechtigheid te zien zegevieren. Onze smoes dat we hun aanbod wilden accepteren zou hen eindelijk ontmaskeren.

Terwijl ik op hun komst wachtte, moest ik de aanstaande editie van *The Westwick Corners Weekly* afronden. En wat een week was het geweest! Een moord, een geannuleerde bruiloft (zoiets was tamelijk groot nieuws in ons stadje), een burgemeester die niet wist welke kant hij moest kiezen, en tot slot nieuws dat we onze eigen magische draaikolk hadden. Of ging dat te ver?

Dan was er nog ander nieuws dat ik niet kon publiceren omdat het alleen in de heksenwereld bekend was: een van ons was verantwoordelijk voor een gruwelijke misdaad en stond op het punt daarvoor de prijs te betalen. Dat verhaal had geen input van mij nodig. Het schreef zichzelf.

Mijn originele plan om de grote opening van de *Westwick Corners Inn* op de voorpagina te zetten leek ineens nietszeggend vergeleken met al het andere nieuws, dus ik had geen andere keus dan het te vervangen door een verhaal over de moord op Sebastien Plant. De gemiste publiciteit zou ons hotel misschien schaden, maar het andere nieuws zou dat meer dan goedmaken.

Voor een enkel keertje zou *The Westwick Corners Weekly* eens vol staan met originele verhalen in plaats van coupons en advertentieberichten. Mensen zouden de feiten te zien krijgen voordat het verhaal werd verdraaid en verfraaid door de roddeltantes in het stadje.

Westwick Corners was een interessante plek en zeker de

moeite waard om even van de snelweg af te gaan en hier te stoppen. Het was onwaarschijnlijk dat toeristen onze lokale krant zouden lezen, maar de mensen die dat wel deden, zou vast en zeker naar *The Witching Post* komen om de laatste gebeurtenissen onder het genot van een drankje te bespreken. Ik had de middelen in handen om uit alle rampspoed iets goeds te maken.

Ik wierp een blik op mijn horloge en besefte dat onze geplande ontmoeting met Jack en Tonya over minder dan een halfuur plaats zou vinden. Zij dachten dat ze op het punt stonden ons hotel te kopen, maar wij hadden iets heel anders in gedachten.

Tenminste, als ik op tijd in het hotel zou zijn.

Haastige spoed was natuurlijk zelden goed, maar in dit geval kon ik magie gebruiken om in een handomdraai een verhaal over de moord op te stellen, daaraan gekoppeld een tweede verhaal over de Plants en hun bedrijf, Travel Unraveled. Nog een magische draaikolk erbij en voilà, ik had een knalverhaal voor de nieuwe krant.

Een halfuur later was de krant klaar om te worden gepubliceerd. Het enige dat ik nog moest doen was het verhaal op het juiste moment uploaden naar de website van *Westwick Corners Weekly*.

Ik nam net een slokje van mijn inmiddels koude koffie toen een grote knal me liet schrikken.

'Wat de ...?' Ik verslikte me en sproeide de vloeistof over mijn hele bureau.

Een fractie van een seconde later kwam tante Pearl letterlijk uit de lucht vallen, dwars door het plafond. Ze landde in de bureaustoel tegenover me. Ondanks haar kleine gestalte piepte de stoel vervaarlijk door de snelheid waarmee ze erin belandde. Vijfenveertig klootjes kunnen dat effect hebben vanaf drie meter hoog. Tante Pearl zelf zag er niet uit alsof ze er veel last van had.

'Verdorie! Ik word hier te oud voor.' Ze kreunde toen ze haar achterwerk in de stoel en heen weer bewoog. 'Jack en Tonya zijn net aangekomen bij het hotel. Waarom ben je nog steeds hier?'

Tante Pearl was vanochtend officieel vrijgesproken, nadat het rapport van de lijkschouwer het bandenijzer had geïdentificeerd als het moordwapen. Het bloed aan haar toverstok was koeienbloed, niet menselijk. De hele zaak had duidelijk gediend om haar de schuld in de schoenen te schuiven, maar forensisch onderzoek had het tegendeel bewezen.

'Sorry.' Ik stond op en volgde mijn tante toen ze naar de deur liep.

'Doe maar gewoon wat ik doe als we eenmaal in het hotel zijn.' Ze huppelde de trap af en tikte met haar toverstok op de reling terwijl ze naar beneden liep. 'Wauw, het voelt goed om vrij te zijn.'

Ik dacht terug aan mijn bijna-huwelijk en mijn bijna-leven als vrouw van een politicus. 'Ik ben het roerend met je eens.'

Mam, tante Pearl en ik volgden Tonya en Jack terwijl we door de tuin naar het prieel liepen. Tonya Plant en Jack Tupper III waren hiernaartoe geleid met het vooruitzicht dat ze tante Pearl op de plaats van het misdrijf voor de moord op Sebastien Plant zouden zien opdraaien.

Hoewel zowel Tonya als Jack graag wilden zien hoe tante Pearl werd gearresteerd voor moord, waren ze nóg enthousiaster over het ondertekenen van het contract zodat ons eigendom van hen zou worden.

Ik tikte op mijn horloge. 'Tante Amber zou een uur geleden aankomen. Ik weet zeker dat ze hier elk moment kan zijn.' Het was een leugen, bedoeld om ze te laten praten.

'Dat zal moeten wachten.' Sheriff Gates liep naar ons toe. 'Ik moet zelf wat zaken regelen. Ik heb vragen die beantwoord moeten worden, over Sebastien.' Tyler wees naar Tonya, die hem negeerde. Ze stond op een paar meter afstand van de groep, volledig opgaand in iets op haar telefoonschermpje.

Jack schraapte zijn keel en bewoog onrustig met zijn handen.

Het duurde even voordat Tonya besefte dat iedereen haar aanstaarde. 'Dat méént u niet. Het is een wonder dat u bent aangenomen als sheriff, zelfs in dit kleine rotstadje. U snapt toch wel dat niemand anders de baan hier zou aannemen?'

Sheriff Gates negeerde de belediging.

'De meeste mensen zouden hier niet eens willen wonen,' voegde Tonya eraan toe. 'Zelfs incompetente agenten niet.'

Pearls ogen vernauwden zich. 'Dit zogenaamde rotstadje bevindt zich op een magische vortex, Tonya. Je bent gewoon jaloers dat jíj hier niet mag wonen. Als je denkt dat je onze draaikolk zomaar kunt overnemen, kom je bedrogen uit.'

Moeder klopte op Pearls arm. 'Ga zitten, Pearl. De vortex is er voor iedereen.'

'Maar niet zodat iemand hem over kan nemen en exploiteren,' voegde ik eraan toe.

Sheriff Gates zag er verward uit. 'Ehm... welke vortex?'

Ik wuifde zijn verbazing weg. 'Ik zal het later wel uitleggen.'

'Laat ook maar.' Tonya fronste naar de sheriff. 'Ik wist wel dat dit tijdverspilling zou zijn. Ik moet gaan, dus ik laat het papierwerk bij Jack achter. Vragen kunnen worden afgehandeld door mijn assistent.' Ze zocht in haar tas en pakte een visitekaartje, dat ze in de hand van de sheriff duwde.

'Jij gaat helemaal nergens heen,' zei hij.

'Je kunt me niet zomaar commanderen. Ik ben vrij om te gaan en staan waar ik wil. U bent te incompetent om de moordenaar van mijn man ooit te vinden.'

De sheriff negeerde de belediging. 'Oh ja? Je staat anders onder arrest voor de moord op Sebastien Plant.'

'Dat is belachelijk! Ik heb een alibi. Ze hebben me allemaal in het hotel gezien ten tijde van de moord.' Ze gebaarde met haar hand naar mam, tante Pearl en mij. 'Ik was bezig me te onderwerpen aan hun verschrikkelijke klantenservice op het moment dat Sebastien werd vermoord.'

'Ik kan me niet herinneren je te hebben gezien,' zei tante Pearl.

Ik maakte een snijdende beweging langs mijn nek. Het enige waar mijn tante in uitblonk was mensen tegen elkaar opzetten en van onderwerp veranderen. Dat was het laatste wat we nu nodig hadden.

'Ik betwijfel of jij je überhaupt nog iets herinnert, oud wijf.' Tonya gooide haar tas over haar schouder en gebaarde dat Jack haar moest volgen.

Ik herinnerde me de opmerking van tante Pearl dat Tonya ouder was dan ze leek. Waarom zag ze er niet oud uit nu ze van haar krachten was beroofd? Misschien was er een vertraging voordat het zijn uitwerking had?

'Jij hebt het recht niet om zo tegen me te praten!' Tante Pearl zwaaide met haar toverstok in de lucht en stond op het punt hem te gebruiken toen ik haar stopte en ze opnieuw aangeklaagd zou worden.

Gelukkig negeerde Tonya haar. Ze wendde zich tot Jack. 'Laten we gaan.'

Jack fronste, maar draaide zich om en volgde Tonya op de voet.

'Wacht eens even,' zei sheriff Gates. 'Je mag niet weg voordat ik toestemming geef. Jullie hebben allebei een hoop om jezelf voor te verantwoorden.'

'Bekijk het verdomme maar,' snauwde Tonya. 'U kunt met mijn advocaat praten. Ik was de hele tijd in het hotel, dus u kunt míj niet de schuld geven van de moord op Sebastien.'

Goh, wat klonk ze toch als rouwende weduwe.

'Oh, maar dat was niet het moment waarop de moord plaatsvond. Sebastien Plant stierf veel eerder, en voor dat tijdstip had u geen alibi. U was een uur alleen, vanaf het moment dat Sebastien een wandeling ging maken, tot later toen u Jack Tupper in zijn kamer ontmoette.'

'Dat is niet waar. Ik heb mijn kamer nooit verlaten. Deze dames kunnen bevestigen dat ik de hele tijd in het hotel was. Toch?'

Ze staarde mij specifiek aan, dus ik knikte. 'Je bent inderdaad niet met Sebastien naar buiten gegaan voor een wandeling.'

'Ziet u nou, sheriff. U zou niet eens een moord kunnen oplossen als uw leven ervan afhing. Het is voor iedereen overduidelijk dat Pearl West mijn man heeft vermoord met haar wandelstok. Al het andere is gewoon belachelijk.' Tonya drukte op een paar toetsen op haar telefoon. 'Ik bel de gouverneur. Ik wil dat u onmiddellijk van deze zaak wordt afgehaald.'

'Niemand haalt me van de zaak af, want de zaak is opgelost.' Tyler staarde me aan met een bedankje in zijn ogen terwijl hij handboeien tevoorschijn haalde. 'Je staat onder arrest voor de moord op Sebastien Plant.'

Hij las Tonya haar rechten voor, maar deed haar niet meteen de handboeien om.

'Het recht om te zwijgen, mijn reet.' Tonya keek hem boos aan en draaide zich opzij. Ze schreeuwde iets in haar telefoon, maar degene die de oproepen van de gouverneur beantwoordde, was blijkbaar niet van plan een of andere gillende gek door te verbinden. 'Verbind me nu met hem door, anders laat ik je ontslaan.'

'Hang maar op.' Tyler zwaaide met de handboeien voor haar gezicht. 'De enige persoon die je nu zou moeten bellen is een advocaat.'

Tonya keek hem boos aan, maar gehoorzaamde eindelijk. Ze bleef zwijgen en sloeg haar armen over elkaar, al was het maar om de onvermijdelijke handboeien uit te stellen.

'Je hebt misschien niet de genadeslag uitgedeeld, maar je

hebt je man wel vermoord. Meestal is het de partner, en deze keer is het niet anders.'

'U bent echt een idioot.' Voor het eerst toonde Tonya's gezicht een vleugje angst.

'Sebastien is inderdaad gestorven door middel van geweld, maar het was niet de wandelstok van Pearl die de klap uitdeelde.' Tyler Gates keek ons aan. 'Zijn aanvaller is hier.'

'Het is duidelijk Pearl,' mompelde Tonya. 'Ze was zelfs dom genoeg om haar wandelstok te laten liggen.'

'Hoe durf je me stom te noemen!' Tante Pearl hief haar wandelstok in de lucht en liep naar Tonya toe.

'Kijk, nu is ze er wéér mee bezig,' riep Tonya. 'Stop haar!'

Ik sloeg van achteren mijn armen om mijn tante heen en trok haar terug. Ik realiseerde me dat ik me niet kon herinneren ooit mijn armen om haar heen te hebben geslagen. Ze was gewoon niet echt een type dat je zou knuffelen. Het was alsof ik haar voor het eerst zag. Mijn tante was zo'n pittige dame dat ik me niet had gerealiseerd hoe klein en fragiel ze eigenlijk was.

'Pearl heeft hem niet vermoord,' zei Tyler. 'Ze is niet sterk genoeg om zoveel kracht uit te oefenen.'

Ik keek nerveus opzij naar mijn moeder. Pearl had natuurlijk wél de kracht om iemand te vermoorden omdat ze bovennatuurlijke krachten had. Tonya wist dat. Was ze wanhopig genoeg om iets eruit te flappen en te onthullen dat we heksen waren?

'Nou, eigenlijk is ze heus wel...' begon ze.

Ik snoerde haar de mond voor ze verder kon gaan. 'Nee, Pearl is duidelijk niet sterk genoeg om een man die meer dan honderd kilo weegt te overmeesteren.'

'En al helemaal niet als hij ook nog eens meer dan een meter tachtig is,' voegde Tyler toe. 'Ze is niet eens lang genoeg om hem op zijn hoofd te kunnen slaan. Laat staan hem te overmeesteren of op zijn nek te springen.'

Tante Pearl keek de sheriff wat chagrijnig aan.

'Mag ik nu weg?' vroeg Tonya boos.

Tyler Gates negeerde ze allebei. 'Het voorwerp waarmee Sebastien is geslagen is veel zwaarder dan die stok van Pearl. En zijn aanvaller was ook sterk genoeg om haarscheurtjes in zijn schedel te veroorzaken.'

We draaiden ons allemaal naar Jack, die ook over de een meter tachtig was en boven Tonya uittorende. Zijn ogen werden wijder toen Alan ineens het prieel uitstapte. Met zijn een meter negentig zag hij er behoorlijk intimiderend uit. Hij glimlachte minzaam en het was duidelijk dat hij de sheriff te hulp zou schieten als dat nodig was.

Tyler Gates bukte zich om een bandenlichter op te rapen die naast het prieel lag. 'We weten precies wat de aanvaller heeft gebruikt. Een bandenijzer zoals dit. De schedel van Sebastien Plant laat een deuk zien die exact correspondeert met de schade die een bandenijzer zou achterlaten. Niet een wandelstok. En laat dat bandenijzer nou precies overeenkomen met de bandenlichter uit Jacks Lamborghini.'

'Je hebt geen bewijs!' Jack begon zichtbaar te zweten. 'Het had wel van alles kunnen zijn.'

Sheriff Gates schudde zijn hoofd. 'Niet echt. Ik heb vanochtend toestemming gekregen je auto te doorzoeken. Je bandenijzer was er niet.'

Jack liet hoorbaar een zucht van opluchting ontsnappen.

'Dat kan ook niet,' vervolgde de sheriff, 'want het lag in de prullenbak op je kamer, toch? Besmeurd met het bloed van Sebastien Plant.'

'En de wandelstok van Pearl West dan? Daar zat ook bloed op!'

Tyler wuifde zijn bezwaren weg. 'Ja, natuurlijk. Want die heb je zelf gestolen en met bloed besmeurd om haar op te zadelen met een moord die ze met die stok helemaal niet gepleegd kan hebben. Daar is het forensisch rapport duidelijk over. Het moet iemand zijn geweest die veel langer was. Iemand zoals jij. Sterker nog, jij bent de enige die gisteren in het hotel was die voldoet aan die beschrijving.'

'Hij is de man die ik zag!' riep Pearl verbijsterd uit. 'De man met de capuchontrui.'

Tonya krijste: 'Je hebt mijn man vermoord!' Ze stormde naar Jack toe en sloeg met haar vuisten op zijn borst.

De sheriff focuste zich op Jack. 'Je volgde hem naar het prieel en mepte hem op zijn hoofd.'

'Echt niet, ik was daar niet eens.'

'Je hebt geen alibi. Bovendien hebben we een ooggetuige.'

'Ik wil een advocaat,' zei Jack. 'Ik had hier niets mee te maken.'

'Jack was zo jaloers op Sebastien.' Tonya's geschreeuw was plots afgelopen en werd vervangen door een ijzige kalmte. 'Jack stond erop dat ik hem verliet, maar ik weigerde. Dus hij heeft mijn arme, lieve man vermóórd.'

'Dat lieg je,' riep Jack. 'Je vertelde mij dat je hem uit je leven wilde hebben. Dat hij je sloeg.'

'Dat heb ik nooit gezegd. Je bent gewoon geobsedeerd door mij.' Tonya veegde een zogenaamde traan van haar droge wang. 'Seb en ik hadden een gelukkig leven samen. En dat is nu vernietigd door een monster.'

'Uiteindelijk maakt het niet zoveel uit,' zei Tyler. 'Die klap op zijn hoofd is namelijk niet wat hem fataal werd.'

'Nee?' Jack keek plotseling hoopvol.

Tyler schudde zijn hoofd. 'Sebastien was vergiftigd. Jack, jouw klap heeft nu juist de ware doodsoorzaak verdoezeld.'

'Nee, Jack heeft hem vermoord. Ik eis dat je hem nú arresteert,' gilde Tonya.

Ik zag plotseling vier politieagenten uit Shady Creek door de tuin lopen. Ze wachtten op ongeveer drie meter afstand terwijl Sheriff Gates ons toesprak. Ze waren waarschijnlijk als versterking opgeroepen.

'Sebastien Plant stierf aan ethylglycolvergiftiging. Hij was zelfs al dood toen Jack hem met het bandenijzer sloeg. Daarom was er niet veel bloed,' zei sheriff Gates. 'Dat is ook de reden waarom het ijzer van de bandenlichter zo'n duidelijke indruk op zijn schedel heeft achtergelaten. De lijkschouwer zei dat als hij nog in leven was geweest en zijn bloed nog had gestroomd, de afdruk van het bandenijzer er anders uit zou hebben gezien.'

Tante Pearl zei snerend: 'Die vrouw heeft een hoop pijlen op haar boog. Wat een heks.'

Ik schrok even door dat woord, maar niemand leek het op te merken.

Sheriff Gates wees naar Tonya. 'Je hebt de hele boel in scène gezet om Jack voor de moord op te laten draaien. Dat is waarom je vroeg incheckte en Sebastien in zijn kamer hield tot hij nauwelijks kon lopen. Sebastien was niet dronken, hij was vergiftigd. Je hebt hem overgehaald om een luchtje te gaan scheppen en zijn duizeligheid eruit te lopen. Dat moest ook wel, want er is geen enkele manier waarop je hem anders naar het prieel had kunnen krijgen. Je man woog nogal wat.'

'Waarom zou ze hem helemaal mee hebben genomen naar het prieel?' vroeg Alan nieuwsgierig.

'Daar was hij aan het zicht onttrokken. Ze moest tijd winnen zodat hij niet te snel zou worden ontdekt. De effecten van dit soort vergiftiging kunnen worden teruggedraaid, maar er is slechts een klein tijdvenster voordat het te laat is. Ze kon hem niet in de kamer achterlaten, want dan zouden mensen naderhand vragen waarom ze niet om hulp had geroepen. Beweren dat hij een wandeling in de tuin aan het maken was, paste perfect. Zíj had een alibi terwijl hij langzaam lag dood te gaan.'

'Het is allemaal mijn schuld.' Tonya's stem brak. 'Hij was erg depressief en ik had hem nooit alleen moeten laten. Hij had de afgelopen maanden zelfmoordgedachten. Maar ik had geen idee dat hij antivries dronk.'

'De meeste mensen weten niet dat ethylglycol de chemische naam is voor het hoofdbestanddeel van antivries, maar toch ben jij er bekend mee.' De sheriff trok een wenkbrauw op.

'Dat komt omdat ik een slim persoon ben, sheriff. Ik wou dat ik slim genoeg was geweest om mijn man ervan te weerhouden zich van het leven te beroven.'

'Ik heb er alle vertrouwen in dat je hem hebt geholpen,' zei Tyler. 'Iemand moet die ethyleenglycol in zijn drankje hebben gedaan. We hebben het glas op het nachtkastje in jullie hotelkamer getest en sporen van de chemische stof gevonden. Jouw vingerafdrukken zaten ook op het glas. Je moet het in zijn drankje hebben gestopt.'

'Dat is een prachtverhaal dat je daar hebt, sheriff. Maar dat is niet wat er is gebeurd.'

'Sorry, maar niemand pleegt zelfmoord met antivries,' antwoordde Sheriff Gates. 'Mensen nemen pillen of schieten zichzelf met een pistool door hun hoofd. Er zijn ook andere dingen die we hebben gevonden die niet consistent zijn met zelfmoord. Gek genoeg had het glas waaruit Sebastien gedronken had jouw vingerafdrukken erop, maar die van hem niet. Je hield het glas tegen de lippen van Sebastien terwijl hij nauwelijks bij bewustzijn was en dwong hem door te drinken. En het lijkt me sterk dat hij handschoenen droeg. Suïcidale mensen dragen vast geen handschoenen om hun vingerafdrukken te verbergen. Ze geven niet om dat soort dingen, omdat ze nergens meer om geven als ze besluiten om uit het leven te stappen.'

'Je forensisch team is waarschijnlijk net zo incompetent als jij,' snauwde Tonya. 'Je hebt zijn afdrukken niet gezien of je hebt het verkeerde glas.'

Ze klonk alsmaar wanhopiger.

'Dat team werkt op nationaal niveau. Dit is slechts een van de vele zaken die ze behandelen, en ze hebben een nogal goede reputatie. Maar ik zal je feedback doorgeven aan het forensisch team en de gouverneur.'

'Als hij daadwerkelijk vergiftigd was, hoe kon hij dan de deur uit lopen, laat staan helemaal naar het prieel wandelen?' Tonya begon heel nep te huilen.

'Heel simpel. De effecten van antivriesvergiftiging zijn niet onmiddellijk. De eerste symptomen zijn dat een persoon met dubbele tong spreekt en zijn coördinatie verliest.'

'Net als een dronkaard,' zei mam.

'Precies,' zei Tyler. 'Het gif kwam aan het licht tijdens de autopsie. Ethyleenglycol vormt kristallen in de nieren die na de dood intact blijven. Dat was de doodsoorzaak. Het trauma aan de schedel afkomstig van Jacks bandenijzer was ernstig, maar het gebeurde pas later. In elk geval was het niet genoeg om zijn dood te veroorzaken.'

Jack fronste zijn wenkbrauwen terwijl hij Tonya bestudeerde. 'Je hebt tegen me gelogen,' stamelde hij. 'Je hebt al die leugens over Sebastien verzonnen. Je hebt me gewoon gebruikt!'

Tyler keek Jack indringend aan. 'Dat is precies wat ze heeft gedaan. Ze heeft jou gebruikt om op te draaien voor de moord op Sebastien.'

Tante Pearl knikte. Voor één keer stond ze aan de kant van de sheriff. 'Verdenk de partner altijd eerst, wat er ook gebeurt,' zei ze bijdehand.

Tonya trok een boos gezicht toen Sheriff Gates de handboeien om haar polsen deed. Een andere agent deed hetzelfde bij Jack, en de twee werden weggeleid naar een wachtende politiewagen om naar de gevangenis van Shady Creek te worden vervoerd.

We keken hen zwijgend na.

'Nou, ik ben blij dat het allemaal voorbij is,' zei mam.

'Het is voorbij voor jullie, maar net begonnen voor Tonya,' zei Tyler. 'Sebastien was niet Tonya's eerste echtgenoot – en ook niet de eerste die onder verdachte omstandigheden is gestorven. Haar eerste echtgenoot stierf heel plotseling op achtendertigjarige leeftijd. Zijn familie wilde een autopsie, maar Tonya weigerde als nabestaande. Ik vermoed dat ze zijn lichaam nu zullen opgraven.'

De heks die alles had, was alles nu kwijtgeraakt.

HOOFDSTUK 37

Ik was helemaal kapot na het afblazen van mijn bruiloft, de moord op Plant en ons tripje naar het WICCA-gerechtshof... en dat allemaal in één weekend. Zo te zien verging het tante Pearl niet veel beter.

'Ik ga de school maar even dichtgooien de komende weken,' zei ze. 'Vanaf nu.'

'Ben ik geslaagd voor mijn examen?' vroeg ik.

'Je was nog maar net begonnen.' Tante Pearl grinnikte. 'Maar goed, ik heb de cijfers nog niet ingevoerd.'

Mijn mond viel open. Na alles wat ik had gedaan verdiende ik toch wel minstens een negen. 'Ik zou sowieso moeten slagen!'

'Ik plaag je maar, Cen. Natuurlijk slaag je wel.'

Ik ontspande me. Het was verrassend hoeveel het me plotseling kon schelen dat ik kon toveren én dat mijn tante mijn toverkunsten goedkeurde. Ik voelde een nieuwe waardering voor tante Pearl nu ik wist hoeveel ze had geriskeerd om ons stadje te redden. Misschien hadden we toch meer gemeen met elkaar dan ik oorspronkelijk dacht.

We zaten aan een grote picknicktafel in de achtertuin.

Een warme middagbries ritselde door de bladeren van de hoge bomen die aan de achterkant van ons landgoed stonden. De laatste weekendgasten waren een paar uur geleden vertrokken, dus we hadden van het mooie weer geprofiteerd om een spontane barbecue te houden.

We zaten vol van de gegrilde kip, mams aardappelsalade volgens geheim recept en verse maïskolven. Tante Pearl en ik zaten tegenover Hazel en tante Amber, die net op tijd in Westwick Corners waren aangekomen om Tonya's arrestatie mee te vieren. We hadden ook Sheriff Gates uitgenodigd om met ons mee te doen. Hij zat rechts van tante Amber.

Tyler keek plotseling op toen Alan over het gras naar ons toe rende. Hoewel hij weer zijn menselijke vorm had, had hij de energie die hij als hond had gekregen behouden en leek zijn eetlust groter dan ooit. Hij grijnsde van oor tot oor terwijl hij naar de tafel liep. Ik glimlachte terug en voelde hoe gelukkig hij was toen hij bij ons aan tafel kwam zitten. Ik was bijna net zo opgelucht als hij.

Hoewel Alan best wel leuk was geweest als Border collie, moest ik toegeven dat ik me een beetje zorgen had gemaakt dat hij misschien nooit meer terug zou komen. Ik had hem ook gemist. Het was fijn om mijn broer terug te hebben. Zelfs Hazel leek blij voor hem. Het was vooral goed om te zien dat Hazel en tante Pearl weer dikke vriendinnen waren.

'Ik hoop dat jullie nog ruimte hebben voor het toetje.' Mam kwam met een groot dienblad door de achterdeur van de keuken. Mijn gezicht betrok zodra ik de bruidstaart zag. Ik was mijn geannuleerde bruiloft en het feit dat ik Brayden had gedumpt even vergeten, maar de taart bracht al die gevoelens terug. Plots leek de dag verpest door mijn schuldgevoel.

'Tijd voor een feestje.'

Iedereen draaide zich om en keek me aan toen mam de taart op tafel zette.

'Mam, nee.' Ik schudde mijn hoofd.

'Relax, Cen. Dit is een heerlijke taart en ik laat hem niet verloren gaan. Kijk eens van dichtbij.' Moeder zwaaide met een hand over de bovenkant van de taart.

Mijn schouders ontspanden zich terwijl ik me op de taart concentreerde. Ik klaarde op toen ik zag dat de decoraties compleet anders waren, hoewel het eens mijn bruidstaart was geweest. De bruid en bruidegom bovenop de taart waren vervangen door een miniatuuruitvoering van de Westwick Corners Inn, compleet met de hele familie West.

Moeder, Pearl en Amber stonden arm in arm op de miniveranda. Alan (in zijn menselijke gedaante) en ik stonden voor het huis, terwijl oma Vi een paar centimeter boven ons zweefde. Mijn hart warmde op bij het zien van het sentimentele tafereel dat mam zo nauwgezet boven op de taart had gebouwd.

Zelfs mam kon echter niet zo snel werken zonder magie, dus ze moest wel een paar spreuken hebben gebruikt. Blijkbaar hadden we allebei meer vertrouwen gekregen in onze talenten. Ik voelde een golf van genegenheid voor mijn supercoole, getalenteerde moeder, die tegelijkertijd slim en lekker praktisch ingesteld was. Ik voelde ook een enorme dankbaarheid omdat ik me realiseerde dat ze alles in het hotel soepel draaiende had weten te houden terwijl tante Pearl en ik bovennatuurlijke misdaad hadden bestreden. 'Hij is zo mooi. Ik denk niet dat ik die taart op durf te eten, zo mooi is 'ie.'

'Doe niet zo gek, Cen.' Mam gaf me het mes. 'Doe maar een wens.'

Een paar ideeën flitsten door mijn hoofd, maar voor het eerst had ik het gevoel dat ik niet echt iets hoefde te veranderen.

Ik zou niets meer willen veranderen aan mijn stomme baantje bij mijn nauwelijks winstgevende krant. Ik wist niet eens zeker of ik Westwick Corners nog wilde veranderen. Ik hield van mijn excentrieke familie zoals ze waren, ongeacht wat buitenstaanders dachten. Ik hield zelfs van mezelf. Voor het eerst was ik er trots op een heks te zijn. Ik zou nooit meer iets als vanzelfsprekend beschouwen.

Ik keek de tafel rond. Alle ogen waren op mij gericht en iedereen wachtte tot ik de taart zou aansnijden. Mijn blik bleef steken bij de sexy, bruine ogen van Tyler Gates.

Mijn hart maakte een sprongetje.

Misschien had ik toch wel één wens.

VOND JE *JONG GEHEKST IS OUD GEDAAN* EEN LEUK BOEK? Het volgende boek in de serie, *Een goede spreuk is het halve werk* is nu ook verkrijgbaar!

NOOT VAN DE AUTEUR

Westwick Corners is geen doorsnee stadje. Of zelfs een normaal spookstadje. Hier gaan mensen heen die niet gevonden willen worden en doen heksen aan magie zonder te veel aandacht te trekken. Die combinatie zorgt voor interessante en humoristische mysteries, en de heksen staan altijd in het middelpunt van de actie!

Ruby's kookkunsten, Cendrine's amateur-detectivewerk en onderzoeksactiviteiten en de magische school van tante Pearl zijn altijd op zoek naar dat ene geheime ingrediënt dat de heksen meer roem en fortuin zal brengen en het stadje Westwick Corners weer op de kaart zal zetten. De heksen werken altijd aan nieuwe zakelijke kansen, zoals The Westwick Corners Inn, The Witching Post Bar and Grill, en natuurlijk Pearl's Charm School, waar heksen raadsels ontrafelen, magische spreuken bedenken en hun eigen heksenmysteries creëren. Jammer dat ze steeds worden afgeleid omdat er aan de lopende band vreemde dingen gebeuren in Westwick Corners, van kleine criminaliteit tot moord.

De familie West is altijd in Westwick Corners geweest en zal er altijd blijven. Ze stammen af van een lange lijn van heksen die vanaf het begin Westwick Corners hebben bewoond.

Heksen die mysteries ontrafelen, misdaden oplossen en mensen in nood helpen; zij zijn heksen die van alle markten thuis zijn, want in een klein stadje is een handje helpen – of heksen – nu eenmaal wat je doet. Iedereen speelt een rol. Zelfs oma Vi het spook helpt mee. Maar wanneer iedereen een bijdrage levert, is het niet altijd met hetzelfde doel! Als je van een ouderwets mysterie, een beetje humor en een beetje hekserij houdt, zul je deze serie boeken in het *cozy witch mystery*-genre fantastisch vinden.

Het volgende boek in deze serie wordt momenteel vertaald. Als je als eerste op de hoogte wilt zijn van nieuwe releases in het Nederlands en exclusieve aanbiedingen, meld je dan aan voor mijn Nederlandse nieuwsbrief. E-mails worden alleen voor nieuwe uitgaven verstuurd. Aanmelden kan via www.colleencross.com

Ik heb ook verschillende andere thrillerboeken in het Nederlands die je misschien leuk vindt.

Heel erg bedankt voor het lezen van mijn verhalen!

Colleen Cross

OVER DE AUTEUR

Colleen Cross is de auteur van de bestselling Fraudethriller-
serie rond Katerina Carter en de daarvan afgeleide serie de
Kleur van Geld, ook met Katerina Carter in de hoofdrol.
Haar twee populaire thriller/detectiveseries hebben dezelfde
hoofdpersoon. Katerina Carter is een slimme forensisch
accountant en fraude-onderzoekster die zich geen appels
voor citroenen laat verkopen.

Ze doet altijd het juiste, al schrikken mensen nogal eens
van haar onorthodoxe methoden.

Colleen Cross is bovendien accountant en fraude-expert
en schrijft waargebeurde misdaadverhalen. In Anatomy of a
Ponzi: Scams Past and Present bijvoorbeeld ontmaskert ze de
grootste Ponzi-fraudeurs aller tijden en hoe ze ermee
wegkwamen. Ze voorspelt bovendien precies het moment en
de plek waarop de grootste Ponzi-fraude ooit aan het licht
zal komen en de aanwijzingen waar men op moet letten.

Colleen Cross is ook actief op social media.

Facebook: www.facebook.com/colleenxcross

Twitter: @colleenxcross

Je kunt haar ook vinden op Goodreads.com.

Bezoek voor het laatste nieuws over Colleens boeken
haar website: www.colleencross.com.

Wil je op de hoogte gehouden worden van Colleens
nieuwste boeken, schrijf je dan in voor haar nieuwsbrief!
http://eepurl.com/c0jsL1